El tiempo no caduca
ni los sentimientos
desaparecen.
Para Úrsule, con todo
nuestro cariño

D1721920

Las sorpresas del tiempo
(o el otoño imprevisible de Luisito)

Luis Molina Vivas

A mis padres.
A mis hijos.

En una ocasión mi padre me dijo que él sólo hablaba de las cosas que sabía. A mí me ocurre lo contrario, escribo sobre la gente —tropiezos, derrotas, faltas, esplendores y excelencias— fantaseando, siempre fantaseando, y dado que una persona es una persona, presumo que no serán muy diferentes de mí mismo.

Este libro trata de padres e hijos.

Índice

Primera parte.
Luisito.

Un confuso ejemplo de cómo arrancarse la nostalgia.

1

Como parte del regalo que me estaba haciendo a mí mismo, telefoneé al estudio avisando que no iría a trabajar: imposible hacer frente a los sesenta años con la rutina de todos los días. Me serví otra taza de café y, no sé por qué, me puse a pensar en lo estupendo que había sido ser joven; llega un momento de la vida en que uno siente la inclinación de ponerse a escarbar en su pasado.

Tuve una niñez feliz. Crecí fabulando con sueños infantiles de gloria, una forma normal de crecer, hasta que cumplidos los diecisiete años fui a la universidad. Creo que elegí Arquitectura porque había visto una foto del Taj Mahal y pensaba que, de ese modo, tal era su belleza, iba a ser más fácil descubrir el mundo. Y lo primero que descubrí fue el sexo. El mundo era hermoso, el sexo mucho más. El mundo era tridimensional, el sexo no tenía dimensión: lo abarcaba todo, al menos en mi cabeza.

Había pasado el verano sin pena ni gloria, jugando al dominó y bebiendo cervezas en el bar del pueblo; quizá por eso el primer día de universidad me desconcertó un poco. Ni que decir tiene que salí del aula sin haber entendido una palabra. Recuerdo que, tras una breve presentación, un hombre alto, flaco, cargado de espaldas, con la cabeza hundida entre los hombros y flexionando más de lo normal las rodillas al andar —luego supe que era conocido como *la integral*—, subió trabajosamente a la tarima y, sin mediar palabra, comenzó a escribir ecuaciones plagadas de letras griegas que, rebosantes de misterio, se extendieron por toda la pizarra. Al terminar lancé el suspiro propio de los que miran signos, marcas, trazas y símbolos, sin llegar a entrever nada en ellos que les aproxime al ámbito de lo real.

— ¿Algún problema?

Giré la cabeza hacia la voz: una cara limpia, bonita, con ojos glaucos salpicados de reflejos áureos y brillos de madreperla, expresión inteligente y pelo rojizo, algo rebelde, recogido en una coleta; o sea, la chica que sentada a mi izquierda no había parado de tomar apuntes como una loca. Resultó ser una de esas raras criaturas que tienen las cosas listas antes de que tú se las pidas y en cuanto te las ofrecen, experimentan el enorme placer de asistir a un colega desvalido. Me estaba brindando sus tesoros: un fajo de no menos de diez folios garabateados in situ.

— Si consigues que llegue a entender algo de esto, te propondré matrimonio —le dije.

— No es necesario que llegues a tanto, bastará con una entrada de cine. Puedes elegir entre Sidney Lumet o Pasolini —contestó arqueando una ceja de forma elocuente.

El segundo día le volví a pedir los apuntes. Me largó la nueva remesa con una radiante sonrisa que me dejó boquiabierto, hasta el punto de tener que esforzarme para poder devolvérsela. El tercero la invité a un café, pero, al no disponer de fondos, tuvo que pagar ella. El cuarto, antes de pedirle nada, me volvió a sonreír con gesto aprobador, como si el más listo de la clase le hiciera un honor pidiéndole ayuda. Paradójicamente, el resultado de esos cuatro encuentros fue que surgió una gran afinidad entre los dos y acabamos en la cama. El cuerpo de una mujer y el Cielo se parecen mucho, sobre todo la primera vez, y eso era sólo —pensé—, el principio de la gran aventura en que se iba a convertir mi vida… Desde luego mucho mejor y con más sustancia, ir a la universidad que jugar al dominó en el bar del pueblo.

El hecho de que Vicky mostrara tan poca curiosidad por mi vida sentimental me deparó otra agradable sorpresa, porque no hubiera sabido qué decirle. Y cuando me hizo ver todo lo que me había perdido, tuve ganas de enviar un misil teledirigido que destruyera, entre llamas, mi antiguo colegio con todos los curas dentro. Tanto me pesó haber sufrido una ceguera semejante, y puedo jurar que todavía recuerdo el escalofrío de placer que me recorrió el cuerpo al quebrantar el sexto mandamiento. No podía dar crédito a tanta felicidad, aquello me desbordaba. No es sólo que Vicky me pareciera hermosa, irradiaba algo muy íntimo que no había visto nunca: la más rotunda esencia de lo que es una mujer. Ese día aprendí que, aunque hubiera cosas peores que no llegar a repetir aquel polvo sublime, no serían muchas, y a mí no se me ocurría ninguna. Haber probado la gloria era para llorar de alegría, pero lo que recuerdo es haber lanzado, víctima de mis propias emociones, un largo y grave rugido propio de los leones de Tanzania… o quizá me daba puñetazos en el pecho y lanzaba gritos de júbilo como Tarzán, no sé.

Agotado y feliz, sonriendo como sólo puede hacerlo alguien que acaba de perder la virginidad, sin dedicar un mísero pensamiento a la pizarra atiborrada de ecuaciones que me estaría esperando al día siguiente, sintiendo a

Vicky al lado mío, me recreé en el gozo de haber estado dentro de ella, azimut de mi vida y futuro de un mundo nuevo. ¿Algún colega tendría idea de lo que era un vientre como aquel? ¿Vislumbrado, aunque fuera mínimamente, las posibilidades de una piel tan brillante? No nos engañemos, nadie en los Maristas había visto un coño en su vida, ni siquiera podían imaginar que tal portento existiera. Éramos como novicios de algún perdido monasterio en la Capadocia cristiana, sólo que en el último tercio del siglo XX.

A partir de ese momento adquirimos el hábito de acostarnos después de comer. Todos los días. Volvíamos de clase corriendo, pensando que si no nos acostábamos pronto podía pasarnos algo, tal era el flujo de corriente que nos subía del vientre al corazón. Tumbados en la cama, rozándonos la piel desnuda, gozábamos de aquellas tardes hablando de películas, música y libros, con peleas de cosquillas entre las sábanas o, si la tarde estaba chunga, fabulando sobre lo azul que estaría el mar el próximo verano… mientras la lluvia susurraba caprichosas insinuaciones contra el cristal de la ventana. El lado lúdico del erotismo. Aprendimos que había muchos mundos más allá de lo que habíamos podido imaginar. Su boca, como su corazón o su cabeza, eran capaces de abarcar infinitos matices mientras hacíamos el amor sin descanso, y esa actividad parecía ampliar todavía más nuestros ya lejanos horizontes. Nos complacía pensar que no éramos como los demás, vivíamos la esencia de la vida deleitándonos en los extremos del placer físico y eso nos mantenía al margen de cualquier proceso de alienación social. En comparación, el resto de la humanidad nos parecía estéril, y su espacio demasiado pequeño.

No tardamos en mudarnos a un apartamento con el firme propósito de estudiar y llevar una vida normal. Todo lo normal que podía ser, considerando que nuestros ciclos diarios estaban marcados por los amores de sobremesa y algún petardo de hierba que nos pasaba nuestro amigo Perico. Pecados veniales. Acaso yo me entregaba a esas aficiones recién descubiertas con más entusiasmo del que fuera sensato, pero era joven, habitaba un mundo distinto y estaba enamorado. Vicky, aun con sus ocasionales excesos, no se saltaba una clase.

— ¿Te vas a levantar? Llegamos por los pelos.

Mi respuesta era siempre la misma:

— Ummm…

— ¿Quieres venir conmigo, sí o no?

— Sí.

Entonces me alborotaba el pelo. La alternativa era un rápido pescozón cuando la respuesta se hacía esperar. Una advertencia concluyente, la Gran Muralla China hubiera cedido ante su firmeza.

Hice una pausa para cobrar fuerza en los recuerdos, entreteniéndome en untar de mantequilla una tostada con la meticulosidad, me temo, con que procedería un auténtico neurótico. Una vez bien extendida, mi cabeza se puso de nuevo a trabajar.

Ella era la abeja reina de la clase y el curso entero estaba lleno de zánganos que rivalizaban por sus favores. En mi descargo debo decir que no lancé ninguna

15

maldición que no se merecieran. Cuando sonreía, el mundo sonreía con Vicky, pero Vicky me había elegido a mí, ella llevaba las riendas de nuestra relación y yo estaba de acuerdo, sin que por un momento me resultara frustrante ni me llevara a dudar de mí mismo. Porque el nombre ayuda a comprender a las personas y comprenderlas te ayuda a quererlas como son: Vicky llevaba el nombre de Victoria y bien podría haber sido el sueño erótico de un premio Nobel.

Partí la mitad de la tostada y me la metí en la boca ayudándome con los dedos para encajarla. "Un niño en su fiesta de cumpleaños", hubiera dicho Vicky. Sonreí con los carrillos hinchados y conseguí tragar con la ayuda del café.

¿Qué si me acuerdo de ella? Claro, a menudo, muy a menudo, tanto que a veces se me olvida que hubo un tiempo en que no la conocía. Existe como parte de mi historia, y de un modo u otro siempre ha formado parte de mi vida. Es más, todavía cuando hago algo que está bien, me gustaría que me viera... Recuerdo su aliento en mi cara, su olor en mi cuerpo, el brillo de su piel, el sabor de su deseo, su mirada cómplice, excitante o ausente según fueran sus ensoñaciones. Con el tiempo descubriría que esa cariñosa complejidad, situada a un escalofrío de una lógica aplastante, estaba asociada a la capacidad de resolución que poseen las cabezas termonucleares de diez megatones. Tengo la certeza de que nunca ha habido largos periodos de mi vida sin pensar en ella. A veces aún la oigo. Sus pasos por la cocina, los canturreos en la ducha henchidos de falsetes y gorgoritos, su respiración marcando el movimiento del pecho cuando descabezaba un sueño a la hora de la siesta. Y todavía tengo sentimientos de gratitud para cada inhalación, como si se me despertara algo dormido. Todo el mundo intenta dar con una forma de ordenar el mundo y yo lo conseguí con Vicky, obsequiándole una patada a cualquier incertidumbre que me hiciera sufrir en un mundo de adultos… ¿Me quería? ¿Habrá pensado alguna vez en mí? No podría decirlo. Cabría preguntarse qué opinión le merecería su antiguo novio cuarenta años más tarde, con un matrimonio equivocado y una carrera profesional más bien mediocre. ¿Reconocería a su Luisito en este sesentón envejecido y casi alcoholizado? He cambiado, claro, ella también; lo supongo y no quiero saberlo… Y yo, ¿la quería? Sí. Rotundamente sí. Con toda la fuerza del primer amor. ¿La quería más que la necesitaba o la necesitaba más que la quería? Eso no lo sé.

Con la mirada perdida en el tiempo alcé los hombros y sonreí divertido. "Entonces la quería y la necesitaba, y ahora, en este momento, también la quiero… Pero no estoy tan seguro de necesitarla".

Me levanté de la mesa para dirigirme a la habitación que utilizaba en casa como lugar de trabajo. Abrí un cajón del archivador y extraje un sobre que contenía un par de fotos grandes, un tanto amarillentas. En una aparecía Vicky con un minúsculo bikini en Ibiza, cuando Ibiza era Ibiza, y en la otra se cubría recatadamente el pecho desnudo sobre la cama deshecha. Sorprendido al ver de nuevo a Vicky mirándome, advertí en su rostro una sonrisa pícara, como si ella hubiera sabido que iba a estar mirándola sin su permiso cuatro décadas más tarde.

Aquella mirada insinuante me hizo recordar otra vez la blancura de su piel, la suave curva de sus nalgas, y al instante me vino a la cabeza —el olfato tiene mucha memoria—, el olor de la felicidad: aquella fragancia nunca olvidada, de sudor endulzado con limón y canela, que yo solía disfrutar acurrucándome en la cama para olisquearle el cuerpo. Todo el cuerpo... Fue como abrir una puerta a la juventud. Me dije a mí mismo que el pasado estaba apretando mucho, con imágenes tan nítidas como si las hubiera vivido ayer.

Mientras me quitaba todos esos recuerdos de la cabeza, continué con el exquisito desayuno que había preparado para la ocasión. Acabé el café, me limpié los labios con la servilleta y, antes de probar el Bollinger, me puse una gota en la frente como ofrenda a la diosa Fortuna. Alcé la copa en un brindis solitario pensando en Sonia, quizá la diosa desde el Foro Boario estuviera orquestando mi regalo de cumpleaños. Ilusionado ante la perspectiva, marqué en el móvil el único número que me quedaba en la agenda tras la pelotera que tuve con Lupita y, tras sonar seis veces, contestó con el bisbiseo que suele utilizar por las mañanas.

— ¿Sí?

—Hola Sonia, guapísima, dile a tu marido, ese perro prejubilado por Bancaja, que se dé prisa en salir de casa a comprar tabaco si no quiere que le saque los colores presentándome ahí con los pantalones a medio bajar.

— ¡Con dos cojones! —exclamó, muy cumplida ella, con asombrosa delicadeza.

— Es una forma de decirlo.

— Seguro que llevas toda la vida esperando soltar algo así. ¿Tan necesitado estás? —preguntó en un susurro que expandía sensualidad.

— Ya me conoces —creo que supo interpretar adecuadamente el tono de cuando tengo una erección.

— Desde hace demasiado tiempo —su acento cayó a un registro de lo menos entusiasta. Me preocupó un poco la deriva que estaba tomando la conversación.

— ¿Qué quieres decir?

Se oyó un largo suspiro al otro lado de la línea.

— Que Ernesto no fuma.

— Soni, hace menos de un minuto que has descolgado el teléfono y noto un atisbo de acidez en tu voz, como si ya hubiera hecho algo malo. ¿Acaso te he insultado? A veces me falla la memoria, pero no lo recuerdo.

— Lástima.

— ¿Entonces?

— Tu memoria es perfecta. Debo reconocer que has tomado al pie de la letra lo que te dije la última vez: no he tenido noticias tuyas en tres semanas.

Intenté tragar saliva, pero tenía la garganta encogida.

— Joder, Sonia, que hoy es un día especial…

— ¿Especial? Ummm… Los peces todavía no se ahogan, los pájaros siguen volando sin caerse, la peña continúa en la cola del paro como si fueran extras de película, los pensionistas, cabreados, insisten en calentar sus huesos al sol de la Alameda, Rita Barberá en el Ayuntamiento, la Generalitat a reventar de golfos… ¿Qué hace de hoy un día especial?

Ya no disponía de argumentos de los que echar mano, el silencio se hizo más espeso, se acabó el guión.

— Es mi cumple.

— ¿Y ahora me lo dices? Tal vez el año que viene me dé tiempo a comprarte un regalo —concluyó cambiando a la voz lacónica que emplea para darte con la puerta en las narices.

Hinché las mejillas —"¿Me habrá reemplazado? No creo"—. Últimamente quizá la tenía un poco descuidada, aunque había estado con ella... Ummm. En fin, no recordaba bien las fechas, creo que nuestro último encuentro me había dejado tan desmarcado que trataba de no acordarme, no sé, pero habría jurado que me quería un poco, porque me acogía con gusto entre sus brazos. Y no es que yo nade precisamente en la abundancia ni el tiempo me haya tratado demasiado bien, sin embargo, creo que le inspiro simpatía. Desde la primera vez. Nos habíamos guiñado un ojo y, sin más, habíamos sabido que volveríamos a encontrarnos para tomar algunas copas y atravesar noches intensas. ¿Cumpleaños feliz? Más bien sesenta tacos a la espalda y un inevitable sentimiento de contrariedad. ¿Desaliento, disgusto, frustración? ¿De qué depende la felicidad? ¿Hay alguna frontera entre la necesidad y el auténtico deseo? ¿Debo enviarle una caja de bombones y un ramo de flores? Demasiadas preguntas. Llené otra vez la copa para intentar resolverlas mientras la vaciaba.

Como las desgracias nunca vienen solas, había tenido la desafortunada ocurrencia de dar un cóctel en casa para los amigos al final de la tarde. Con frecuencia, cuando me reúno con gente, sobre todo con colegas —que cuando no hablan de trabajo hablan de dinero en una atmósfera de exultante competitividad, quejándose todo el tiempo de las *tías*, por lo general de seguir con sus esposas o de haberlas perdido—, se palpa una tensión absurda que no es otra cosa que la voluntaria exposición del yo al medio que te mira, te analiza o te juzga, te critica, te ensalza o te hunde. Y por lo general, experimento una desagradable sensación de malestar al pensar en el rumbo que ha tomado mi vida. No es que yo necesite reforzar mi ego, pero ya con seis o siete copas me veo en la obligación de contraatacar con mi proverbial locuacidad, adornándome de frases lapidarias con un vocabulario sugerente, aunque no necesariamente respetable, que tiene la particularidad de hacer reír a unos y cabrear a otros. O las dos cosas al mismo tiempo, aun cuando nada de lo que diga sea exactamente una impertinencia —pero algo de eso al fin y al cabo tiene—, ni resulte especialmente gracioso. Otra máscara falsa. Porque no nos engañemos, aquí los arquitectos que cuentan formamos una especie de comunidad y, como en todas las comunidades no demasiado grandes, abundan y son de todos conocidas las intrigas, las camarillas, los resentimientos y las alianzas de conveniencia; pero yo nunca me he tomado nada de esto demasiado en serio. A veces siento deseos de decirles que se relajen, 'disfrutad del momento, las cosas no tienen por qué ser tan estresantes'... Pero parece que la vida se niegue a dejarse ajustar por necesidades reales, las que son o puedes llegar a considerar esenciales para dar forma al tiempo. Hace mucho que llegué a la conclusión de que la respuesta a la felicidad es vivir dentro de unos límites razonables de satisfacción, contar con objetivos confortables y ambiciones asequibles. El problema es que yo me pasé de rosca: he llevado una vida demasiado fácil, reemplazando la cínica audacia que ensayé en la universidad, por el cinismo indolente que rige mi vida actual. Hace años que para conseguir eventualmente un proyecto de medio pelo, y tampoco es que yo aspire a mucho más, me basta con escuchar y asentir, cambiando adecuadamente de expresión para mostrar interés en la medida que lo exija el guión. Digo pocas veces lo que pienso, pero hago como si lo que dicen me interesara, una situación que a mí mismo me parece bastante irreal, como si estuviera permanentemente subido a un escenario.

Bueno, el caso es que volví a brindar conmigo mismo, esta vez un tanto compungido. Tenía la sensación de conocer a Sonia desde siempre y desde siempre habíamos logrado una total intimidad, incluso la primera noche. Posee la gracia de quien cree que unos quilos de más no tienen por qué entrañar temor alguno, ni alteran para nada su atractivo. Una joya con talento natural. Y ahora esto. No sabía qué pasaba, pero en un par de minutos, dos mujeres tan diferentes habían conseguido colarse en mi cabeza: esa desdichada charla por teléfono y los traídos recuerdos de Vicky no hacían más que confirmármelo. ¿Una alianza entre presente y pasado dándome palmaditas en la espalda? Umm. Apuré la copa. A fin de cuentas, el alcohol siempre ha sido el soporte de mis mejores reflexiones. No te digo nada de los recuerdos…

Conforme fue avanzando el curso, ya adentrándonos en la primavera, pasaba las noches poco menos que delirando debido al pánico. Con frecuencia me sentía agobiado por un desasosiego donde toda mi fuerza y buena parte de mis habilidades parecían del todo insustanciales. Y así me fue. No era el caso de Vicky, que cosechó llegado el mes de junio resultados brillantes. Recién acabados los exámenes pasamos en Ibiza unos días felices, por eso me sorprendió, más si cabe, cuando una mañana a principios de julio se presentó en el pueblo para decirme que había recibido una aceptación a su solicitud de estudiante en prácticas. Nada menos que en el estudio de Philip Johnson. "¿Cóóómo dices?" Y, en ese instante, aprendí que lo inesperado suele ser la antesala de lo estremecedor.

— Me voy a Connecticut, Luisito —me dijo con una voz que se esforzaba en ser neutra—. Abandono — hinchó ostensiblemente los carrillos para poner sus ideas en orden mientras soltaba el aire lentamente—. Lo que enseñan aquí no sirve para nada, es el modelo más estúpido que se me ocurre: tengo que dejar la Escuela y empezar otra vez —se encogió ligeramente de hombros—. He venido a despedirme.

— ¿A despedirte?

— Por fidelidad a una historia, la nuestra.

En su voz no acerté a distinguir ninguna de las voces que tan bien conocía: ni rastro de la amante, de la maestra, del hada madrina… y menos todavía del genio protector.

—Buena suerte —me deseó dedicándome la más amplia de sus sonrisas, pero sin hacer ademán de darme un beso. La miré para comprobar que hablaba en serio.

"Esto no puede ser verdad", pensé como si no pudiera ser verdad.

—Adiós.

Intenté continuar respirando, pero me había quedado sin aire, la boca abierta y la piel más tensa que un tambor.

Era verdad.

Con el tiempo reviviría aquella escena como algo situado al borde de lo real. En el silencio que siguió intenté reconciliarme con el mundo, pero la idea que tenía sobre él era demasiado inconsistente, había muchas cosas más allá de mi entendimiento: el mundo se estaba yendo al carajo y el mismísimo demonio estaba trabajando a destajo para conseguirlo... Tampoco es que estuviera en su lugar, nada encajaba, si antes pensaba que Vicky era lo mejor del mundo, ahora pensaba que ella era el mundo entero. Sentí una punzada en el estómago, el sudor me empapaba la camisa y resbalaba por mi frente; el tiempo había dejado de moverse. Y, sin embargo, era un día de extraordinaria calma, el sol brillaba en todo su esplendor, apenas hacía viento, no había nubes en el cielo, ni la gente daba la impresión de verse afectada, nadie cancelaría su visita al dentista ni dejaría de ir a la peluquería, la Tierra no se saldría de su órbita, los relojes no se detendrían ni el tráfico sería menos intenso... Acaso algo más de dolor en el mundo. Si a la Humanidad le fuera dado ver una sola foto de Vicky tal vez se pararía a pensar, porque hay cosas que ponen en tela de juicio la idea convencional de lo que significa estar en el mundo.

El cansancio se había apoderado de mí y esa noche dormí un sueño agitado por pesadillas interminables. "¿Porqué no había sido capaz de conservar su amor? Llenar su vida como ella llena la mía. ¿Cómo me las había arreglado para decepcionarla? Vicky no me necesitaba, se las piraba a América librándose de mí. ¿O había otras cosas?" Al despertar, todavía bañado en sudor y al borde del delirio, tomé conciencia de la situación: ella se había ido. Me sentía abandonado, perdido en mi propia casa. Y entonces lo supe: aquel era el sudor del miedo, mi propia amargura, el peso de la soledad; por primera vez en mi vida estaba completamente solo. Vicky, Vicky, Vicky, repetía su nombre en un intento de calmarme, quizá esperando aún la intervención divina, y cada vez que lo hacía un aguijón de angustia me subía a la garganta. Porque era el amor y no sólo el amor; necesitaba su fuerza. Con Vicky se había esfumado también cualquier posibilidad de sobrevivir en territorio adulto, sin ella me sentía desprotegido, incapacitado para actuar como lo hacía a su sombra... Alguna mente funcional, por ejemplo, Perico, podría decir que mientras el mundo siguiera girando sólo era cuestión de reorganizarse, pero el solo hecho de pensar en otra mujer suponía una historia de reconstrucción personal para la que no estaba listo.

¿Había perdido absoluta y definitivamente la cabeza? No. Sencillamente mantenía una relación patológica con

Vicky, lo que me hubiera gustado era olvidarla, dejarla arrinconada bien lejos, en algún vagón del Transiberiano a su paso por Mongolia para no volverla a recordar, alcanzar el vacío, pero los dioses no conocen la misericordia. Por las noches apenas podía dormir, cerraba los ojos y permanecía ausente durante algún tiempo, cosa de minutos, hasta que regresaba la memoria. Me despabilaba con Vicky susurrándome al oído palabras de adiós, y así me quedaba, con los ojos desmesuradamente abiertos, como si aún estuviera en una pesadilla de la que luchara por salir... Pero no había salida, nada a lo que acogerse, ningún horizonte donde pudiera perderme. Entonces apretaba los puños y notaba cómo las venas de la frente se me hinchaban. Vivía cercado por la imagen de Vicky en un mundo a punto de explotar.

Me había jurado a mí mismo un millón de veces que no haría nada para localizarla. Nadie debía saber la urgencia de mi necesidad. Aguantaba uno o dos días, bueno tal vez fueran un par de horas, o de minutos, y cuando estaba a punto de ceder me lo pensaba mejor, decidía que sí, que era inútil, que todo estaba demasiado claro. Jamás se lo contaría a nadie porque, consciente del pánico ante la catástrofe, no quería destapar mi espanto, ni deseaba ninguna compasión... Bueno, puesto que los desheredados del amor suelen buscar en la amistad un elemento de solidaridad compensatoria, quizás contaría con Perico. Trataría el tema con serenidad —'lamento tener que preocuparte con una cosa así, pero para eso están los amigos'—, un apremio excesivo podía poner en riesgo la atmósfera de calma que necesitaba. Pero a lo mejor él sabía algo más y... claro que importaba, importaba muchísimo saber dónde estaba Vicky, cómo le iba. Esa posibilidad me despertaba la ansiedad, y una vez que la ansiedad estaba despierta, resultaba tan urgente localizarla como que nadie supiera lo importante que era.

Después de haber decidido llamar a Perico, en vez de desaparecer por algún agujero que me permitiera eliminar las sustancias que componen el alma, me dio por acabar con toda la cerveza y la *maría* que estuviera a mi alcance. Naturalmente me puse malísimo, pero, aun así, no podía contenerme. Beber y fumar, combatir la acidez hasta altas horas de la madrugada con píldoras y vomitar para volver a beber y fumar. Cada vez que me bebía la que tenía que ser la última cerveza, me fumaba otro canuto que me disparaba la cabeza y las tripas; nunca me había sentido tan ansioso por hablar con alguien de algo de lo que no quería hablar.

Por fin, pasados unos días de verdadera angustia, fui a ver a Perico buscando consuelo y en un largo paseo peinando el barrio del Carmen, a fuerza de frotarme las sienes, le conté lo ocurrido. Caminaba a su lado, ardiendo de ansiedad y temblando de inquietud, con la certeza de no haber sido capaz de describir del todo el penoso estado en el que me encontraba, pero mi amigo, sin hacer preguntas, con la mano firme sobre mi hombro, parecía comprender las tormentas que se habían desatado en mi cabeza entendiéndolas de principio a fin: yo estaba hecho una piltrafa, no sabía salir de aquello ni si había alguna forma de salir. El sueño de una vida que podía haber sido se había desmoronado, y yo deambulaba por la frontera del ser o el no ser.

Perico no estaba más ilustrado que yo en el tema; así que, visiblemente afectado y tratando de aportar algo de calma, se hizo un pequeño lío asegurándome a modo de consuelo que compartimos el miedo y la desesperación con los grandes primates. Incluso se atrevió a filosofar un poco.

— No es fácil enfrentarse a algo así, sobre todo gente como nosotros, cuyas vidas se asientan en la trivialidad de lo cotidiano —"¡Hostia Perico, eres un hacha!"—. Pero existe una regla de oro para estos casos, Luisito: hay que guiarse por la polla; la memoria es para los débiles, el mundo se te ha puesto borde y hace falta pararle los pies. Sal de ti mismo, olvídate de recordar y empieza a correr hasta quedarte exhausto. No escribas poesía, bebe, dale al porro y folla cuanto puedas. Sólo necesitas algunos meses para que vuelva a arreglarse el mundo. La luz del día da paso a la noche, pero siempre vuelve, transcurrirá el tiempo y te sentirás en paz.

Me abrazó como si estuviera protegiendo a un niño y, aunque no hubiera solucionado nada, me pareció que Perico resplandecía como un ángel. No estaba solo, la lealtad es una virtud y su amistad se convirtió en mi asilo.

Al principio no perdí la esperanza, aunque cada vez con menos fe y una aflicción más profunda, de recibir una carta, algo, por más que fuera sólo otro adiós. Más que nada, trataba de engañarme, para romperla en mil pedazos sin haberle echado siquiera un vistazo; en ese caso, tal vez lograra salvar algo de mi maltrecho orgullo.

Pero la carta jamás llegó. ¿Cómo le iría? Quizá estuviera todavía más guapa de lo que yo la recordaba. Me odiaba a mí mismo por desearla tanto, odiaba a todos los arquitectos de América porque del mismo modo que Vicky era increíblemente guapa para mí, sería increíblemente guapa para todos ellos y, claro, tenía mis dudas de que una tía tan tremenda estuviera mucho tiempo sola. La imaginaba subiendo por esos rascacielos en estructura, hermosa hasta el delirio, mientras el colega de turno, babeando de agitación, le ofrecía su propio casco en inglés… Nunca había sido tan consciente de cuánto la necesitaba, de que el cuerpo pudiera reaccionar con tanto dolor y tantas lágrimas. Perdí el apetito, el sueño y la libido, adelgacé seis quilos, el veneno del autodesprecio comenzó a extenderse por mi cuerpo y en más de una ocasión deseé desaparecer. Con frecuencia mis dientes rechinaban como si ya pertenecieran a un alma del infierno y, puesto que delante de mí sólo estaba el abismo, fantaseaba observando las ramas más robustas de los árboles que pudieran soportar mi peso.

Pero el dolor requiere tiempo y, como no podía ser de otro modo, aquel maldito trauma se fue desvaneciendo. Si no su recuerdo, sí mi dependencia. Tomé la decisión de no derrumbarme, no permitiéndome arrebatos sentimentales ni monsergas de autocompasión. Al menos de forma que se pudieran notar. "El pasado está muerto". Mirar atrás era una mala idea; así que durante algunas horas conseguía no pensar en ella, y en esos momentos mi pecho, oprimido por su ausencia, conseguía relajarse pudiendo incluso respirar con normalidad. Supe que estaba mejorando, o casi, cuando un día, al cabo de meses que me parecieron siglos, desperté de madrugada pensando en el último gol de Johan Cruiff: había que aprender a seguir viviendo. Aceptar lo que no tiene remedio me había convertido en un adulto, era hora de rectificar, Dios aprieta, pero no siempre lo hace hasta la asfixia. "¿Qué es mejor, querer o que te quieran?... En adelante quizá fuera mejor ir sobre seguro y evitar otro desengaño; jugar con triunfos, sea el juego que sea."

La cuestión es que, medio curado y todo, durante mucho tiempo Vicky se mantuvo en la periferia de mi vida, más aún, yo buscaba algo de Vicky en todas las mujeres. ¿Acaso la naturaleza de la primera experiencia sexual determina tus apetitos para siempre? Lo bien cierto es que seguí soñando con ella. Justo antes de despertar se presentaba adentrándose en las calles de Nueva York, diseñando entre ecuaciones cuárticas y proyecciones axonoméricas resueltas con tizas de colores en su cabeza, formas que nunca habían existido sobre la Tierra y acabarían siendo rascacielos de cristal. Supe, sin envidias ni rencores, que le esperaba un porvenir esplendoroso y me consolaba pensando que ningún Philip Johnson, por exquisito de la arquitectura que fuera, podría conocer jamás a aquella chica, Vicky, mi Vicky, la Vicky que había sido mía. Si las mujeres excepcionales acaban por dejarte, ése es el precio por amarlas.

'Lo malo de la suerte es que se acaba', sentencié sosteniendo la copa en alto cuarenta años más tarde, y bebí despacio parándome a reflexionar sobre lo que ocurrió después.

Existe toda una tradición de estupidez que se manifiesta constantemente en cualquier parte del planeta y tiene la peculiaridad de persistir, incluso después de que desaparezca todo aquello que la provoca, nutre o sostiene. Te preguntarás cómo es posible, puedes jurar que hay cosas para las que no hay explicación fácil. Son estúpidas porque el mundo es así, al menos en la pequeña fracción de mundo que conozco.

Cuando comenzaron las clases, tras tres meses de ausencia, la noticia había corrido como la pólvora —*Vicky Montagud, la chica de Luisito Mengual, trabaja para Philip Johnson*—. Ahora yo, aunque afligido, era un hombre de peso. Los compañeros me daban apreciativas palmadas en la espalda, porque, aunque nueve meses tampoco es que fuera mucho tiempo, eso hace un número apabullante de noches entre las mismas sábanas. Me había labrado una reputación y mi ascenso en el ranking de los elegidos fue increíblemente rápido. Lo de '*Luisito se la ha estado tirando durante un curso entero*', apuntalaba mi fama más que '*y ahora se ha quedado más jodido que el Pupas*', porque Luisito podía exhibir a modo de estandarte lo que ninguno de ellos se atrevía siquiera a imaginar: casi un año con la protegida de *Philip Johnson* metida en su cama. Y a buen seguro vividos con intensidad. ¡Guau! Así nacen los mitos. La estupidez había tocado mi vida y, por más que hecho polvo, había que aprovecharlo. *Gracias te damos Señor y alabamos tu poder.* El prestigio de Mr. Johnson iluminaba el recuerdo de los dos tortolitos y aseguraba mi reputación. Después de todo, quizás había un orden oculto en el mundo. *Hosanna en el cielo*.

Asentí y alcancé el champagne para degustar un sorbo que me llenó la boca.

Pero mantenerse no es fácil, lo que llegué a concebir como una suerte de orden oculto no era más que una confusión, y puede que en este tipo de situaciones tan estúpidas sea donde se pierdan definitivamente los papeles y acabemos trasformándonos en lo que somos: cretinos a la caza de objetivos más cretinos todavía… Vivimos dejando una estela que en la mayoría de los casos define quienes somos, y yo sólo era una fachada. Pronto me di cuenta, a modo de revelación, que, a falta de otros recursos, tenía que actuar. El mundo se había apagado, sí, pero yo había derramado ya todas las lágrimas, no me quedaba ninguna para nadie y, como no sentía la más mínima atracción hacia el fracaso, en vez de quejarme de la oscuridad tenía que darle al interruptor, encender la bombilla, y reinventarme a mí mismo. Para estar en la pomada era necesario llegar a tener la piel de un elefante, ponerse una máscara y avanzar interpretando el papel del disfraz. Tirar de actuaciones temerarias, cuanto más audaces, mejor, guardándome la espalda, pero pareciendo insensato, y para eso todavía tenía confianza en mi *baraka* habitual. La impostura es lo único para lo que tengo un talento innato; así que tras cuatro o cinco desplantes al claustro, una propuesta de huelga, media docena de pequeños favores, un par de provocaciones y alguna palabra políticamente incorrecta subido en el estrado —*Le Corbusier no fue más que un farsante, el Modulor una chorrada y Franco un analfabeto con sobrepeso*—, acabé convirtiéndome en una especie de héroe local cuando se me ocurrió escalar una de las grandes ventanas de la Escuela, encaramarme a la azotea y colgar un enorme monigote que, con algún lejano parecido, se identificaba con Villar Palasí, por aquel entonces ministro de Educación y Ciencia, luciendo un letrero entre las manos que rezaba: *Ministerio de la Ignorancia*. A las dos semanas, un curso de almas cándidas o las almas cándidas de ese curso —la influencia de los listillos sobre los demás es enorme— me hicieron delegado de curso, ya no tenía que preocuparme más por los apuntes, otros lo harían por mí. Por eso creo en la estupidez humana, porque yo la he utilizado y ella se ha servido de mí, corrompiéndome en forma de cinismo. ¿Qué me dices de estar siempre forzando las cosas a fin de que te encajen en la agenda? ¿Por qué los que han sido inmerecidamente aupados por la fortuna tienen el impulso de manipular al personal, sin resistir jamás al intento de presentarse bajo la luz más favorable, siempre dispuestos a ocultar o desviar los errores de bulto y atribuirse una agudeza inmerecida? ¿Podría ser ése el patrón de mi vida?

Sonreí sin ganas y empujé con el dedo un trozo del *strudel* que intentaba escapárseme de la boca. "El día que no pueda disfrutar de un *strudel* con azúcar glaseé y salsa de vainilla, estaré acabado".

Sin embargo, eso no bastaba, me resultaba embarazoso cuando me preguntaban por Vicky; aún quedaba algo por hacer. Si mi condecoración había venido de su mano, no podía mostrarme tímido, tenía que progresar también en esa línea. De ninguna manera iba a ser yo un perdedor, y para vencer el desafío tenía que forzar el más difícil todavía: ligarme a Lourdes, la chica más guapa del Poli, aunque secretamente siempre habría un hilo conductor, por fino que fuera, que me uniría a Vicky. Y me entregué a la tarea con ardor, que es lo que suele pasar cuando has estado demasiado tiempo desesperado. Así es la vida, si te conviertes en un superviviente, hazlo a lo grande y de paso demuéstrate a ti mismo que las ecuaciones diferenciales no van a ser nunca más un reclamo del sexo. ¿Cuál iba a ser el precio de esa asignatura pendiente? La cosa fue que llegué a un punto en que ya no sabía qué máscara ponerme y, lo que es peor, qué disfraz o combinación de disfraces resultaban ser el auténtico Luisito: ya era parte de ellos. Idiota de mí, pensé que la partida estaba bien jugada; es más, pensé que la había ganado yo.

Apuré la copa y saqué la botella del enfriador para servirme más de aquel champagne increíblemente bueno. Los acordes de João Gilberto me trajeron de vuelta a Sonia, o más bien a las pecas que adornan su escote. Volví a marcar:

— Verá doctora, padezco el síndrome de Bertrand Russel que me hace querer saberlo todo. Por ejemplo: ¿ya no late el corazón en su pecho? ¿Necesita descansar un poco de su paciente favorito? ¿Del amante perfecto?

— Mírate al espejo.

La verdad es que el espejo ya no era un amigo.

— ¿Una copa? —insistí a pesar de todo—. No pierdo la esperanza de que, con la terapia adecuada, pueda hacer frente a mi patológica curiosidad.

— No te preocupes, te pondrás bien. Conozco a otros capullos como tú, os entra el nervio y perdéis el sentido del ridículo; pasado un tiempo os recuperáis y todo vuelve a ser como antes.

— ¿Acaso no siente florecer la ilusión en su cuerpo ante la posibilidad de compartir un *Negroni*?

— No.

"*No* es un monosílabo equívoco. Sale con rotundidad de un lado del teléfono y al llegar al otro extremo, con un poco de suerte, se convierte en un *a lo mejor*".

— Pues debo decirle que tiene usted una medicina que, administrada con generosidad, puede ser muy eficaz.

— No.

— ¿No?

— Hay cosas que no se curan con píldoras.

— ¿Quién habla de píldoras? —"Cómo si la lujuria no tuviera sus propiedades", sonreí mientras me lo decía a mí mismo—. Yo quería referirle mis fantasías a la hora de la siesta.

— Verdaderamente, lo tuyo es una cuestión digna de psicoanálisis —y añadió con una calma que parecía forzada—: ¿Quieres un consejo?

Concebí piedad en sus ojos y, según mi experiencia, pensé que accedería si le daba suficiente jabón.

— A caballo regalado…

— Lo mismo dijeron en Troya.

"Hay que joderse, hace casi tres mil años y desde entonces no ha cambiado nada".

— Quizá no fue más que una invención de Homero, y ese tío nunca me ha caído bien.

— No me digas.

— Los héroes griegos follaban como locos, Soni —cambié de rumbo tratando de despistar—. No se limitaban a pelear, aullar y matar; follaban de lo lindo.

— Ellos. Los héroes. ¿Tú quién coño crees que eres?

— *Nadie*, contestó Ulises al Cíclope —"Esto debería parecerle ocurrentemente sexi", me envalentoné optimista—. Vale, ¿cuál es el consejo?

— Que no insistas —su voz era firme.

Me subió un escalofrío por la espalda.

— Pero hace sólo unos días acordamos… —la verdad es que no recordaba muy bien lo que habíamos acordado.

— Unos días, son más de veinte. Hace veinte días pudimos acordar cualquier cosa, incluso dinamitar la sede del PP en Madrid.

La posibilidad a punto de esfumarse.

— ¿En mi casa dentro de una hora? —me pareció una buena pregunta, formulada imitando la voz de un hombre que acostumbra a dominar la situación.

— Estar próximo a la desesperación sexual te hace ser un pelmazo.

La pregunta no era tan buena.

— Pero…

— No.

Y colgó. No podía haberse expresado de forma más rotunda.

— ¿Por qué me tratas con tanta displicencia? —le grité al tono sordo de la línea—. ¿Eh?

A mis sesenta años había desarrollado una especial predilección por las palabras solemnes; así que me desahogué a con un grito: '*Mecagüentuputamadre*'. Era sorprendente el silencio que percibía a mi alrededor. Tomé más aire. '*Tevasaenterargordadeloscojones*'. Otra palabra tan larga como mi cabreo que repetí una y otra vez modificándola ligeramente —*cojones* por *huevos* y cosas así—. Era mi cumpleaños, pero aquello se parecía más a un funeral y, si ésa era la reserva estrella para la ocasión, estaba más solo que la una. Me quedé sentado esperando a que el desorden que había en mi cabeza se organizara por sí solo en alguna coalición razonable, pero lo único que tuve claro fueron las ganas de beber. Y fue entonces, al clavar la vista en la botella, cuando tomé conciencia de que, aparte de Perico, no tenía demasiados amigos. "No soy más que un jodido error". Durante años había vivido en el complaciente mundo de la indolencia, dejándome llevar por la pereza irresponsable del que fija su ámbito de actuación en las fronteras de un trabajo no excesivamente atendido. Por supuesto que conocía a un montón de gente, y me encontraba a gusto con algunas personas, pero había cerrado las puertas al verdadero afecto. Mi familia no es que se negara a hablar conmigo, pero al morir mis padres habíamos perdido el vínculo. Y en todos estos años, tratando de sacudirme la penitencia del divorcio saltando de una hembra a otra, jamás había sentido el peso de la soledad como ahora. La única mujer a la que podía llamar, me había dado pasaporte. "Puede que seas un idiota sentimental, pero ni se te ocurra en tu sexagésimo cumpleaños empezar a sentir pena por ti". Y me quedé así, contemplando a Sonia con la imaginación: una mujer de facciones delicadas que se desabrocha lentamente la blusa, el pelo suelto cayéndole sobre los hombros, la sonrisa vacilante, mis besos en los dedos de los pies, sus gruesas caderas... Y luego un flash a la hora de vestirse, maquillándose un poco. Figuraciones que eran recuerdos y me transportaban a una intimidad no muy lejana, algo que me estremecía haciéndome reflexionar sobre la naturaleza de los sentimientos que albergaba.

Vacié la copa concentrándome en la cuestión, sentí la suavidad del champagne al descender por la garganta e intenté sonreír. "Tal vez no haya puesto demasiado entusiasmo en conocer su mundo," Creo que bostecé, aunque no fuera mi intención, pero cada vez que me ponía a pensar en esas cosas, la cabeza se me escapaba hacia un enorme agujero negro que conducía a la somnolencia.

*

Sonia no confía en su amante, ni en su marido, ni en los hombres en general. El primero le roba el orgullo, el segundo le arrebata la vida y, con respecto al general, siempre ha salido trasquilada.

Y así, animada por un sentimiento próximo a la venganza provocado por su condición de *objeto*, Sonia consigue, aunque sean pocas las veces y por momentos breves, someter a un botarate, lograr que se arrastre reduciéndolo a la condición de gusano. En esas ocasiones

Luisito suspira por su cuerpo y ella se deleita en su deseo. "Sin apiadarme de él siquiera en su cumpleaños". Poderoso es el poder de la entrepierna o, dicho de otro modo, la gloriosa subversión del orgasmo.

Luisito es un genuino representante de *la belle vie*. Un individuo notablemente atractivo, de facciones claras, mejillas sonrosadas y cabello abundante, al que de vez en cuando, y sólo muy de vez en cuando, le gusta dejar correr una noche en blanco con los amigos bebiendo, que algunas mañanas desayuna con coñac y pasa demasiado tiempo sin saber qué hacer con su vida. Pero que aparenta llevarse muy bien con ella, perfectamente adaptado como está, o dice estar, a la corriente donde está nadando. Como la mayoría de la gente, a una edad temprana se percató de que su lugar en el mundo sería más bien pequeño, y el efecto que causaría en los demás aún menor, con lo que se acomodó a una vida fácil, *primum vivere*, y a no necesitar mucho más. Hay miles de tíos exactamente iguales en cualquier parte del mundo, la mayoría de ellos gilipollas tan enfrascados en sí mismos que apenas se dan cuenta de lo que pasa alrededor. Y pasan muchas cosas a su alrededor, sólo que ellos, egocéntricos narcisistas como son, ni se enteran; para el caso podrías decirles que el Pato Donald es el nuevo presidente del Banco Mundial. Sin embargo, Luisito tampoco acaba de responder exactamente al perfil gilipollas *standard*. La diferencia está en que, a este tío, sin ser en absoluto cursi ni pedante, le gustaría calcular las estructuras de sus proyectos con versos de

Byron, música de Mozart y burbujas de champagne. Pero no puede. Y seguramente debido a esa particularidad, a mi pesar, le quiero.

Por desgracia también es un aturdido tarambana que cree que una sola mujer es poco aliciente en la vida de un hombre. A raíz de divorciarse, no podría decir si antes, descubrió que pese a su vena aparentemente misógina le gustaban las mujeres y que a las mujeres les gustaba él. Por lo que yo sé, no pocas se han rendido a sus encantos dejándose engatusar como por arte de magia, aunque no pueda decirse que engañe a nadie, porque nadie puede llevarse a engaño ante un tío tan transparente. Y no es que sea excesivamente mujeriego ni intrigante, le gustan las mujeres como le gusta el whisky o el cochinillo al horno, las cantatas de Bach y los baños de mar. Tampoco reclama mucho más... El caso es que tiene verdadero talento para un montón de cosas, pero en lo que es un auténtico maestro es en el arte de desaparecer; se diría que su más intensa excitación se da en el rechazo frontal a cualquier forma de compromiso. Con un sentido del humor calculado, parece no contemplar alternativas, vive prisionero de su propio patrón de conducta, en el que cada cosa tiene por objeto no complicarse; no hay sitio para la promesa, la vida es un regalo y las obligaciones lo dejan sin aliento. Desde que lo conozco nunca he sabido a ciencia cierta qué pasa por su cabeza. Y tampoco es que él se moleste en averiguar lo que pasa por la mía. Yo puedo hablar de todo, de mí, de nosotros, del mundo, pero para el caso, como si hablara sola. Lo que yo diga no es más que el prólogo, una especie de preliminar para lo que le interesa de verdad: empujarme a la cama.

Ojo al discurso, donde casi se puede pensar que la supervivencia de la especie humana dependerá de la atención que prestes: '¿Quién necesita más a quién, los hombres a las mujeres o las mujeres a los hombres? ¿Qué valen las mujeres sin los hombres? ¿Qué valen los hombres sin las mujeres? Las mujeres están en la tierra para amar a los hombres, del mismo modo que los hombres lo están para amar a las mujeres; ése es el orden natural de las cosas, la armonía de los cuerpos. Yo soy un hombre, tú, una mujer, ¿cómo vamos a negarnos los impulsos más íntimos? A fin de cuentas, estamos aquí, ¿no?'. Y lo deja caer más como axioma que como pregunta; o sea que se folla porque se folla, se acabó el análisis. Y para concluir: 'En realidad soy el tipo más consecuente que conozco'. Éste es el tipo de afirmaciones que puede llevarte a suponerle un estado sospechosamente etílico, hasta que caes en la cuenta de que, puesto en situación, es el proceder normal al que acostumbra. Y tampoco es que yo pretenda que por San Valentín me regale *chupa chups* con forma de corazón, pero... ¿es posible que nada de lo que vea en mí signifique algo para él? ¿Que lo suyo no sea más que *agradecimiento* por el placer que obtiene en cada polvo? Tal vez sea eso justo lo que busca, porque no hay duda de que si algo le atrae es, precisamente, no sujetarse a nada. ¿Habrá sido lo nuestro una elección premeditada? ¿Una amante casada que no le dé problemas?

Una de sus expresiones recurrentes es que siempre ha sentido la necesidad de estar solo —"aunque, paradoja de las paradojas, no le guste dormir solo"—, poder gozar de amplias cotas de libertad y aislamiento. Cuando no lo consigue, como fue el caso en su fracasado matrimonio, la frustración llega a ser desesperada, agobiante, casi agresiva. Y entonces, su único pensamiento es replegarse y huir. *La Guerra de la Independencia*, lo llama a eso. 'No puedo ir en contra de mi naturaleza para satisfacer la tuya; quizás haya gente que se ha acostumbrado a creerlo, pero no es buena idea', tuvo la desfachatez de decirme un día… ¡Anda ya!

No es fácil mantener una relación con este hombre, atravesar las barreras que ha levantado a lo largo de toda una vida creyendo que el whisky se puede utilizar para ordenar el caos, o que nuestros días están marcados únicamente por el azar y la herencia genética… A veces creo que se ha aficionado tanto al *sudoku* para evadirse de cualquier sentimiento; si el mundo fuera una ecuación matemática todo sería más fácil para él. ¿Cómo es posible que alguien tan listo sea tan tonto?... Algo que también valdría para mí. ¿Cómo puedo ser tan idiota? ¿Por qué tengo que esforzarme tanto? Será porque lo quiero, aunque semejante cantamañanas no sepa muy bien qué significa eso. También son ganas las mías, cuando hay tanta gente en el mundo capaz de entender las cosas sin necesidad de que se las expliquen. ¿Pues no me dice un día el muy capullo, con esa voz aguardentosa macerada en alcohol durante tantos años, que no es raro ni ve anomalía alguna en tener y mantener, conmigo o con el mundo, puntos de discrepancia sobre el significado y la extensión de los afectos? 'Es posible llevarse de maravilla con gente cuyo sentido de la vida no es el mismo que el tuyo'. Y después afirma sin pudor que lo suyo no es individualismo aprovechado, sino algo que se llama sensatez, tomarse las cosas con un poco de distancia, huir de los pantanos; el sexo como hábito de relación social, conformado y aplicado con sentido común. Lo que queda fuera del círculo de luz del *aquí,* ese limbo maravilloso en donde no hay decisiones que tomar, es engullido por el *ahora,* que no está en ninguna otra parte. Una vida que nada exige, entregada a la belleza de las arias de Puccini y al disfrute de los placeres civilizados. Todo subordinado al presente, fuera del tiempo, donde nada ha sucedido y nada sucederá, siempre buscando la satisfacción inmediata.

Puede llegar a creer, incluso, en la eventualidad de un encuentro luminoso, en la ilusión de dos soledades que se encuentran, pero no hay acercamiento que perdure. Más allá de algún límite incierto es imposible llegar al alma de nadie, siempre estarás sola. 'No nos engañemos, y por decirlo claro, estés con quien estés, te tires a quien te tires, por muchas veces que te folles a quien te estés follando, estarás sola, cualquier historia que te montes no será sino otra versión apócrifa de *Romeo y Julieta*; la comunión de dos almas gemelas es una fantasía. Podremos lamentarlo, pero resulta inevitable. ¿Quién resiste lo eterno? La eternidad no está hecha para los vivos. ¿Renunciar a ese camino impredecible que se va dibujando mientras andas?' Y me lo dice como si fuésemos nosotros las dos únicas criaturas en el vasto universo que no estuviéramos de acuerdo, mientras yo, inmóvil, escucho los golpes que me está dando el corazón.

¿Qué pasaría si alguien se atreviera a remover sus tranquilas aguas? La existencia absoluta concentrada en un día, una hora, treinta minutos, sin un atisbo de futuro en su cabeza. Parece utilizar las palabras como barricadas tras las que esconderse, que cualquier forma de promesa, obligación o compromiso, fuera como arrojar luz a algún lugar oscuro y tuviera necesidad de volverla a apagar. Pero se equivoca, y no le queda tanta cuerda para equivocarse: está negándose a la vida, observando indolente pasar el mundo ante él, incapaz de ver nada porque está viéndose a sí mismo en todas partes. Se ha acomodado a un mundo plano, vacío de significados, sin enterarse de que somos nosotros quienes lo transformamos, llenándolo de relieves en color con nuestros sentimientos; la vida que construimos todos los días está hecha de color y esos colores son la vida. ¿Por qué no se permite ser feliz? Ocurren muchas cosas cada día y todo lo que ocurre forma parte de algo que despierta cada mañana, con sensaciones que ni siquiera desaparecen por la noche al quedarte dormida. El futuro es un proyecto de vida y nunca ha habido tanto futuro en mi vida como cuando miro a ese mequetrefe. No logro saciarme de él. Quizá sea ésa la diferencia entre amar y ser amada. ¿Cómo hacerle comprender que la felicidad no se conquista de golpe, que no es sólo cuestión de echar un polvo salvaje, que la práctica diaria es el soporte de los placeres de la vida? Cerrar los ojos y despertarse abrazados, ocuparse del otro, ser generoso por puro egoísmo, convertir el tú y el yo en nosotros. ¿Existe otro código? Yo sé cosas de él que todo el mundo ignora. Sé cómo duerme, conozco la frecuencia, intensidad, timbre y tono de sus ronquidos, y si lo sé es porque me he quedado muchas veces cuidándole el sueño, tendida a su lado sin hablar, sin rozarle el cuerpo, tarareando mentalmente las canciones de la radio. Y si le he cuidado el sueño es porque no me canso de mirarlo. Y eso ocurre porque tú quieres que sea así: conquistar la plena satisfacción con las cosas como son, nada más. Querer lo que tienes. Sólo eso, lo que tienes. Es lo que yo sé y él, a su edad, ya debería saber.

El caso es que Luisito es una buena persona, pero no es una sola persona. Como ocurre con tantos hombres, es uno en su casa, otro en el trabajo, otro con los amigos y otro más con alguien en la cama. Y, como tantos otros, tampoco es que sea varias personas a la vez, *no actúa*, simplemente hace lo que le da la gana, adaptándose espontáneamente a la situación en que se encuentra. ¿De qué color es un camaleón? Talmente como si esas conductas estuvieran ubicadas en departamentos estancos. "¿Qué debería hacer con él?", es una duda que Sonia se plantea sin esperar respuesta. Hay ocasiones en las que piensa que ese hombre no llegará nunca a crecer del todo, que tan sólo hace como que observa el mundo con ojos de adulto. 'Luisito es Luisito, no le pidas peso a la ingravidez del vacío', se repite con frecuencia. Pero sólo puede enfadarse con él hasta cierto punto. "Cae bien a todo el mundo, aunque a veces ni yo misma entienda por qué". Y, por extraño que parezca, ella, una mujer inteligente, acude una y otra vez a la llamada de semejante zascandil. A pesar de que las habilidades del sexo pueda rebajarlas con facilidad una buena cabeza, a pesar de que una noche cualquiera se lo encontrara de morritos con otra y los dos hubieran vuelto la cara sin saludarse ni cruzar palabra, a pesar de que sintió un espasmo de dolor, a pesar de aquella cálida lágrima que resbaló por su mejilla, ella acude una, y otra, y otra vez... Será que su amante, pasando del cinismo a la ternura, la hace reír, y la risa de Sonia provoca en Luisito el deseo irreprimible de oír el roce de la seda sobre la piel cuando ella se desnuda, lanzarse a sus brazos, hundir la cabeza en su pecho y quedarse quieto allí. "El Paraíso". Un paraíso que da para algunos minutos, y ella, con la felicidad tonta que sucede a los besos, reza para que dure un poco más.

*

Debí quedarme adormilado en el sillón, porque tuve un sueño raro: había que aguzar la atención y multiplicar el ingenio para identificar, entre lejanos tañidos de campana, a una multitud que se movía en la penumbra. Yo trataba de preguntar algo a fin de averiguar quiénes eran, pero no podía mover los labios. Por fin, cuando mi vista se adaptó a la oscuridad, reconocí las figuras de Vicky y de Sonia, pero borrosas, como si se me presentaran a través de un cristal ahumado. Gritaban mi nombre de manera insistente, la una con voz bronca, la otra angustiada, pero no podía distinguir cuál era cuál. Desperté con el *ring* del teléfono abriéndose paso a través de las voces del sueño.

— Hola... ¿Hola? Hola.

Creo que en los últimos ciento cincuenta años ninguna otra llamada ha sido acogida con un silencio más profundo. No pude abrir la boca, aquello no podía ser casualidad: magia negra, cosa de brujería. O un milagro. Tras unos segundos que me parecieron eternos, insistió.

— Soy Vicky. ¿Me oyes?, soy yo, Vicky… Estoy en Nueva York, ¿con quién hablo?

— No lo puedo creer —dije por fin, pensando si al otro lado del mar ella podría oír la forma en que me golpeaba el corazón—. Sí, Vicky, soy Luisito.

— Escucha, voy a volver.

Me quedé atrapado en ese instante. El regreso de Vicky, algo que parecía imposible, iba a ser una realidad.

— El caso es que no me encuentro muy bien.

— ¿Qué pasa? —le pregunté tras aguardar unos segundos.

— Bueno, he perdido algo de peso y me canso más que antes.

La llamada me resultó inquietante. Mientras yo me esforzaba en sacar a relucir anécdotas de aquellos años, ella me hablaba del árbol de Navidad que habían instalado en la pista de patinaje del PPG Place en Pittsburgh. Cuando yo le decía cuánto la echábamos de menos, ella me contaba sus planes de futuro, que incluían acabar de escribir un libro en una casita junto al mar que había localizado por Internet. ¿Sería yo tan amable de ir a echarle un vistazo?

— Naturalmente. Envíame la documentación por correo electrónico —se lo deletreé muy lentamente, como un idiota, para enterarme luego de que ya lo tenía—, y me pongo manos a la obra.

— Si no te va bien puedo llamar a Perico.

— De ninguna manera. ¿Se te ocurre algo más?

— No, no hay nada más que puedas hacer. Me parece increíble volver a veros; estoy emocionada.

Nos despedimos. Todavía flaqueándome las piernas abrí la ventana intentando devolverle al corazón su pulso normal; los ruidos de la ciudad interrumpieron el silencio de la casa. ¿Estaba intentando expulsar algo? No, no, no, allí había precisamente *algo* que no quería que desapareciera enseguida. Me quedé un buen rato con su recuerdo y, de repente, con una dolorosa hinchazón en las sienes, supe que Vicky iba a morir pronto. Tragué algo que en vez de saliva debía ser desasosiego, sacudí la cabeza asentando la idea e inspiré buscando alivio a la agitación que me embargaba... Era una tarde extraña, o tal vez la extrañeza procedía de mi interior debido al impacto; un destello de sol asomaba por entre las nubes bajas y un viento frío levantaba los papeles del suelo. Esa tarde iba a anochecer despacio. Me acabé el resto del champagne y cerré la ventana. El caso es que no creo ser un tipo excesivamente apocalíptico.

Me sentía profundamente deprimido, necesitaba otra copa para digerir la cuestión, mejor aún la botella. "Sólo por un momento"... Así que volví a llamar a Sonia.

— Soni, qué tal. Soy yo.

— ¿Sony Ketalsoyo? No estoy interesada en cámaras digitales, sistemas fotovoltaicos, altavoces inalámbricos, televisores de pantalla plana, ni acepto llamadas del Japón.

— ¿Me quieres escuchar?

— Me lo pregunto con frecuencia.

— ¿Por qué no quieres verme?

— A ver, Einstein, ensaya alguna teoría.

—No estoy muy seguro.

—Eso es que lo sabes.

Me mordí el labio inferior.

—¿O es que el esfuerzo te resulta doloroso? —continuó sin poder contenerse—. No te preocupes, te lo voy a decir más clarito: porque mi cuerpo te parece un parque de atracciones y sólo me llamas para echar un polvo.

El lenguaje sencillo y directo de Sonia siempre lograba sorprenderme: sentí la necesidad de darme con el teléfono en la cabeza.

—Soni... —murmuré con un punto de impaciencia.

—Resulta que hacer el amor contigo es como estar dentro de un laberinto; nunca sabes muy bien dónde estás. Ahora mismo, oyéndote, lo último que se me ocurriría sería pensar en una cama.

—Pues será a ti... Seguramente estás atravesando un momento negativo.

—¿Tú crees?

—En serio, no lo entiendo.

—Eso lo hace más trágico... Es algo tan complicado para el colectivo al que perteneces que ni la teoría de cuerdas te lo podría explicar.

—Quizá tú puedas.

—A ver... Se trata de un paso más en el largo proceso según el cual la humanidad, a través de la ciencia, ha ido desterrando a tíos como tú del centro del Universo. Porque hay muchos universos posibles y existen más dimensiones de las que puedas imaginar; por ejemplo, una en la que demorarse en cortejar a una mujer no es peder el tiempo.

— El alma de las mujeres no es mi fuerte. Nadie me ha enseñado las normas del cortejo.

— Cómprate un manual. Puedes aprender algunas cosas, aunque seas refractario a ese tipo de pensamiento en apariencia irracional.

— ¿Y...? —pregunté intuyendo que la pregunta, aun siendo corta, me iba a meter en un lío.

— Que vivir sabiéndolo debe ser un suplicio para ti.

— No sigas por ahí, Soni...

— O sea, que una mujer no es una máquina expendedora de sexo.

— Eso es seguir.

— Que es imposible tirarte a todas las tías cuando a ti te dé la gana, aunque te lo ordene el mariscal de campo que llevas entre las piernas.

— ...

— ¿No dices nada?

— Ummm...

— Eso está mejor.

— ...

— ¿Acaso puedes sospechar siquiera que en el mundo existe algo parecido a la sublimación?

— ...

— ¿Que las mujeres no somos criaturas del espacio exterior?

— ...

— Y tampoco un par de piernas con una raya en medio. Tenemos cabeza, y corazón. ¿Te sorprende? A tu edad deberías tratar de averiguar algo más.

— ...

—Que las palabras expresan sentimientos, no son ruidos que una hace.

— …

—Que tu ninguneo revela mi insignificancia.

A esas alturas yo ya había bajado la cabeza.

—Lo lamento…

—Hombre, habrá que darle la razón a la Universidad de Missouri cuando afirma que los vegetales también sienten. Ahora sólo nos falta reconocer las emociones de una piedra.

—¿Lo crees necesario?

—Tal vez te haga falta un empujoncito… Te crees muy lejos del hortera que mira por encima del hombro a la chica del club de alterne, pero te has pasado la vida haciendo algo muy parecido.

—Soni…

—Chapoteando en la misma mierda.

Creo que miré al techo en busca de ayuda.

—Para mí no ha sido fácil; un divorcio complicado, doloroso… Todo lo que he pasado.

Nada menos que durante treinta años. Sonia no creyó necesario reflexionar sobre semejante estupidez.

—Creo que tienes auténtico talento dramático, Luisito. Deberías ensayar eso de arrancarte los pelos, tan propio de la tragedia griega… Y probar suerte en Hollywood.

—Soni…

—Capullo. Me pregunto si crees que el resto de los mortales no podría estar también expuesto a los golpes de la vida. Bienvenido al mundo.

—Un momento… —pero no supe seguir.

— Quizá me duela a mí la vida más que a ti. ¿No te lo has preguntado nunca? ¿Qué te hace suponer que eres diferente?

— No sé adónde quieres llegar.

— A que la gente soporta el rechazo sólo hasta cierto punto, Luisito.

— Yo estaba hablando de una separación que te marca de por vida; la dificultad para percibir algunas cosas, un cierto endurecimiento, complejidades psíquicas irresolubles.

— ¿Seguro? —lanzó un suspiro significativo.

—Por supuesto que estoy seguro.

— Me estás hablando de tus debilidades.

— ¿Ahora eres mi psiquiatra?... En otra época quizá lo habría hecho mejor.

— Entonces estás viejo —rompió a reír.

— ¿Viejo? Todavía no siento los cambios de tiempo.

— Mírate, no hay nada peor que un gilipollas viejo.

— A veces pienso que la fiesta acaba de empezar.

— Siempre puedes falsificar tu DNI. ¿Pero qué sentido tiene fingir? —me preguntó, o se preguntó todavía con una risa contenida difícil de interpretar—. ¿A quién quieres engañar? La vida se te escapa deprisa.

— Bueno, dejémoslo ahí. ¿Te apetece probar el mejor *Negroni* de este lado del Mediterráneo?

— Tengo la sensación de que necesitaría algo más.

— Tómate dos.

— No tienes remedio.

— Ni siquiera para mí. Pero dime, ¿quieres o no? — "Cincuenta por ciento de posibilidades, porcentaje nada despreciable cuando de un buen polvo se trata".

—¿Después de todo lo que te he dicho, por qué tendría que apetecerme?

— Porque cuando te veo se me acelera el pulso.

— Lo que a tu edad podría ser una catástrofe.

— Y cuando estamos tú y yo solos oigo violines.

—¿Dónde está la trampa? —estalló en una carcajada que a punto estuvo de ahogarla.

— Y porque tengo intención de entregarte el alma, princesa.

— Eso también me parece preocupante.

— Venga, Soni —supliqué inmune a las pullas.

— Sólo me estaba permitiendo hacerte ver lo tonto que eres. ¿Quieres que juegue a ser Luisito? *Quizá, a lo mejor, tal vez, quién sabe, acaso, puede…* —empezó a disparar mientras me la imaginaba dirigiendo al teléfono una sonrisa de *ni sí, ni no*.

Finalmente accedió a tomar una copa, pero sólo lo hizo cuando sugerí que se pusiera ese abrigo verde que le sentaba tan bien y hacía juego con sus ojos. No sé qué le sorprendió más, el hecho de que me hubiera fijado en su abrigo o que recordara el color de sus ojos. El caso es que sentí de nuevo ese estremecimiento en el vientre tan familiar de cuando quedo con Sonia.

Así pues, me dispuse a desconvocar al restringido círculo de amiguetes que había emplazado en casa a partir de las ocho.

— Diga…

—¿Perico?

— Hombre, Luisito, felicidades. Un consejo: no sigas cumpliendo, sesenta está bien, para el reloj, no pases de ahí, quédate donde estás, congélate.

— Vale.

— Nos vemos luego, ¿no?

— Precisamente de eso quería hablarte. Mira, ha surgido un imprevisto. Mi hermana, apendicitis, una complicación. Sí... Nunca piensas que pueda pasar algo hasta que pasa... Tengo algo de prisa, ¿podrías avisar a la basca?... Los de siempre, en el correo que os mandé tienes los nombres. Gracias, gracias, gracias.

Si le hubiera pedido que saliera volando para sacarme de un lío en alguna galaxia lejana, lo habría hecho. Y sin preguntar. Eso es un amigo. Ummm... ¿Por qué miento tanto? No debe ser normal. Claro que con mentiras es todo más sencillo; ni siquiera hubiera podido sobrevivir sin mentir un poco. ¿Un poco? Pero si la mentira ha sido mi vida. ¡Menudo fraude estoy hecho! Miento tanto que ya no me doy cuenta, miento sin saber que estoy mintiendo. Y ni siquiera creo que sea uno de mis mayores defectos... Bueno, ya vale, si me paro a pensarlo la idea me provoca mareos.

Se pueden descubrir sitios insólitos en tu propia ciudad saliendo con una mujer casada, así que, en busca del anonimato y una exacta combinación de alcoholes, fuimos a un discreto bar de la Malvarrosa, donde una sucesión de *blues* lentos protegía nuestras palabras sin ahogarlas, mientras la penumbra del local ocultaba la presencia de una pareja exultante, que no quería intromisiones, garantizando su intimidad. Hablamos de todo un poco, pausadamente, sin atropellos ni levantar la voz, una forma de bienestar que, pensé, debería haber disfrutado más frecuentemente con ella. Me sorprendió comprobar que estaba más al día que yo, sin grandes alardes, pero con criterios propios, basándose en interpretaciones más personales y divertidas que las mías, a fin de cuentas obviedades sacadas de los titulares del periódico. Era más intuitiva, espontánea y directa de lo que había imaginado; inteligente sin ser una *intelectual*. Con los pies aferrados al suelo, parecía estar inmersa en el mundo, al contrario que yo, que lo contemplaba, y a veces ni eso, desde su periferia. Y todo descubierto desde una sosegada charla etílica... ¡Vaya con la gordita!

— Voy a dejar a mi marido —me soltó a bocajarro cuando ya estaba como una cuba.

— ¿Quééé? —negué en un exagerado gesto de incredulidad.

— Como lo oyes. No hay que darle más vueltas a lo que está muy claro. Quiero el divorcio.

— ¿Y él qué dice?

Se limitó a encogerse de hombros, como si le hubiera preguntado por los afluentes del Tajo.

— Francamente, me importa un bledo —respondió por fin pasándose el *Negroni* de una mano a la otra.

— Lo lamento, Soni.

— Cínico —apuntó como si fuera un cumplido.

— ¿Se lo has dicho a tus hijos?

— Lo entenderán —noté que su respiración había cambiado—. Me quieren, viven fuera... ya han volado del nido.

— Soy un cínico, pero creo que por el bien de todos no debes pensar en nadie más que en ti.

—Una forma más de cinismo puro —en su rostro apareció una fugaz sonrisa maliciosa—. Eres mi héroe, Luisito.

Lo dijo de una forma que incluso yo empecé a pensar que era un tipo estupendo. Me vi a mí mismo tal y como me estaría viendo ella: divertido, alto y guapo como un actor de cine porno. No había que estancarse, de modo que acordamos necesitar urgentemente una conexión física para comprender en su totalidad nuestros respectivos estados de ánimo.

—De acuerdo, Luisito, de acuerdo, me comprometo al gesto heroico de lo inútil: no recordaré tu edad mientras estemos en la cama —sacudió lentamente la cabeza.

—¿No?

—A nadie se le pide lo imposible —respondió con la voz de quien quiere un orgasmo.

Hubiera gritado de contento.

Desabrocharse el sujetador y dejarlo caer sensualmente al suelo, quitarse lentamente la falda y las bragas, ponerme una mano en el pecho y empujarme hacia atrás... era la escenificación del juego, y como todo lo que hacía Sonia en tales coyunturas, lo hacía con gran dominio escénico. Ella, la amante desenvuelta, aficionada a las extravagancias sexuales aún por explorar, incitantemente perezosa, excitantemente indolente, voluptuosamente dispuesta, me esperaba tumbada sobre la cama dándome la espalda, reposando en actitud casi mitológica y, como si reprodujera la

Venus del espejo, exponía su generoso trasero cual si de una obra de arte se tratara. No podía dejar de mirarla y me dio por pensar que no había tantas mujeres en el mundo que pudieran recrear un Velázquez cuando se disponían a recibir a un hombre. "Cuestión de lenguaje corporal"... Y entonces se volvió hacia mí, apartándose el pelo de la cara con una sonrisa de dientes perfectos, haciéndome cerrar los ojos al sentir su cuerpo incandescente, la presión de su pecho contra mi pecho, mi pierna entre sus piernas, su vello púbico contra el mío, y escurrirse con la respiración entrecortada para colocarse encima gritando *¡Luisito!, ¡Luisito!, ¡Luisito!* cada vez más fuerte y acabar con un leve *Luuuiiissssiiitooo* de satisfacción.

Sin embargo, cuando terminamos de echar aquel polvo tan trabajado, con una botella de Bollinger Special Cuvée y los últimos restos del *strudel*, me sentí inexplicablemente inquieto. Con la cabeza hundida en la almohada y los distintos significados de la palabra *Luisito* resonando todavía en mis oídos, no conseguía saber por qué. Tras dar algunas vueltas en la cama, me incorporé frotándome los ojos y, sólo entonces, caí en la cuenta de que era por Vicky. El corazón me dio un vuelco y noté que se me formaba un nudo en la garganta.

2

Mi primer recuerdo de Luisito lo sitúa en el bar de la Escuela. Yo estaba fumando, acodada sobre la barra tratando de conseguir un bocadillo, cuando alguien, que resultó ser él, comentaba como para sí mismo lo insustancial que le había resultado la primera clase. De pronto se volvió hacia mí:

— ¿Me pasas los apuntes?

— Bueno…

— Si logro entender algo, me casaré contigo —dijo en ese tono de familiaridad con que hablan los tíos que quieren parecer banales sin serlo del todo.

— Gracias, pero no me apetece.

Luisito era guapo en su delgadez, o por lo menos a mí me lo pareció. Alto, desgarbado, necesitado de un corte de pelo y seguro de sí mismo, tenía una sonrisa encantadora.

Me volvió a pedir los apuntes en días sucesivos y, sin saber cómo ni cuándo, me besó. No me resistí. Hubiera jurado que no había dado muchos besos; yo tampoco. Me gustó mucho, muchísimo, éramos dos personas dándonos algo mutuamente: yo le ofrecía los apuntes de cálculo infinitesimal y él, a mí, su boca.

Me rodeó con los brazos estrechándome contra su cuerpo; recuerdo cómo se me agitaba el pecho con su respiración cuando metió la mano por debajo de la blusa. La locura del deseo, estaba tan excitada… Y seguimos abrazándonos, besándonos, acariciándonos un buen rato, diez o quince minutos, quizá más, sintiéndonos los seres más afortunados del planeta. Aquella fue una tarde mágica a la que siguieron otras muchas entre carajillos de anís, sábanas de algodón y, cuando Perico se sentía generoso, algún que otro petardo de hierba.

Durante muchos años he estado en contacto con Perico y fue exclusivamente a él a quien comuniqué la buena nueva.

… me caso. Pero sólo voy a decirte que Brendan es un tipo con sentido del humor, tiene el pelo largo, lacio y rubio como a mí me gusta —aunque le haya contado dieciocho canas—, dientes relucientes y unos ojos azules que centellean… Además, está Louise. No hace falta que te enumere la lista de ventajas que supone para una niña tener un padre, pero no quiero estar casada únicamente para contar con un papá siempre a mano; tampoco me apetece estar sola el resto de mi vida… La verdad, y lo más importante, es que en cuanto entra en casa me embarga una repentina sensación de alivio y un cierto cosquilleo en la tripa. Me derrito cuando le da el beso de buenas noches a Louise, y también cuando me lo da a mí por las mañanas… Se acabó, para un cotilla como tú, ya es suficiente.

Y por Perico supe, algún tiempo más tarde, que también Luisito había decidido casarse, aunque, según me contaba, en cuanto encendía un canuto le asaltaban unas dudas terribles.

… *Lourdes, ¿te acuerdas de ella?, es una chica guapísima, lista, dulce y adorable, pero creo que Luisito se está engañando; lleva demasiado tiempo esquivando ecos del pasado y cada vez que nos hacemos un peta, me sorprende hablándome de ti.*

A mí me hubiera gustado saber qué es lo que estaba sintiendo de verdad. Parece ser que en una ocasión hablaron del asunto y le dijo que buscaba la confortabilidad del matrimonio, que estaba preparado para formar una familia, que quería mucho a Lourdes y que de ninguna manera era una forma de escapar de mí, porque hacía mucho que había superado por completo nuestra historia.

'Quiero sentirme protegido, instalarme en una versión tranquila de la vida', concluyó con una sonrisa. Pero el día de su boda no estaba de humor, como si él mismo se hubiera tendido una trampa y no supiera salir de ella. Una trampa agobiante.

En otra carta, al cabo de un año o así, me hablaba de que, en una noche de copas, mientras se metían algo más fuerte, Luisito le confesó que el shock sobrevenido tras el matrimonio era tan grande *que se le despertaban instintos suicidas. 'Me gustaría mandarlo todo a la mierda —me dijo—. Créeme que estoy desarrollando una profunda aversión hacia mí mismo'.*

Te puedo describir cómo lo veo yo: tiene un enorme bloque de hormigón embutido en el pecho que le impide moverse. A eso se reduce todo, aunque creo que lo que más le jode es que su suegro le siga llamando Luisito.

El otro día, un colega próximo al jefe —y por tanto sabio— comentaba a la hora del café que nadie como un amigo puede proyectar energía positiva sobre ti y ayudarte a salvar un marrón… Así pues, me dispongo a escribir.

… me he divorciado, Perico. ¿Soy demasiado exigente? Tal vez, pero no existe nada en el mundo que te haga sentir más la soledad que estar con alguien a quien no puedes hablar. O peor todavía, alguien con quien no soportas, ni soporta, estar en silencio. ¿Qué hay al otro lado de ese silencio?… Los maridos no resultan tan interesantes en la vida real y llegados a ese punto una separación civilizada te impide enloquecer.

Aun así, todo está demasiado reciente y, como no tengo el corazón de hielo ni las cosas son blancas o negras, el recuerdo de lo que hemos vivido juntos está tan vivo que tengo que acordarme de que nuestra relación está muerta; entonces siento el dolor de la pérdida.

Sé que podría comprar tus dramáticas condolencias contándote más detalles, pero, sólo para torturarte, no lo haré. Únicamente decirte que el nuestro ha sido un divorcio fácil, Brendan es un buen hombre, entre nosotros no había grandes desavenencias, no hubo gritos ni maltratos, ni siquiera se nos ocurrió tirarnos los platos a la cabeza, es más, la tarde en que firmamos los papeles de disolución, nos fuimos a cenar a *La Goulue* y al día siguiente me mandó un ramo de lilas blancas a casa y otro de orquídeas al estudio, con una tarjeta que decía: 'Porque mereces vivir entre flores, además de entre hormigón'. El recuerdo de los buenos momentos, me impide recordar los malos, Perico, así que tendrás que conformarte con algo menos trágico; además soy una mujer adulta y a partir de ahora podré tomarme los daiquiris cuando quiera, donde quiera, con quien quiera y durante el tiempo que quiera. Preferiblemente en bares de mala reputación.

Pero Louise sigue siendo mi gran amor.

¿Piensas volver?, me ha preguntado con frecuencia Perico, sobre todo después de mi separación.

... te juro que no sabíamos que te gustaran las lilas blancas ni las orquídeas de colores. De haberlo sabido... Pero, y para compensar, ¿nos cabrá todavía la esperanza de que vuelvas a comer un arroz en condiciones? No entiendo cómo puedes resignarte a la dieta de hamburguesas con ketchup y patatas fritas. Piénsatelo, Vicky, el Mediterráneo puede ser también un emplazamiento perfecto para trabajar, donde, además, un buen blanco del Montsant y los langostinos de Vinaroz le dan a la vida un significado distinto. Aunque, claro, reconozco que los proyectos en los que andas metida son espectaculares (no creas que porque no me los cuentes voy a estar al margen de tus milagros). Pero te disculpo; conociéndote como te conozco, sé que nunca te elogiarías a ti misma.

En cuanto a mí, debo decirte que estoy hecho un solterón empedernido... Y que, en mis fantasías, valoro mucho esa situación; es como si todo fuera aún posible...

Pero no. Ni soy inmune a los halagos, ni estoy enferma de melancolía: en NY se pueden comer ostras y beber champagne... Me acuerdo de ellos, del Mediterráneo y su maravillosa luz —¡cómo podría ser de otra manera!— pero me encanta trabajar aquí y, precisamente porque no soy inmune a los piropos, me encanta que el jefe me haga cumplidos. En cada proyecto descubro algo que me interesa más que lo demás, y ese detalle me lleva a otro proyecto, y algo de éste a un tercero, a un cuarto y a un quinto, sin que exista un final ni nada que lo haga prever.

Creo en el alma de las personas y creo también en el alma de los sitios. Todavía me asombro al pensar cómo llegué aquí; tal vez haya en la sustancia de la gente algún tipo de misterioso instinto que le lleve a su lugar en el mundo. Amo Nueva York, una ciudad con la que siento una profunda afinidad, adoro Manhattan mucho más de lo que hubiera podido imaginar, desde el vapor que escapa por los respiraderos del suelo, hasta las ardillas que pueblan Central Park. Me gustan los perfiles de los bloques que conforman sus calles, el juego de sombras nítidamente remarcadas que otorga un esplendor geométrico a sus formas, adoro la Quinta Avenida, Madison y Broadway, llenas de bullicio y animación, con las aceras abarrotadas de gente. Cuando me paro a contemplar el Sony Tower noto que se me ensancha el alma… Un mundo saturado de excesos que a Luisito también le gustaría.

Sé que Perico también disfruta con mis cartas. La verdad es que cuando las escribo es como si estuviera hablándole e imagino su forma divertida y mordaz de contestarme… En realidad, es como si les escribiera a los dos.

... y me preguntas si tengo intención de casarme otra vez. ¿Cómo se te ocurre preguntar eso? La regla de oro del perfecto cotilla es la táctica envolvente o el acercamiento indirecto, así que paso a hacerte algunas sugerencias que, a buen seguro, te resultarán de utilidad. Podrías haber empezado por '¿no sientes añoranza de cuando Brendan tenía a tu hijita en brazos?' '¿De sus primeros paseos por el parque juntos?' '¿De cuando empezaron a corretear de aquí para allá los dos en bicicleta?' '¿De las risas de los tres durante el desayuno?' La respuesta es, no. Y si no echo en falta nada de eso, es porque me basta con Louise tal como es ahora. ¿Para qué iba a querer casarme otra vez? El hecho de que haya salido un par de veces con un tío a tomar copas no implica ningún paso a mayores. Nada. Ni siquiera sé cuál es su color favorito. Tampoco si canta al afeitarse. Te diré más: los vampiros, los tigres y los hombres en general, nunca me han asustado, pero me temo que un nuevo matrimonio sería otra cosa... Por otro lado, todos los malditos predicadores que aparecen en televisión coinciden en que la decadencia moral es el azote de nuestra época, y en ningún lugar del mundo se hace más evidente que en Nueva York, ciudad de esplendor y grandeza, donde abundan las fiestas desenfrenadas de cara audaz y carácter cosmopolita, hervidero de escritores y críticos, actores, arquitectos, pintores, compositores y directores de orquesta, todos auténticos gigantes del arte permanentemente dispuestos a entrar en coto ajeno... de manera que habrá que aprovechar, antes que la locura de los buenos tiempos encuentre su momento de templanza —ya sabes, la ley del péndulo— y empiece a cotizar a la baja.

Ahora en serio, no tengo tiempo para pensar en una relación estable, el trabajo me absorbe. Hay ocasiones en que, por Louise, preferiría que no fuera así, pero eso es querer ser otra persona. ¿Cómo dejar de ser lo que eres? ¿Cómo convertirte en lo que no eres? El trabajo forma parte de nuestras vidas —es la razón por la que estoy aquí—, y no podemos sustraernos a la realidad.

... *estuvimos dando un paseo y vaciando la petaca por Los Viveros. Durante todo el camino, por primera vez desde que lo conozco, no paró de hablar de Lourdes, del error que habían cometido al separarse. A mí no me cabe duda de que todo ha sido culpa suya, la pobre Lourdes bastante le ha aguantado, sin embargo, parece estar realmente abrumado por la pérdida. 'Yo tenía una mujer y una vida familiar. Ya sé que no era perfecta, pero la tenía. Ahora no tengo nada... Y el caso es que en el Arca de Noé, hasta el bicho más inmundo tenía pareja'. O sea, ensimismado y aturdido.*

Me contó que por las noches no podía dormir, así que descolgaba el abrigo del perchero y se lanzaba a la calle como un demente tratando de calmarse, hasta que llegaban las primeras luces del día. Entonces volvía a casa.

Y como todo no va a ser un drama, y en caso de serlo no te agobiaría con él, la cuestión es que tres o cuatro semanas después, una noche, colocadísimo de Johnnie Walker, me confiesa que dictándole a la nueva secretaria una modificación sobre el tipo de andamio a utilizar para la instalación de un pararrayos, había tenido una inequívoca y magnífica erección: su carga de infortunio estaba comenzando a menguar. Le preguntó si podía invitarla a una copa después del trabajo y ante tal alarde por parte de Luisito, ella, que seguramente habría necesitado una fortaleza moral de la que carecía para rechazar la invitación, aceptó de inmediato. Cenaron en El Celler del Tossal y acabaron en la cama. '¿Sabes?, tenía un aspecto de picarona que me resultó excitante', me dijo arqueando las cejas. Ni que decir tiene que ha vuelto a dormir bien, y está dispuesto, o eso dice, a reducir el alcohol. Así que ahí lo tienes, trabajando de nuevo, bebiendo lo mismo, follando más y viviendo otra vez.

Siempre me ha encantado Perico, tiene alma de poeta y de portera, o de portera con posibles en poesía. En sus cartas me cuenta las minucias cotidianas, sin entrar en excesivas nostalgias, pero siempre se las arregla para que encuentre reminiscencias de Luisito; creo que, a pesar de lo que pasó, sabe que me gusta. Y eso hace que me sienta agradecida.

Luisito está bien, seguimos viéndonos seis o siete veces al mes para ver algún partido en la tele, ir al cine o tomar unas copas; siempre tiene un comentario ocurrente, de ordinario brillante, y una sonrisa que ofrecerle al mundo... Su humor es un humor ingenioso que le permite ir un paso por delante. El otro día sin ir más lejos, en una copa ofrecida por el Colegio, donde lo más granado de la profesión hacía esfuerzos por darse pote salpicándose de sangre mutuamente y acumulando más vergüenza ajena que méritos propios, nos sorprendió con otra de sus salidas, un tanto vanidosa, del que presume de no ser nada... Pero todos sabemos que en su caso la vanidad puede llevarle muy lejos:

'En realidad, queridos colegas, no tenemos ni puta idea de lo que va esto. Estamos juntando palabras que en el fondo no entendemos, para llenar espacios vacíos que no hay por dónde cogerlos, así que no tenemos más remedio que creérnoslas, porque si no, nos arriesgamos a perder la vez y que el negocio se nos vaya de las manos... Tenemos tantas ganas de ser alguien, nos gustaría tanto ser especiales, destacar sobre el resto, que estaríamos dispuestos a vestirnos de Fausto y tratar con el diablo a fin de conseguir una colaboración, aunque fuera poco más que limpiarle los zapatos, con el Pritzker del año... Pero de vez en cuando es bueno rebobinar —dijo con gesto solemne— para hacerse una idea de lo que son nuestras vidas. La mía, en los últimos años, no ha sido gran cosa. Y eso es, quizá, lo que más me gusta de ella', concluyó con la más amplia de sus sonrisas.

'¿No será que estás un pelín frustrado y a tu edad todo esto te queda tan lejos como la caza del mamut lanudo?', le espetó con retintín de mozalbete oportunista un muchacho apenas horneado, con

gafotas redondas de carey y todo, que imbuido por la arrogancia de quien se cree mejor en su nuevo oficio parecía recién salido de un Global Architecture.

Luisito asintió como si quisiera atraer alguna idea que se le había escapado. Luego encaró al chaval: '¿Arquitecto frustrado? Claro, lo normal, considerando que en el mundo debe haber, como mucho, tres docenas y media que no lo sean. Frustrante para un colectivo de estrellas eso de trabajar permanentemente al borde del olvido inmediato. Pero en lo demás te equivocas, muchacho —le replicó Luisito apurando su copa— Es una cuestión de zen, ya hay demasiada gente que contribuye a aumentar el ruido sin aportar nada'. Y como el chiquito, con el rostro de color púrpura y las sienes palpitando, permaneciera callado porque aparte de fachada no tenía mucho más, todavía añadió con ademanes sosegados: 'Pero no te preocupes, estas ideas llegan con la madurez sexual y ya te acompañan el resto de la vida'.

Me apresuré a intervenir tratando de enfriar el ambiente. 'Hace demasiado calor para hablar de psicología existencial, Luisito. Asombrado estoy de tu energía'. Pero debo decir que me pareció una actuación —porque de eso se trataba, de una actuación— espléndida; no debería perder nunca esa habilidad que tiene para sacar de quicio al personal. Definitivamente, un tipo demasiado grande para pasar inadvertido en un colectivo tan pequeño.

Pero ahora te pongo al día: está saliendo, en lo que él mismo define como una relación tolerante, con una chica nueva, se gana la vida sin exponerse demasiado y sus proyectos no son peores que los míos. Es más, de vez en cuando nos sorprende a todos con algo realmente bueno. Pero, sobre todo, tiene el enorme mérito de ser el único de los colegas que no se queja nunca. No le da el coñazo a nadie, como hago yo con excesiva frecuencia, para buscar consuelo o descargar el malhumor a cuenta de aquellos esplendorosos sueños donde nos íbamos a comer el mundo. ¿Qué ha pasado, dónde han ido los proyectos estrella que a todos nos iban a encargar? Ha llegado el momento en que las aspiraciones que habíamos albergado se presentan como inalcanzables. Aunque en su caso, siempre lo he creído, su vida se partió, como la mía, en un antes y un después. Cuando pienso en él, líder indiscutible de la Escuela y a continuación veo al hombre gris en que se ha convertido... Aunque, pensándolo bien, no le ha ido tan mal.

A Luisito le fallé. No fue culpa suya ni mía, fue la vida con todas sus complejidades. Sé que le rompí el alma de un solo golpe; sin intención, pero lo hice. Es lo que pasa con el amor a esos años, por muy profundo que sea el cariño en ocasiones hay que cortar para seguir avanzando. A veces la vida te exige crueldades que no puedes evitar; cuando se abren nuevos horizontes las cosas cambian y en la medida en que cambian se hacen añicos.

Durante el resto de mi vida estaré, de una forma u otra, culpándome por la desaparición de Louise. Siempre pensaré, con razón o sin ella, que debería haber prestado más atención a sus protestas de adolescente que, pese a resultar confusas, quizá fueran una advertencia en la dirección de lo que podía pasar. No supe leer en los espacios vacíos de sus silencios, ni tampoco interpretar lo que quedaba por decir. Claro que, en retrospectiva, cualquier cosa puede ser una señal que indique el desastre. He tenido mucho espacio para pensar y, diez años más tarde, sigo tan atormentada como el primer día; no encuentro fórmulas de reparación ni consuelo.

¿Cómo se había dejado meter esas ideas en la cabeza? Un día, en la Universidad, alguien le habló de una *comuna*. 'Idealistas, buena gente que busca la armonía elemental que todos compartimos sin llegar a saberlo'. Louise empezó a frecuentarlos, conoció a un hombre llamado Holly Tim, líder o cabeza espiritual del grupo, y se entusiasmó. De repente se sintió partícipe de algo más amplio, como si todo el mundo anhelara, igual que ella, cambiar a una vida radicalmente mejor. Traté de explicarle, intentando despertarla de su hipnosis, que aquel hombre no le convenía; tonta de mí, debería haber sabido que cuanto más le dijera, más se empecinaría en él. Porque entonces eran ellos dos contra el mundo. O quizás ellos dos eran el mundo.

— Nadie más tiene esa luz que lo llena por completo. Todo él vibra de energía, mamá.

La verdad es que estaba tan ilusionada, tan eufórica y llena de vida como no la había visto jamás. Por eso se me encogía el corazón cuando trataba de abrirle los ojos intentando que viera lo que era evidente para mí. Y se me partía el alma cuando en medio de la discusión intentaba abrazarla y ella se escabullía con cara de pocos amigos corriendo entre sollozos a esconderse en su cuarto.

Había intentado ser paciente, pero la paciencia no es algo que se me dé bien. Recuerdo aquellas últimas semanas como una prolongada discusión, una pesadilla que deseas olvidar, o mejor, que no hubiera sucedido de verdad. Una brecha de incomprensión, entre lo silenciado y lo dicho, se había abierto entre nosotras.

—¿Miedos atávicos frustrando el paso hacia la libertad? ¿Perder la ocasión de forma definitiva? No es lo que me has enseñado, mamá. Sólo te das cuenta del vacío que ha sido tu vida cuando empiezas a vivirla de verdad, y sé que estoy viva porque me duele el cuerpo cuando él no está.

—Eso no son más que tópicos. ¿Cuánto crees que durará?

—Se puede vivir la vida en un instante. O en cien años. Yo le seguiría hasta al infierno, pero no, vamos a un mundo donde todo es posible y me siento escogida por Dios.

—Eso, hija mía, es una solemne estupidez.

Para mi desgracia, sus palabras estaban cargadas de esperanza en el futuro.

—Colombia es el lugar más cercano al Paraíso que puedo alcanzar. Dios nos está esperando allí.

—¡Vaya noticia! ¿Es que ya no está en todas partes?

—¿Quieres que hablemos de religión?

—Sí. Me preocupa que mi hija bajo la influencia de…

—No temas —me cortaba con la mirada encendida por la inocencia de la juventud—, Tim es mi vida, la revelación de la verdadera vida. Me la ha ofrecido repleta de significados, abierta a todo porque todo está a nuestro alcance. ¿Acaso la vida no tiene nada de aventura?

A mí Tim me caía fatal, no solamente a causa de su relación con Louise, sino porque era Tim, por él y todo lo que representaba. Un farsante que estafaría hasta al librero que le vendiera las Biblias. No me gustaba lo que decía y pronto supe que, a Louise, pasada la euforia del descubrimiento, tampoco le gustaría demasiado: lo que le gustaba era él. El hombre que le había despertado los placeres eróticos, la introducía en una forma diferente de experiencia y le estaba abriendo las puertas al ancho mundo de la gran aventura. "¿Te ha ofrecido una vida? Lo que te está robando ese caradura es el futuro". Tenía que morderme los labios para no decírselo. Porque preguntarle qué era una vida repleta de significados hubiera sido como preguntarle por la conjetura de Poincaré: su respuesta sería un encogimiento de hombros. La obcecación de Louise me sacaba de quicio, aquel hombre no era más que un charlatán, y además de los chapuceros, pero no quería provocarla. ¿O era ella, con todas esas bobadas, la que me estaba provocando a mí? Para una madre no hay nada más importante que sus hijos; son el eje del mundo, lo único que importa. Para ellos, el sufrimiento de los padres es como si no fuera real.

Y, sin embargo, poco después de su partida, el recuerdo era lo único real en mi vida. Por las noches saltaba de la cama gritando su nombre, creyendo por un instante, al despertar del sueño, que Louise podría estar en su habitación estudiando o hablando por teléfono.

Tras su desaparición me propuse terminar cuanto antes el duelo, pero sólo quien recibe el golpe sabe lo duro que es. Cuando acababa de llorar era peor, porque el silencio no se acababa nunca, así que me defendía concentrándome en el trabajo, liberándome de proyecto en proyecto sólo para superar intervalos de tiempo, intervalos que se reducían a esperar y sufrir, sabiendo que la esperanza y la espera eran mis enemigas; sólo manteniéndome fuera de ellas podía alcanzar cierta tranquilidad… Cuando no podía más, recurría a poner la música o el televisor al máximo volumen, mientras me paseaba por la casa sumida en una gran frustración. Era inútil. Encontraba especialmente cruel que no hubiera habido un adiós, ni siquiera conservo en mi memoria sus últimas palabras. Necesitaba un recuerdo final, pero lo único que tenía de ella era lo que podía recordar.

Y recordaba. Recuerdos alimentados por la ausencia que se mezclaban con reproches alimentados por la pérdida; tenía que acumularlos para llenar mi soledad. Cerrando los ojos podía verla, acariciar su cara, oír su voz, las interminables risas hablando por teléfono, porque en cierto modo ella seguía allí, una presencia intangible que se escondía detrás de cada rincón. Una sombra de dolor. Siendo una niña, las veces que iba a buscarla al colegio, venía zumbando como un abejorro para echarme los brazos al cuello, momento que yo aprovechaba para levantarla en una deseada ascensión por los aires y ella celebraba estampándome un sonoro beso en la cara. De vuelta a casa hablaba por los codos, la de cosas graciosas que podía oírle decir.

Tal vez fuera un ejercicio de masoquismo, pero podía pasarme domingos enteros viendo el álbum de fotos que había dejado al fondo de su armario, medio oculto detrás de los vestidos de fiesta. Momentos captados al azar que me ponían delante de los ojos a una jovencita encantadora, traviesa, caprichosa y peculiar en sus caprichos, atolondrada, impaciente, inconstante, delicada, ingenua, dulce y llena de vida, poseedora de una extraña naturaleza angelical cada vez más adornada por los años de ausencia. Aquellas imágenes me cautivaban hasta el punto de querer desaparecer, escabullirme y colarme en ellas, un mundo junto a Louise donde volver a ser felices de por vida. Las fotos me mostraban almuerzos en el campo, paseos en bicicleta con la mochila a la espalda, y jornadas de pesca luciendo las botas altas de Brendan. O el rostro iluminado apagando velas en su *cumple*, o la satisfacción expresada leyendo su libro de cuentos favorito... También, incapaz de estarse quieta, haciendo el payaso alrededor de la mesa del desayuno para hacer reír a su mamá, una mamá que ya la quería mucho, y conseguir que la quisiera mucho más. Imágenes que me empujaban a recordar su entusiasmo jugando al escondite o a pillar, rodando a gatas por la alfombra o cantando las canciones que le enseñaban en la escuela... Recordaba sus juguetes, la ropa que llevaba puesta en cada una de las fotografías y, cuando bajaba la guardia, en mi

74

imaginación seguía moviéndose como una princesa por toda la casa. Pero, de entre todas las fotografías, mi favorita era una donde aparecía hipnotizada por una pompa de jabón que estaba haciendo yo misma. Quizá todas las madres miren a sus hijas de ese modo y todas las niñas de tres años miren así las pompas que hacen sus madres, no sé, pero era mirarla y ponerme a llorar... Aún ahora, tanto tiempo después, el mero hecho de pensar en ella puede bastar para que se me forme un nudo en la garganta y se me llenen los ojos de lágrimas.

Era guapa, el cuello largo, los labios rosados, la boca ancha, y esos ojos enormes, tan luminosos, además de la sonrisa fácil, me recordaban a su padre. Cuando entró en la adolescencia los chicos la llamaban por teléfono buscando su cercanía, su amistad, y ella las prodigaba sin reservas, a veces incluso de forma bastante irreflexiva. Femenina y seductora, tenía una forma de escuchar entrecerrando los ojos que te hacía pensar que eras la única persona que le importaba en el mundo. Consciente de su poder de atracción, éstas y otras muchas, eran facetas que cultivaba con desenfado, como demostró en la universidad, donde se convirtió en una *estrella* del hockey sobre hierba; rápida, audaz, escurridiza... Dulce con los animales, siempre se paraba a jugar con los perros en el parque; no le daban miedo por grandes que fueran, ni rechazaba a ninguno por feo, tiñoso o desabrido que pudiera parecer. Tenía la inteligencia aguda, el pensamiento ágil, y era alegre... y era... era... alguien especial, y no sólo por ser mi hija. Por eso, por todo ello, por muy fuertes que fueran sus instintos religiosos, eróticos, viajeros o de cualquier otra índole, aquello no tuvo ninguna lógica.

En aquella ocasión me detuve sin saber bien qué escribir. Quería enviarle un mensaje íntimo y sincero a Perico, algo que albergaba al cabo de once años, una improbable esperanza disfrazada de carácter práctico.

... En mi vida sólo lamento una cosa, la única que no tuvo jamás ningún sentido: los años que he estado sin Louise, los errores que condujeron a su marcha. ¿Es que no la había querido lo suficiente? Quizás yo era una madre excesivamente atareada o permisiva, tal vez Louise tenía una forma de entregarse al mundo que no era sino consecuencia de una niñez hiperprotegida, acaso había crecido demasiado deprisa o no había crecido nunca, o puede que en la vida de una chica a punto de cumplir los veinte años no existan los porqués.

No albergo ya ninguna esperanza de que pueda estar viva. Yo misma puedo imaginar la sonrisa de condescendencia que aparece en mi cara cuando, como ahora, expreso alguna posibilidad, pero no existe en el mundo nada tan rocambolesco, que pueda ablandarme tanto el cerebro, como la huída y posterior desaparición de Louise. Naturalmente, nunca hablo de eso con nadie, ni siquiera en eventuales cogorzas o insomnios compartidos de fin de semana; la pérdida de mi hija provoca en mí una inhibición que tampoco es fácil de explicar. Quizá sea la reticencia a concebir cualquier tipo de esperanza, una sencilla medida de prudencia ante la posibilidad de volverme loca, un temor a despertar toda la angustia que llevo dentro.

Cuando pienso en ella, incluso a día de hoy, todavía siento un estremecimiento de incredulidad. Por eso te pido que, si alguna vez me pasara algo, y sólo si ese algo fuera irreversible, se lo digas a él. Por si acaso. ¿De acuerdo?

"Sólo las mujeres son capaces de escribir así —reflexionó—, sin tapujos ni ocultamientos. Sin muros ni decorados inútiles". Durante horas Perico se perdió entre las letras de aquella carta, en el dolor que transmitían, y para cuando ya la había leído por quinta vez, con los ojos más nublados por la ira que velados por las lágrimas, pensó que él mismo iba a romperse en pedazos por una niña consentida. Una serie ininterrumpida de palabras fuertes inundó sus pensamientos; no le entraba en la cabeza que alguien dedicara la juventud a malgastar su vida. "*La Secta del Pueblo*, suicidio colectivo en Jonestown, la *Secta de la Felicidad Perfecta*, lo mismo, pero a lo bonzo en protesta por un líder en presidio, *Hare Krishna*, tráfico de joyas y drogas, *Misión Divina*, con el *Gurú Maharaji* coleccionando Rolls Royces, *Los Niños de Dios,* corrupción de menores y prostitución, *Adoradores de Seth*, secuestros, abusos sexuales, inducción al suicidio, incluso necrofagia y necrofilia… Y esos son sólo algunos ejemplos. Si dentro de unos años la gente quisiera enterarse de la idiotez, tantas veces perversa, de los movimientos religiosos *made in USA* en el último cuarto del siglo pasado, no tiene más que acercarse a cualquier hemeroteca y leer los periódicos: la versión más ridícula de toda una generación. ¡Hay que joderse!" Estaba indignado. No sabía si nunca le habían gustado los *teenagers* americanos, su identidad psicológica o su desarrollo biológico, sexual y social. Claro que tampoco sabía nada sobre ellos, ni había conocido a ninguno; aunque a juzgar por la carta se inclinaba a pensar que el mundo estaría mejor sin *ellos*. Vacío de *ellos*. "Si la humanidad tuviera suerte serían todos estériles. ¿Están tontos o qué? Lo que más me llama la atención es el enorme hueco que hay en sus cabezas, o mejor, la gran parte de cerebro donde no hay nada, y eso, en probados ejemplares de *homo sapiens sapiens* raya la incongruencia. Esos chicos ven demasiadas películas por televisión y empiezan a imaginar escenas con palmeras y luna llena. ¿A quién se le ocurre que en la selva amazónica los loros reciten poesías?... Guirnaldas en el pelo y collares de conchas para crear una utopía inducida con cannabis, mientras el espabilado de turno los deleita tocando el *sitar*. Perfecto, perfecto, pero… hace falta dinero. Al final, demasiadas cábalas explicando lo inexplicable para poder explicar las estrambóticas ideas al uso, todas con tintes de santidad, dedicadas a entretener y adular con falsa autoridad a jóvenes crédulos, acomodados y ociosos, exprimidas en beneficio propio por desvergonzados charlatanes y fabuladores que, ejerciendo de hombres de Dios sin serlo, son capaces de dilapidar ahorros y fortunas familiares, las de los *elegidos*, para engordar sus cuentas bancarias. Yo le hubiera dado una buena bofetada y probablemente se lo hubiera pensado dos veces antes de largarse de casa con la dentadura incompleta", discurrió mientras contemplaba el tablero con la barbilla apoyada en el puño cerrado. Se dispuso a mover un alfil, sin pensar demasiado en lo que estaba haciendo. "Vicky es una persona lógica, convencida del mundo racional, no logro comprender cómo no ha sido capaz de trasmitirle una pizca de esas convicciones a su hija. Y conociendo su carácter resolutivo —continuó razonando a la vez que estiraba el brazo para alcanzar la copa de coñac que reposaba junto al tablero—, muy capaz de hacer girar el mundo al revés si se empeña, me resulta inconcebible que no hubiera hecho callar a ese charlatán dejándolo inconsciente de un tortazo. Porque a lo largo de mi vida he conocido a gente con carácter, pero sólo me he tropezado con una persona capaz de cerrarte la boca con los ojos: Vicky. No era fácil sostenerle la mirada, no... Cuando estaba aquí, si ella decía de hacer algo, lo hacías, y si no lo hacías, lo hacía ella por ti. ¡Hay que ver con qué facilidad puede arruinarse una vida! ¡Cómo te puede maltratar, y con qué crueldad, por una estupidez que ni siquiera es la tuya!... Que además haya tenido que pasarle a ella, que parecía indestructible, no como nosotros, a los que un golpe de aire podía tumbarnos si nos pillaba distraídos... Vicky nunca había necesitado protección: se protegía a sí misma. Y sin embargo, esta carta es un grito pidiendo ayuda y yo no puedo dársela".

Creo en los límites, aunque a veces haya vivido como si no los hubiera. Aunque a veces mi actitud haya excedido todo lo razonable. Alimentar de esa forma, durante tantos años, el recuerdo de una hija rebelde ha sido una extralimitación. No obstante, lo he hecho. ¿Imaginar todos esos diálogos con ella me han servido de terapia? No. ¿Qué sentido tenía estar discutiendo con ella tantos años, rebatir lo que había o no de erróneo en sus razonamientos? Que si ella no había sido más que un títere permitiendo que Tim moviera los hilos a su antojo, haciéndola correr en la dirección deseada. Que si como una idiota había sucumbido a su voluntad a cambio de una mera sonrisa de aprobación. Que si le había cogido el gusto a llevarme la contraria. Que si las hormonas le afectaban al cerebro. Que si lo mío era telepatía de *amateur*. Que si también quería mi dinero. Que si se puede evitar lo inevitable, si es que hay algo inevitable. Que si *Deus ex machina*, la Divina Providencia o la *Ciudad de Dios*. Su discurso me parecía particularmente estúpido, pero a esas alturas casi todos los discursos me parecían estúpidos, y aun así, siempre quedaban asuntos pendientes... No hay mayor locura que una madre enfrentándose a una hija que ya no está. Polemizar sobre a quién corresponde la mayor de las culpas, aunque las cosas acabaran casi siempre de manera satisfactoria —la culpa era de Tim, claro—, eso sí, con una madre exhausta por su propia retórica.

Me costó mi tiempo aceptar las cosas, doblegarme ante la inevitabilidad e inconmensurabilidad de los hechos. Y, aunque con gran dolor, también lo hice. Los duelos se viven siempre en soledad, así que busqué amparo en el trabajo, la necesidad de trabajar exhaustivamente, durante horas sin apenas descanso —¿no era eso por lo que había luchado tanto?— hasta encontrarme extrañamente ajena, no sólo a la cháchara del mundo, sino también a mí misma... ¿Qué había detrás de todo aquello? Quizá no fuera sólo la desaparición de mi hija, sino mi propio fracaso personal. Algo debía andar mal dentro de mí... Y así es como estaba aquella mañana en el Brooklyn Hospital Center, cuando me diagnosticaron un cáncer.

3

Sentí una tremenda inquietud cuando me llamó para ver si podía quedarse unos cuantos días en casa. 'Hasta que ponga en orden la que he alquilado'.

— Naturalmente, Vicky. Iré a buscarte al aeropuerto.

— Bajé del avión la semana pasada.

Creo que abrí los ojos tanto como me fue posible.

—Ah.

Llegó a última hora de la tarde ese mismo día. La breve pausa que sucedió tras abrirle la puerta fue la pausa del reconocimiento, y proporcionó a mis ojos la comprensión inmediata de lo que estaba pasando. Tanto como a ella, supongo, de en lo que yo me había convertido. "La vacuna perfecta contra la nostalgia", pensé en un relámpago de malicia. Habían pasado casi cuarenta años y, durante ese tiempo, si alguna vez albergué alguna curiosidad conseguí adormecerla; sencillamente, fue esfumándose de mi conciencia y otras mujeres ocuparon su sitio. Aquellos ojos, sin embargo, me capturaron en el acto, calibrando el peso del tiempo y su dimensión, apoderándose de algún modo, o ésa fue la sensación que tuve, de lo que ya sabían… Por mi parte choqué con la aguda sorpresa de un difícil reencuentro. Me volvieron a la memoria sus rasgos de entonces, los que nunca había podido olvidar del todo, y me desconcertaron los de ahora: una cara demasiado desnuda, ojerosa, de párpados hinchados y mejillas hundidas. La boca se reducía a poco más que una hendidura, ni rastro de aquella hermosa cabellera roja con brillos dorados. Su deterioro era tal que parecía otra; envejecida, pero, aun así, seguía siendo… ¿hermosa? Traté de no pensar en la chiquilla que marcó mi vida.

— Necesito dormir —es todo lo que dijo, sonriendo ante la sombra de alarma que vislumbró en mí.

La instalé lo mejor que pude en el cuarto de invitados, que por cierto era la primera vez que cumplía su función. Me apresuré a hacerle la cama con dos almohadas y un edredón más grueso que el que tenía pensado. Después cenamos más o menos en silencio, ella adoptó una actitud retraída y yo no sabía qué decir; cuarenta años plantados en medio de los dos y mucho miedo a estropearlo todo. Sólo cuando me disponía a quitar la mesa, me sorprendió con sus preguntas:

— ¿Pensabas que volveríamos a vernos?

— Ya no.

— ¿Lo has deseado alguna vez?

— Más de una.

— Las cosas nunca son como uno se figura.

— Desde luego. Tenerte en la habitación de invitados es lo más extravagante que me ha pasado nunca.

— Cuando te llamé esta mañana, ¿cómo imaginaste este encuentro?

— No sabría decirte.

Me miró con unos ojos que ya resultaban demasiado grandes para su cara:

— ¿Siempre eres tan escurridizo?

Hice un esfuerzo por sacudirme la torpeza.

— Cuando no sé qué decir.

—Me gustaría saber más de ti. Desde que nos separamos te has mantenido muy alejado, convirtiéndote *casi* en un extraño.

"No fue así —pensé—. No nos separamos, fuiste tú la que se separó y te has mantenido alejada convirtiéndote, *sin el casi*, en una presencia del pasado. Fui yo quien me quedé. Quien sólo podía dormir gracias al cannabis y había días en los que no me levantaba. Quien intentaba dar con algún razonamiento, pero las ideas se disgregaban antes de llegar a tener algún sentido". Sin embargo no era el momento de saldar cuentas. Desvié la mirada; el mío era un corazón cargado de secretos. Pero los secretos, como tantas cosas, acaban en tópicos y hace ya muchos años que todos los tópicos han sido confesados.

—No te preocupes, no muerdo, soy inofensiva. ¿Te parece una locura que haya vuelto?

—No, no, ¡qué va! Sólo que…

—Estás desorientado y yo cansada, ¿me contarás mañana algo más?

No esperó mi respuesta, se levantó, me dio las buenas noches —'Buenas noches, Luisito'—, y enfiló hacia el cuarto de baño. "¿Te parece que a esto se le puedan llamar buenas noches?" Corrí a la sala, descolgué el teléfono y llamé a Perico.

Pasaban los días, yo seguía haciendo mi rutina: iba al estudio, comía fuera y, si no quedaba con Sonia, volvía temprano por la noche. Bebíamos, jugábamos a las cartas y hablábamos.

— Me casé. Se llama Brendan, pero la cosa no duró. Al cabo de tres años no teníamos nada que decirnos.

— Yo estoy separado.

— Lo sé. Te casaste con Lourdes.

— ¿Cómo lo sabes?

— Yo sé muchas cosas —dijo mirando al infinito con los ojos perdidos—. No tienes hijos.

— ¿Y tú?

Negó con el gesto.

— Una hija; no me dio tiempo a más —se encogió de hombros apretando los dientes—. El tiempo vuela, ¿verdad? Pero no quiero hablar de eso.

Cuando se levantó le temblaban los párpados y juraría que era por la forma en que había sido retorcida su memoria.

Ella iba y venía de la clínica a casa, y jamás dejó que la acompañara. Nunca comentó nada, qué hacía o qué le explicaban allí. 'Cosas mías', respondía con una sonrisa. Debo decir en su honor que nunca hubo tanto beluga en mi nevera, ni tanto Krug en la bodega. Una noche, los dos completamente trompas, me preguntó si podía quedarse conmigo.

— Me da miedo la soledad.

La idea, por un momento, me aterró —"¿Es normal que la gente te invite a presenciar su muerte?"—. Deseé poder estar muy lejos.

— ¿Por qué yo?

— Estar casi muerta te hace pensar de forma diferente. Hacemos las cosas por algo, siempre hay una causa, vínculos inasibles difíciles de explicar, relaciones ocultas que parecen no tener relación —sonrió con una sonrisa de disculpa.

— ¿Cosas que quedan cuando se han dejado a medias?

— Por eso a nadie le gusta dejar las cosas a medias; la propia vida se encarga de ponerlas en cuestión.

— Pues, para no andar enredando, mejor olvidarlas.

— Si puedes. Tal vez haya también sentimientos más firmes de lo que parecen. Lo que una esconde en su memoria es lo que nunca deja de estar. Sería más fácil si las cosas sencillamente ocurrieran y pudiesen dejarse atrás, pero el tiempo siempre discurre en dirección a sus consecuencias… Vale, basta de rollos, ¿te viene bien o no?

— Por supuesto Vic, nada me gustaría más que volver a compartir piso contigo —le contesté con un guiño.

— Ya verás que no va a ser tan malo —y me tocó fugazmente el brazo.

— ¿Te apetece una copa?

— Prefiero acostarme —contestó alargando la mano para tocar mi cara.

Esa noche me tocó cambiar de habitación. Cuando estando con el amor de tu vida, tienes que dormir en el cuarto de invitados de tu propia casa, es que algo no funciona bien.

Vicky estaba sentada en la cocina cuando entré por la mañana a preparar café. Llevaba una bata de ir por casa encima del pijama, pero se había maquillado a conciencia.

— Es la primera vez que estoy enferma —me soltó de buenas a primeras—. Nunca me había parado a pensar en los que están jodidos, pero cuando te toca, no quieres estar sola. Estoy preparada, no le temo al final, aunque parece que no es mi turno todavía. Además, desde que he vuelto le he tomado un repentino gusto a la vida, así que me propongo disfrutar del aplazamiento —a pesar de los esfuerzos, un ligero desasosiego persistía en su voz—. ¿Cómo será estar muerta?

Me defendí con un encogimiento de hombros.

— Siempre pensé en la muerte como un tributo que equilibrara la balanza, '*Sra. Brendan, se acabó la fiesta; ha llegado la hora de pagar*', nunca como un desgaste lento, tan lento que llega a ser una burla para el que se está muriendo. ¿Y sabes lo que va a ser peor de morirse? —volví a torcer el gesto—. Su misma esencia, Luisito: la muerte es el silencio definitivo, el punto sin retorno, la nada para siempre.

Invoqué a Perico; hubiera dado cualquier cosa porque estuviera allí.

— No es tanto el temor a su proximidad, como el cabreo que me produce el hecho de ser inevitable. ¿Te imaginas? No hacer nunca más un proyecto, dejar de trabajar la ceremonia asociada a la composición de un volumen, renunciar a que la imaginación, de por sí constreñida, se expanda inundando tu espíritu. Decir adiós a ese don que tenemos para interiorizar la realidad y representarla más real todavía —por un instante se iluminó su cara—. Prescindir del momento en que se interrumpe el mundo, te dejas llevar por las posibilidades inesperadas y aparece una inmensa galería de imágenes, las más audaces que has concebido nunca.

— Y eso es sobre lo que has construido tu vida.

— Mi vida, tu vida... ¿Qué llegué a ser yo para ti?

— Ummm... ¿Cómo te lo diría? —sonreí antes de contestar—: quizá lo contrario del yoga

— Sí, ya supongo que aquello no te aportó demasiado sosiego, aunque nunca me has dicho nada... —murmuró removiendo el café muchas más veces de las necesarias.

— Si hubieras querido retirarte al Muro de las Lamentaciones, habrías elegido Jerusalén.

— Amnesia lacunar, diría un psicólogo.

— Hice un hueco en la memoria donde decidí no revolver nunca.

— Pero el hueco está, y algo habrá guardado...

La puerta se había abierto. Con la vista fija en ella postergué mi contestación durante un buen rato, tratando de reconstruir nuestros mundos.

— Irse a hacer las Américas no es cosa fácil, que te acepten en un estudio como ése, menos todavía; requiere elevadas dosis de inteligencia. Dado que la planificación no puede ser espontánea, ¿desde cuándo lo tendrías planeado? Uno no puede elegir sus sentimientos, va tirando con lo que lleva dentro; me hiciste tanto daño que ni siquiera pude guardar rencor... Además, dada mi falta de fe en la virtud, me seduce la gente capaz de llevar a cabo el acto de esfumarse. Hay que aplaudir, aunque siempre haya alguien que llore —respondí luchando contra una catarata de emociones—. El mundo había cambiado, pero no ocurrió aquella mañana delante de mí; había cambiado a mis espaldas.

Me cogió la mano, apretándola con fuerza, y aún dudó un momento:

— Las personas cambian, mienten, ocultan, traicionan, se van, enferman, mueren... ¿Gano algo diciendo que lo siento? ¿Tan grave fue? ¿Nunca tuviste ninguna sospecha?

— Cuando estás tan colgado como lo estaba yo, tan eufórico viviendo feliz en una nube, es imposible tener un mal presentimiento.

Su voz sonó como un lamento:

— También es duro volver la cara a todo lo que conoces, pero si quieres enfrentarte a la vida, ser lo que quieres ser, tienes que hacerlo.

— Lo cierto es que si creyera en el destino me cabrearía con él.

— Y si yo tuviera que excusarme, necesitaría un camión de mudanzas... Pero tomé la decisión correcta — asintió con los labios extendiéndose en una sonrisa.

— Una vida apasionante, mientras no utilices el corazón.

— ¿Es una forma de recordarme los cuarenta años de ausencia? Luisito, la vida da muchas vueltas y la mía ya las ha dado todas; si quieres un consejo, vive. Es todo lo que tenemos.

No la contradije. No me ofreció ninguna explicación, ni yo se la pedí. Tan sólo me acerqué y me atreví a plantarle un beso en la frente, porque también es adecuado besar a quien casi está muerto.

Vicky se pasaba el día sola. Bueno, sola no, acompañada de una enfermera que desaparecía en cuanto llegaba yo. Por las tardes, a partir de las cinco, acudía Perico y cada vez con mayor frecuencia se incorporaba Sonia. Las noches que estábamos los cuatro eran las mejores: comentábamos los periódicos, veíamos la tele, nos poníamos ciegos a porros y seguíamos lo que llegamos a llamar la dieta *victoriana*: jamón de Jabugo y Vega Sicilia.

Cuando habíamos bebido bastante y el alcohol nos tocaba con su gracia, los años desaparecían y la antigua complicidad volvía a estar ahí. Entonces una carcajada tras otra coreaba las pequeñas historias que recordábamos con regocijo. Conforme aumentaban los niveles etílicos, el trago calentándonos el estómago, deslizándose por las venas como un viejo amigo, las anécdotas de ida y vuelta se alargaban interconectándose en sus detalles con las más altas lecciones de filosofía kantiana y confusos laberintos de razonamiento kafkiano, combinando conceptos de bondad y belleza, con alienación y absurdo, de manera que saltábamos de una cosa a otra sin apenas enterarnos. En ese punto el futuro de Vicky no existía y el mundo brillaba en toda su banalidad. Podríamos haber estado volando, pues todo resultaba un tanto irreal: Victoria Montagud haciendo de enferma terminal en casa, cuando todo el mundo sabía que era una estrella del hormigón afincada en América. En el momento en que, ya de madrugada, nos íbamos a la cama habiendo dado un repaso, por ejemplo, al racionalismo de García Mercadal en relación con las lunas de Júpiter y sus consecuencias sociales en el Ampurdán, solíamos estar bastante borrachos.

Curiosamente yo dormía mejor que nunca, y eso a pesar de lo que estaba sucediendo en la habitación de al lado. Acostumbraba a levantarme pronto, en cuanto oía entrar a la enfermera, y normalmente ya había salido cuando Vicky se despertaba; no me apetecía verla de buena mañana con su máscara de resignación puesta.

El estado de Vicky empeoraba. Sus ojos, que crecían a la vez que su cuerpo se hacía más pequeño, parecían pedir perdón por morirse y paciencia mientras lo conseguía. Perdió el apetito, se pasaba el día en cama con el pulso acelerado y empapada en sudor; sólo se alimentaba de morfina. Cuando mal que bien recuperaba la lucidez, a medio camino entre el sueño y la realidad, murmuraba palabras incoherentes cuyo significado nos resultaba incomprensible, dando la sensación de que sólo deseaba cerrar los ojos y seguir durmiendo. Perico y yo no conseguíamos mantener su atención durante mucho tiempo, escapaba a un mundo impreciso de silencio donde no había sitio para nadie más. Así que, sentados en su habitación, charlábamos reduciendo la conversación a poco más que un suspiro, leíamos a ratos o nos limitábamos a verla dormir pendientes del ritmo de su respiración. Entrecortada, jadeante. Y cada vez con mayor frecuencia, a requerimiento de los silbidos de la botella de oxígeno, nos mirábamos con la garganta encogida. 'A Vicky se le está acabando la cuerda'.

Una noche, estábamos amodorrados bajo los efectos del cannabis cuando, bien avanzada la madrugada, nos dimos cuenta de que Vicky había muerto. Su cabeza reposaba tranquilamente sobre la almohada con los ojos entrecerrados y la boca abierta. El silencio de los primeros instantes se convirtió en un simple y prolongado silencio. Pasado el desconcierto dejé escapar un gemido cerrando los ojos con toda la fuerza de que era capaz, pero la muerte ya se había grabado en mi cabeza con una sacudida de dolor. Y lloré, lloré como no había llorado nunca. Hasta que no pude respirar. Hasta que oí rompérseme el corazón. El llanto me apretaba la garganta, ¿por qué lloraba tanto? La emoción de la contundencia. Eran las primeras lágrimas que derramaba en cuarenta años y me salían del alma. Los recuerdos acudían hasta formar un torbellino que me ahogaba, repentinos, sucesivos, brillantes, fugaces, como en los giros de un caleidoscopio capaz de reunir los distintos fragmentos dándoles forma… Los años transcurridos me parecieron una mera ausencia, sólo un espacio en blanco; Vicky estaba muerta y yo había vivido lo mejor de mi vida en el paisaje de su cuerpo. Recordaba el primer beso, el contacto de la piel en los labios prolongado en el tiempo, evocaba su pelo, aquella deslumbrante melena roja que olía a champú y a rosas. *Éxtasis* era más que una palabra. Y gratitud, al reconocer en esos gestos el único sentido de mi vida. Supe que un vínculo especial se había ido con ella y lloré por lo que había perdido, tan cargado de significados. Porque la quise con un amor del todo irracional, el único auténtico, por su belleza, incluso ahora con la cara surcada de arrugas, por su voz, que no había cambiado nada, por Roberta Flack y Simon & Garfunkel, cuyas canciones habíamos cantado tantas veces de camino a la Escuela, por el recuerdo de tanta felicidad, por lo que yo había sufrido por ella, por lo que habría sufrido ella, tan lejos, y porque de algún modo habíamos compartido nuestras vidas aunque no las hubiéramos vivido juntos.

Todavía con un velo en los ojos, cedí a la tentación de fantasear un poco tratando de imaginar cómo hubiera sido la vida con ella, adentrándome en una ilusión a la que jamás me había atrevido, y mientras pensaba en las cosas que nunca me había permitido pensar, sentí una cálida corriente de cariño recorriéndome el cuerpo. "Vicky. Vicky. El mejor regalo que me ha hecho la vida... Todo lo que pasó y en realidad somos los mismos". De pronto la situación me pareció irreal y tuve una punzada irracional de celos por todos los momentos felices que habría vivido Vicky sin que hubiera en ellos rastro de mí.

— ¿Sabes? Creo que nunca llegaste a conocerla del todo —sentenció Perico sin venir a cuento.

Lo que me faltaba.

— Pero, ¿qué dices? Estuvimos pegados el uno al otro durante nueve meses en pleno delirio amoroso. Y casi todo el tiempo que puedo recordar, desnudos. Sólo nos separábamos para ir al baño.

— Lo tuyo era más que nada, sexo y fagocitosis.

— Lo dice el experto en sexo-psico-sociología.

— Una relación básicamente cosmofálica que seguía pautas físicas de necesidad-satisfacción magnificadas por entusiasmos pre y postcoitales.

— También llegábamos al éxtasis escuchando a los Beatles y leyendo a Alberti, pero en aquella época corría el rumor de que follar hacía feliz a la gente. Y lo llamábamos hacer el amor.

— Las verdades pueden parecer insólitas.

Hice un gesto de conformidad, como de *vale, por supuesto, claro...* "¿Pero a qué viene esto?"

— ¿Te encuentras bien, Perico? Podemos seguir hablando cuando estés más tranquilo.

— Verdades insólitas, surrealistas, incluso extravagantes —asintió con una expresión de incierto significado.

— Eres un irredento gilipollas.

— Cierto.

Perico estaba muy pálido. Abrumado por la crisis lucía un semblante más blanco que el de Vicky, tragaba saliva a destiempo y me dio la impresión de que también estaba a punto de echarse a llorar; afortunadamente no lo hizo. Le rodeé los hombros con el brazo y nos dirigimos a la sala dispuestos a atacar las reservas de whisky.

Los rituales se han establecido desde siempre con una clara intención: las personas necesitan algo donde concentrar su dolor, sobre todo cuando se trata de la muerte. Luisito y Perico, ante tanto pesar, deseosos de incorporarse a un rito, se han enfrascado en la ceremonia del Manhattan, extremando su perseverancia en la justa proporción de vermut rojo y gotas de angostura. Entre copa y copa, Vicky sigue viva y cuanto más beben, más pueden apreciar su presencia, escucharla, amarla. Así que vuelven a llenarlas en memoria suya, una mujer sin duda extraordinaria que les ha dicho el adiós definitivo. Beben, sostienen las copas en alto y beben. Rituales del espíritu… Hasta el amanecer.

A la mañana siguiente, cuando volvimos a la habitación después de cumplir el penoso y obligatorio trámite con la funeraria, me dio por pensar que por primera vez podía contemplar las facciones de Vicky sin interrupción y, aunque serenas, se mostraban vacías. Cerradas. "Lo quietos que están los muertos". Había algo desconcertante en mirar su rostro, turbador incluso. Estaba familiarizado con él, había crecido con él, soñado con él, y en más de una ocasión a punto de enloquecer por él. Pero, aunque lo estuviera viendo, en realidad no lo veía porque ya no era su rostro. Ahora era demasiado blanco, tenía la fragilidad del papel viejo, gastado, seco, los pómulos sobresalían tensando las mejillas, no respiraba, sólo yacía delante de mí sin posibilidad de aproximación; se había transformado, estaba envuelto en algo que era diferente. Nada, ni siquiera oscuridad, se había ido. Recordé sus palabras: '*la muerte es la nada*'. Sí. Ausencia. Muerte. Nada. De manera extraña experimenté una sensación de alivio por estar vivo que me hizo sentir mal. Me pregunté si toda la congoja que había exhibido ante mí mismo la noche anterior era sincera, y me sentí culpable por no sentir lo que tenía que sentir… Tal vez no lloraba por nada de aquello que habíamos vivido juntos, quizá sólo fuera por todas las miserias que yo había acumulado en sus cuarenta años de ausencia. ¿Había malgastado mi vida? A estas alturas, qué más daba. ¿Era eso? Una corriente helada me recorrió el cuerpo. ¿Cómo ahuyentar esa impresión?

Bebiendo.

— Vamos Perico, aún nos queda mucho *scotch*.

Me miró a los ojos con las ojeras marcadas del desvelo.

— Estoy fatal.

— Y yo.

— ¿Te has dado cuenta de que Vicky se ha ido sin haber visto ningún proyecto nuestro?

"Como si tuviera remedio", pensé.

— Tampoco creo que se haya perdido gran cosa: cuatro rayas más o menos acertadas en trabajos sobrevalorados con orgullo de autor.

Se quedó paralizado.

— ¿Eso es todo lo que tienes que decir?

—No. Perdónanos, Vicky, por nuestras vidas de mierda —y noté otra vez la boca seca—. Anda, vamos.

4

— No estoy seguro de que quieras oírlo, pero tienes una hija —me soltó Perico cuando volvíamos del cementerio.

— ¿Una hija? —repetí como si no hubiera comprendido.

— Una hija.

— Y tú un chihuahua verde —contesté sin saber de qué iba aquello.

—Yo no tengo ningún perro, pero tú tienes una hija. Tuya y de Vicky.

"¿Era casual esa voz de falsete? ¿Me estaba gastando una broma? Qué mal gusto, ¿no?"

— Eso no puede ser.

— Ya verás tú la de cosas que pueden ser...

— ¿Crees que eres gracioso?

— No.

— ¿De qué estás hablando? Si paras un momento y vuelves a intentarlo, a lo mejor lo entiendo.

— Cuando fue a despedirse de ti, ya sabía que estaba embarazada.

Lo miré atónito. Aquellas palabras me dejaron mudo. Un espasmo de frío me recorrió el cuerpo.

— ¿Una hija? —volví a preguntar como si quisiera cambiar lo que estaba oyendo, aunque, por extraño que parezca, en cuanto lo dijo supe que era verdad. Pero no estaba preparado para eso—. ¿Tienes algo que decirme en serio o es sólo...? —sentí cómo se me tensaban las tripas—. ¿Hija... mía?

— Toda tuya.

Mi sangre, congelada, se negaba a circular de nuevo. "No estoy durmiendo. Esto no es un mal sueño ni voy a despertarme porque no estoy durmiendo. Sé que no estoy durmiendo". Traté de mantener la calma, aquella noticia inesperada amenazaba con llegar a convertirse, cuando menos, en una tocada de pelotas. Repasé mentalmente aquel último encuentro, intenté examinar la cuestión desde un punto de vista sereno y objetivo, reprimiendo un repentino ataque de ansiedad. No funcionó. "¿De cuántas semanas estaría?" Intenté imaginarme el nuevo organigrama: Vicky en América, sola y preñada... En realidad, no me lo quería imaginar.

— ¿Debería fingir un ataque de alegría?

— No sé, yo no tengo hijos —negó con la cabeza varias veces—. Ella nunca quiso que te lo dijera.

— ¿Y por qué me lo has dicho?

— Porque está muerta.

Empecé a notar seca la garganta. ¿Qué hace uno cuando está a punto de que lo reconstruyan después de someterlo a un bombardeo?

— Cuando estoy confuso me entra sed.

— ¿Alguna preferencia?

— Gin-tonic.

¿Qué pensar ante una cosa así? Nada. No se puede pensar nada. Me había quedado sin saliva, sólo el alcohol tenía la suficiente contundencia para calmar mi inquietud.

— Entonces al Half King Philip. Dieguito, el barman, es un mago que hace aparecer unos gin-tonics en la barra que te ayudan a alcanzar la luz.

Sin mediar palabra fuimos hasta el coche. Me dejé caer en el asiento con la sensación de que me habían dado una patada en los huevos. Perico se quedó un buen rato con las manos pegadas al volante como si estuviera pensando; después arrancó el motor.

Éramos dos amigos que veníamos de enterrar a un ser querido, tan querido como lo era Vicky, pero no volvíamos a casa para llorar su pérdida, sino que *teníamos* que dirigirnos al Half King para desentrañar un oscuro secreto a golpes de alcohol. "¿Te lo puedes creer?" Al llegar a Guillem de Castro nos encontramos con un atasco provocado por una manifestación a favor del aborto libre y gratuito. "También es casualidad, a punto estoy de bajar y unirme a ellos". La multitud, portadora de grandes pancartas, entre alaridos, risas y consignas incansablemente arropadas por la megafonía de rigor, nos cortaba el paso.

— Tendría más impacto si las manifestantes fueran mujeres preñadas —comentó Perico poniendo de manifiesto sus dotes organizativas.

— Y amenazaran con hacer pagar al PP los gastos del bautizo —respondí con una ironía que ya me hubiera gustado oír en boca de otro.

Mi amigo posee instinto. Con la misma facilidad que un moro se orienta hacia La Meca, Perico es capaz de encontrar caminos hacia los garitos más inconfesables. Lo volvió a demostrar haciendo escalones por una densa retícula de callejuelas y consiguiendo aparcar encima de la acera a treinta metros escasos del Half. Cuando apagó el motor descendió sobre nosotros el silencio en forma de losa. Abrimos las puertas al mismo tiempo y salimos del coche cargando con el mismo silencio, tanto que el golpe seco de las puertas al cerrar me sobresaltó. "La hostia de fuerte".

— ¿Lo de siempre, don Perico? —preguntó el barman colocando una copa balón junto a la botella de Tanqueray.

— Dobles —respondió mi amigo inclinando el cuerpo sobre la barra—. Ya sabes, Fever Tree, muy fría.

El sitio parecía un club para cuarentones divorciados, de ese estilo tan británico que parece que hayas atravesado la barrera del tiempo y estés cincuenta años atrás. Aún no era noche cerrada y ya había en la barra media docena de habituales anclados en su media cogorza. Cabeceaban sobre sus copas, los ojos hundidos por la decepción, considerando la conveniencia de asesinar al jefe, a la ex, o pegarse un tiro ellos mismos. En todo caso, contemplando un futuro poco prometedor.

— No dices nada, Luisito…

Precisamente. Temía hablar con una voz extraña que no fuese la mía; lancé un bufido por respuesta.

— ¿Nervioso? —me preguntó Perico acomodándose en el taburete.

— ¿Alguna vez me has visto más feliz? —le contesté con sorna.

— ¿Inquieto?

— Un poco acojonado.

— ¿Tenso?

— Creo que se llama desconcierto emocional.

— Entonces, aterrado ante la profundidad de un agujero de gusano que te conecta con un tiempo que habías dejado atrás —sentenció de coña, pareciéndome que estaba disfrutando el muy cabrón.

Pensé, o volví a pensar mientras jugueteaba con mi copa vacía, en lo extraño que resultaba estar allí con mi mejor amigo para hablarme de una... ¿hija? "En realidad, resultaría extraño hacerlo en cualquier sitio". Al llegar a este punto Perico me leyó el pensamiento:

— ¡Dieguito, por favor, dos más!

— Que sean dobles.

Cuando las sirvieron me sentí tan agradecido que pude haber besado la botella.

— Bueno, Luisito, va a comenzar el informativo de... —miró el reloj— las ocho. Tenemos pendiente una conversación que abarca algo más de cuarenta años. ¿Preparado? Tu hija, no por casualidad, se llama Louise. Para ser exactos su nombre es Louise Shider.

Pero no me lo contó de forma escueta, como en un telediario, lo contó como se cuenta un cuento: 'Pues señor, sucedió que'... Y como Perico habla despacio, con una voz cascada que aedereza con abundantes carraspeos e interrupciones retóricas, mezclando deslavazadamente situaciones, escenarios, personajes y metáforas, le costó casi diez minutos exponer el asunto. Me contó, asintiendo a cada momento para confirmar el relato y alargando para mi exasperación las pausas entre frase y frase en su afán de abarcar antecedentes, pormenores y consecuencias, que la niña, sin haber cumplido veinte años, se había ido de casa. Con una secta religiosa y nada menos que a Colombia. A su padre, al otro, un hombre de buena fe, en principio no parecía preocuparle demasiado. 'Se curará en un par de meses, sólo tiene veinte años, siente curiosidad por la vida, ya volverá', decía. Pero no volvió. Se la tragó la tierra, y Vicky, a pesar de sus esfuerzos, nunca encontró la manera de averiguar su paradero.

— ¿Tragada por la tierra y nadie sabe nada?

— Eso forma parte de ser tragada por la tierra.

— ¿Colombia? —mi voz se elevó por encima del murmullo general consiguiendo que alguno de los cabeceadores se volviera.

— Colombia.

— ¿La selva?

— La selva.

Pensé que iba a ahogarme mientras jadeaba en busca de aire. Traté de concentrarme sólo en respirar.

— ¿Tendrá siquiera agua potable? ¿Cómo de potable?

— Tiene huevos que el primer pensamiento dedicado a tu hija sea sobre la calidad de las aguas. Siempre has tenido un espíritu práctico. La verdad, por un momento temí que acabáramos por ponernos sentimentales; los padres sois propensos a la sensiblería.

— Joder… La vida es previsible hasta que deja de serlo, tío: ahora resulta que tengo una hija de cuarenta años en la selva de Colombia.

— De ser más pequeña aún podrías llevarla al circo.

— De momento ya me siento en la cuerda floja del funámbulo.

— Eres la única persona que conozco que en vez de tener una niña, ha tenido una mujer adulta.

—Con la edad que tiene ya debe dirigir la secta —añadí imaginando el mejor escenario.

A nuestra espalda el local se iba llenando y el humo del tabaco empezaba a difuminar un ambiente de por sí escaso de luz. "¿Necesitamos empapar nuestros problemas en alcohol? Sí. Otro gin-tonic".

—Dieguito…

Mientras venían las copas me entretuve observando al personal; uno dormitaba con la cabeza entre las manos, otro parecía estar mirándome tratando de no bostezar, y otro le miraba a él interrogativamente, abriendo y cerrando los ojos vidriosos como si estuviera preguntándole algo en código morse… Y aún había un cuarto que nos miraba a los tres adoptando toda clase de expresiones divertidas, y un quinto cuya cara reproducía el semblante de alguien que está completamente entretenido mirándonos a los cinco… Tipos para todos los gustos, pero todos teníamos algo en común: acudíamos al Half King Philip porque los problemas buscan compañía. Me sentí como si estuviera asistiendo a una sesión de terapia colectiva en un centro psiquiátrico.

— Así que nada es imposible —alcé las manos con resignación.

—Sobre todo lo de ser padre. Los hombres, en general, se enteran de que sus mujeres están embarazadas y seis o siete meses después, con tiempo para recuperarse, tienen un hijo. Lo tuyo ha sido una revelación.

Admirado ante semejante perla y sintiendo el zumbido de cuando se te atascan los circuitos cerebrales, le pregunté con una bola en la garganta cada vez más gorda:

— ¿Qué debo hacer?

Perico se extendió en una sonrisa que duró una eternidad.

— Sé que tus intenciones de dormir durante los próximos treinta años fracasarán.

No siempre he sabido apreciar el humor negro de Perico, tan repleto de metáforas, así que lo mandé suavemente a tomar por el culo.

— ¿Le habrá contado la verdad? La niña debía saber que tenía un padre que no era el americano —y, por extraño que parezca, sentí un atisbo de celos.

— Vicky siempre supo lo que quería: buscaba un padre y no lo encontró hasta que tu hija tuvo cuatro años. Pregúntale a un pediatra si a esa edad guardan memoria.

Permanecimos en un largo silencio donde a mi cabeza le dio por desplegar una actividad insólita: pude imaginar a una niña de cuatro años armando edificios en el suelo con piezas de Lego. Por primera vez en la vida se me había ocurrido pensar en una criatura jugando mientras me acababa un gin-tonic.

— Vicky está muerta, llevo todo el día repitiéndomelo, pero me cuesta creer que esté muerta, tengo la impresión de que puede aparecer por aquí en cualquier momento… ¿Cuál es el protocolo para hablar con los muertos?

— ¿De verdad quieres saberlo?

— No.

— Te agobias más cuando has bebido, Luisito.

En realidad, no sabía si seguir pidiendo copas o pegarme un tiro. Mascullé alguna simpleza que no llegaba a ser nada, y me entretuve en observar al tipo que estaba dormitando con la barbilla pegada al pecho, como si fuera a encontrar en él la solución a lo que me agobiaba.

— Quizá debería tomarme otra copa.

— Buena idea, puede que estés deshidratado —Perico esbozó una divertida mueca acusadora.

— Es para relajarme.

— Digan lo que digan, el gin-tonic es más relajante que el Valium, y está claro que necesitas otro para salir del sofoco.

— ¿Por qué nunca dijo nada?

Me miró a los ojos de una manera extraña, asintiendo con un gesto que desprendía condescendencia.

— Luisito, tío, hazme el favor. Nos definimos por lo que preguntamos y esa pregunta define a alguien de muy escasa chispa. ¿De verdad que los años no te dan para entender nada? ¿Se te ha encogido el ingenio? ¿El gin-tonic te ha vegetalizado los sesos de forma irreparable o estás siendo deliberadamente obtuso? No tienes las neuronas funcionando en su sitio, deberías comprarte otro cerebro —concluyó fingiendo incredulidad.

— Co.jo. nes —dije bien despacio.

No es que Perico me hablara en algún dialecto alienígena de alguno de los muchos universos que existen, las palabras las entendía, sólo que al ponerlas en orden se me escapaban. Algo en el tono hizo que me entraran ganas de beber. Y eso es lo que hice después de mirarle a los ojos; él se encogió de hombros.

— Quizá sólo andas algo despistado, que es lo que se dice siempre, Luisito, y aunque sea un poco más de lo mismo te exime de responsabilidades.

Al hilo de estas palabras tuve la impresión de estar donde jamás hubiera imaginado estar, con la vaga sensación de que el mundo nunca dejaría de sorprenderme. "¿Una película de Woody Allen?" Y a continuación sentí un hormigueo en el cuerpo, la sensación que te asalta cuando estás a punto de descubrir algo que se te escapa y aún no puedes entender.

— No sé de lo que estás hablando. Ilumíname.

— ¿Estás seguro de no poder establecer tú solo una relación entre el proceder de Vicky y la coyuntura en que te encontrabas entonces? Te lo voy a explicar despacito para que lo entiendas: Louise nació cuando estabas apenas estrenándote en la Escuela, su niñez coincidió con los años que tardaste en acabar. ¿Hubieras podido ser arquitecto si Vicky se hubiera quedado aquí? Todo un lujo eso de no saber cómo funciona el mundo —Perico cayó en esa especie de silencio breve que se disfruta cuando vuelves a escuchar mentalmente lo que has dicho—. Bueno, ¿qué te ha parecido?

— Lejano.

— ¿Necesitas otra copa para reponerte? Dieguito…

Sonrió y me dejó tiempo para componer un gesto de escepticismo, como si mi futuro hubiera estado más allá de esos riesgos.

— No siempre el pensamiento lógico garantiza la verdad.

— En serio, ¿tú qué crees?

— *Credo in unum Deum* y en la maña que se dan los ingleses con la ginebra.

Me dedicó una mirada de *ahora te vas a enterar*.

— Te trató como a un gilipollas, pero como siempre habías ido revoloteando por las amplísimas regiones de lo inútil, hasta confundir hormigas con elefantes, no puedes tenérselo en cuenta.

Torcí el gesto simulando mosqueo más que enfado, algo que todavía me era difícil, confuso como estaba. "¿A qué viene esto? ¿Ausencia de proyectos? No le están yendo bien las cosas, puede que su vanidad no haya madurado, quizá no ha superado la etapa competitiva... Si está mal consigo mismo no es de extrañar que la tome con los demás y yo soy la presa más a mano para desatascar el coraje que siente por la muerte de Vicky. Debe ser la fragilidad del dolor, los efectos del cansancio. Sin duda está bajo una tremenda presión emocional y habiéndose trasegado ya cinco dobles, está resbalando."

— ¿De verdad crees que *siempre* he estado haciendo el gilipollas?

— En realidad sólo a veces, y si lo has hecho ha sido porque entre todos te lo hemos permitido. Tremendas dosis de estulticia que Vicky sabía tapar con sus encantos... Ahora dime, ¿de verdad disfrutabas tanto haciendo el gilipollas?

Gancho de izquierda directo a la mandíbula. "Me has arreglado el día, Perico". Casi podía sentir cómo el cerebro me daba vueltas dentro del cráneo... Y el nivel de mal rollo subiendo. "¿Pero no era mi *hermano*, coño?" Le miré con muy mala cara mientras hacía un par de respiraciones profundas. Seguía sin entender por qué estaba tan provocativo, ni por qué se comportaba de una forma tan imprevisible. "No sé lo que se está cociendo en su cabeza y tampoco sé si él mismo lo sabe, pero a nadie le gusta pensar que ha sido un idiota". En el tiempo que me llevó la reflexión hice una rápida evaluación de sus palabras. "El comentario, aunque impertinente, ¿podría ser pertinente? El gin-tonic tiene una naturaleza tan poderosa que es difícil tomarlo sin decir la verdad... Tal vez tampoco yo esté especialmente entusiasmado por mirar las verdades de frente, aunque está muy claro que Perico va hoy de gilipollas. Diáfano que además es mi mejor amigo. Y si mi mejor amigo va de gilipollas y me está puteando, ¿no será que el gilipollas soy yo? Quizá sea ésa la explicación y haberme estado comportado como un gilipollas le facilitó a Vicky las cosas. Visto lo visto, hasta lo de pirársela a la francesa puede parecer una buena idea". Mis pensamientos, ahogados en alcohol, parecían errar por un intrincado laberinto donde cada vez me resultaba más difícil conservar la coherencia. "¿Será cierto que tengo todos los boletos para declararme el tronco más gilipollas de este puto *pub*?"... Lo cual me llevó a otra red de complicados razonamientos que cuestionaban mi grado de gilipollez.

— Si tú lo dices... Me conoces de toda la vida.

— Y a pesar de ello, te aprecio.

— Es fácil cogerme cariño. Sólo hay que rascar un poco.

— Sé de tus cualidades ocultas, por más que hayas puesto tanto empeño en ocultarlas.

— Muy gracioso. Idiota. ¿Debería darte las gracias?

— Mi afecto es incondicional.

— ¿Seguro?

— Del todo, no —respondió con una mueca irónica.

— Quizá por eso has decidido aprovechar y, de paso, contarme la historia de mi vida.

Perico me observó impasible.

— Es demasiado deprimente.

"¿Habrá algo tan terrible como la ausencia de un ser querido? Probablemente tener un amigo subnormal."

— Nunca he sentido la necesidad de estar a gusto conmigo mismo, Perico, y tampoco es que esté muy seguro de lo que soy, aunque recuerdo que hubo un tiempo en que podía despertarme feliz por las mañanas. No todos pueden vivir en perfecta armonía con su *karma* —no dijo nada y yo aproveché la pausa para reflexionar—. ¿Crees que Vicky temía mi reacción?

— Tenía indicios para desconfiar.

— Hombre, justo lo que me faltaba.

— Si quieres te doy los puntos clave para que puedas unir las piezas del mecano —se aclaró la garganta, adelantó la cabeza para acercarse a mí teatralmente, como si se estuviera acercando a un micrófono, y empezó a contar con los dedos recitando en tono pedagógico— Uno: había sido aceptada por uno de los grandes. Dos: era la única de entre todos nosotros con posibilidades de acceder al podio. Y tres —continuó esbozando un guiño al tiempo que, con el papel de liar en la mano, mezclaba unos cuantos cogollos de hierba entre el tabaco—: sabía que por mucho que la adoraras, no tenías huevos ni cabeza para acompañarla —enrolló y lamió el borde engominado—. ¿Y por qué algo tan simple no te lo habías planteado nunca? Pues porque es lo fundamental, y tú siempre le has hecho ascos a lo fundamental.

Yo lo escuchaba con la boca abierta; lo raro es que a Perico no le parecía raro que lo estuviera escuchando con la boca abierta. Incluso podía parecerle extraño que no la hubiera abierto antes. "Joder"… Aquello me dejaba mal cuerpo, más por lo que no podía reprocharle a Vicky que por lo que tuviera que reprocharme a mí.

— Causalidad y correlación suelen ir de la mano. ¿Me sigues, Luisito?

— Ya lo he entendido.

— Es así de sencillo: *saber hacer* —pronunció muy despacio, recreándose en los dos verbos—, marca las expectativas: o estás a la altura, o ella se larga agitando un pañuelo.

Otro puñetazo ante el que no pude fingir indiferencia. Me lo quedé mirando como alguien sabedor de que puede ir a la cárcel si hace lo que le pide el cuerpo. "Perico González, pensador de altura, filósofo, moralista y destacado observador, ocupado en estúpidas observaciones que almacena en su privilegiada cabeza para uso posterior". Con el gesto enfuruñado, me eché al coleto otro expeditivo trago hasta rematar lo que debía ser el quinto o sexto doble preparado por Dieguito. Por el aire flotaban, como ruido de fondo, conversaciones superpuestas en suahili, quechua o bengalí.

— ¿No te basta con lo que ya me has dicho? ¿O es que tu sentido del deber te obliga a hacer horas extra? Me cuentas lo que no quiero saber y, seguramente en un acto de caridad, también me allanas el camino para que, con tu ayuda, deduzca que Vicky, embarazada, creyó que no la seguiría porque era un gilipollas —contesté tratando de no sonar al gilipollas que él veía en mí.

Perico asintió con la cabeza, como si aprobara la perspicacia que acababa de mostrar.

— Es la deducción más lúcida que has hecho en toda la semana.

"Hablando de gilipollas."

— ¿Por qué? ¿Había algún punto de turbulencia en nuestra relación? —me interrumpí—. No, yo diría que no. No lo creo.

— Quizá sea cierto que el amor es ciego.

— Si estuviera Vicky podría confirmarlo.

— Pero no está, ¿verdad?

La reticencia en la respuesta me pareció una traición más.

— ¿Por qué iba a pensar que no la seguiría?

— Te faltaban huevos. Aunque siempre es mejor echarle la culpa al tiempo… Es como atravesar arenas movedizas, ¿eh? Ten, necesitas ayuda —me pasó el porro encendido agitando la cerilla en el aire con una floritura.

Le devolví la mirada dándole una larga calada al canuto. Perico trató de llenar ese silencio con una sonrisa de aproximación. Tengo entendido que la agresión puede enmascarar un deseo de acercamiento, pero sus palabras no dejaban claro qué es lo que pretendía acercar. ¿Tendría razón Perico? ¿Por eso estaba yo cabreado? Quizá no tuviera la fuerza que hacía falta para un cambio tan radical. De todas las acusaciones, ésta es la que más me molestaba, porque quizá fuera cierta. El silencio de la sala se volvió hostil, sentía latirme el pulso en las sienes y, sí, estaba muy cabreado; lo que menos me apetecía era que Perico, al que consideraba tan cantamañanas como yo, me diera lecciones. "Claro que también puedes descubrir ciertas cosas por boca de un capullo". Lo miré con perplejidad, preguntándome cómo reaccionaria si le diera una patada en la boca.

— Vale tío, tú eras el Príncipe Valiente. Oye, ¿esa actitud tan airada, se debe a carencias de afecto durante la infancia, no haberte comido una rosca desde hace un siglo, o es que te has vuelto impotente? ¿Buscas pelea? Yo pensaba que la agresividad requiere una energía que un buen tipo como tú preferiría gastar en beber eficazmente.

— Abrirle los ojos al amigo forma parte de la amistad y soy la clase de amigo que se desvive por sus amigos. La verdad nos dice lo que no queremos oír… Mejor que cerrar los ojos a la realidad, ¿no? —me respondió con el porro entre los labios.

Siempre he confiado en la bondad de los desconocidos. Acababa de descubrir en Tennessee Williams a un líder.

— Mira Perico, yo soy pacífico por naturaleza y tú das la impresión de estar en pie de guerra; es difícil que nos pongamos de acuerdo.

— *Mon cher ami*, todos tenemos una predisposición natural a distorsionar la forma en que nos vemos a nosotros mismos, prefiriendo o exigiéndonos una apariencia mucho más atractiva de lo que en realidad somos. La gente jamás se conceptualiza como es; cuando evocamos el pasado escogemos lo mejor de él y nos gusta pensar que todo fue así. Es difícil evaluar la propia imagen, y tú, aparte de andar siempre haciendo el gilipollas, carecías del coraje que hace falta —insistió.

Busqué la respuesta que fuera el equivalente a una patada en la boca, pero no la encontré. "Traga saliva".

— Eso no lo sabes. Ni yo tampoco —respondí con la voz del que se siente acorralado—. No me dejó ninguna opción.

Me devolvió la mirada con un gesto de infinita paciencia.

— Ella lo sabía.

— No me gusta lo que estás diciendo.

— El mundo entero está repleto de razones para que no te guste. A ti lo que te van son las comedias musicales.

Todo esto me resultaba muy incómodo. "Otro toque de cinismo". Apreté los dientes, los puños y los ojos. "Nunca dejes que lleve la voz cantante un gilipollas, si dejas que eso pase, es que tú eres más gilipollas aún". Era el momento de mandarlo a la mierda, pero no tuve más remedio que admirar su resuelta elegancia dándole la última calada al porro antes de apagarlo… Evidentemente me tuve que callar porque en aquel momento yo era el más gilipolla de los dos.

—Tú no sabías, pero ella sí —insistió con el tono que se utiliza para entrar a matar—. Los caguetas no saben que lo son. O no del todo; siempre hay razones que los justifican. Pero hay que apechugar cuando toca hacer frente a una verdad por dura que sea —hizo una mínima pausa para prender el segundo porro—: te hubieras quedado chupándote el dedo en plena función.

"¿Los caguetas? Me cago en la puta —aquello acabó de alterar mi adrenalina—. ¿Qué espera que le diga? ¿Que mi historia con Vicky no fue más que la fantasía de un mierda? ¿Una anécdota? No consientas que un borrachuzo amargado y en horas bajas reviente tu memoria. ¿Qué le pasa, cómo puede llegar uno con tanta naturalidad a ser un cabrón? ¿Puede un hombre convertirse en un cabrón de la noche a la mañana? ¿Cómo me las he arreglado en estos cuarenta años para no darme cuenta de la transformación?" Calculé que mi reacción podría estar entre darle una hostia o no dársela. No se me olvidaba que era mi mejor amigo, pero me estaba puteando mucho y el cabreo estaba acariciándome algunas terminaciones nerviosas... Por mi cabeza comenzaban a cruzar caprichosas alternativas: "Agarrar la botella y acertarle en el punto exacto de la base del cráneo; no es buena idea, es mi mejor amigo. Tengo que recordarlo. ¿Por qué? Porque es mi mejor amigo. Arrancarle de un tirón salvaje esas orejas que tiene de soplillo y volver a montárselas del revés. No es buena idea. No se trata de Clark Gable, es mi mejor amigo. ¿Qué sacaría con eso, dormir bien esta noche? Hay que controlarse con alguien a quien quieres aporrear hasta llevarlo al coma. No debería estar pensando eso, es mi mejor amigo. Pero lo estoy pensando. Quiero hacerlo. Sobre todo para no gritar. Me muero de ganas, puedo sentirlo. No. Disciplina... Meterle la cabeza en un horno de cal. Después me sentiría culpable"... Y pese a todos estos razonamientos, sopesé muy seriamente la posibilidad de proponerle una excursión a Zaragoza y tirarlo al Ebro. "¿Desde cuándo te has sentido culpable por algo?"

— Eres un lince, Perico —sonreí con los labios estirados hasta los párpados, como haría un psicópata encantador, '¿*por qué no dejas de joder?*', tratando de provocarle al menos una noche de insomnio—. Tienes una visión privilegiada que te permite ver muy lejos... Hasta en la oscuridad.

— Puedo ver incluso a través del tiempo.

— ¿Quieres una medalla?

"Conclusión: el amor es un sentimiento del que no te puedes fiar, si hasta Vicky dejó de quererme. Ahora bien, ¿me dejó por gilipollas o por cagón? Siempre habrá alguna alternativa, digo yo… El problema está en saber si es muy diferente, porque cuando alguien te canta la caña como me la están cantando a mí, es importante reflexionar no sólo sobre el asunto en cuestión, sino también en sobre quién te la está cantando. Si es tu mejor amigo, hay que tomárselo en serio… Apuré mi copa. "Lo cierto es que la recuerdo con una especie de aureola en la cabeza, como si ya estuviera marcada y yo no hubiera sido capaz de comprenderlo. La sensación de que había sido elegida. ¿Cómo consigue una chica, estudiante en una Escuela que no es precisamente la de Milán, colarse en un estudio como ése y llegar a colaborar con PJ en alguno de sus mejores proyectos? Puede que Perico tenga razón y Vicky fuera demasiado para mí, para la puta Escuela, para todos nosotros. Tuvo que dejarnos atrás para salvarse y salvarme; una forma más de hacernos sufrir los que son listos y nos quieren. Lo extraño es que ahora me parezca inevitable". Después de dudar un instante, añadí:

— Creo que mi cerebro está derrapando, me mareo.

Perico me miró a los ojos y era como si me estuviera leyendo el alma.

— Ella se erguía ante la esperanza de una vida y tú te inclinabas ante las ruinas de la tuya —la firmeza de la afirmación poco menos que la convertía en verdad.

Yo cerré los ojos. Él asintió con la cabeza.

— Nunca imaginé que fuera así —dije como para mí, pasándole el canuto después de la tercera calada. El humo, describiendo volutas alrededor, perfumaba el ambiente con su inconfundible aroma. Quizá con un par de caladas más las cosas empezaran a pintar mejor.

— Quizá deberías tener más imaginación.

Sentado en precario sobre el taburete y pensando si no sería éste el día más disparatado de mi vida, contemplaba mi propio rostro en silencio reflejado en el espejo que había detrás de la barra. Cuando la imagen se hizo demasiado borrosa fijé la vista en la botella, definitivamente vacía, que parecía estar burlándose de mí. Después cerré los ojos estrangulando cualquier reflexión:

— No quiero hablar de nada.

— A mí tampoco me divierte —Perico levantó la copa, como si quisiera confirmar un pacto—. Se ha hecho tarde, Luisito —dijo mirando el reloj—, ¿quieres algo más de mí?

— Sí. Que te vayas.

Fue una liberación verme otra vez en casa. Me tumbé en la cama y cerré los ojos. "Un antiguo amor que aparece de repente con el claro objetivo de morirse, y ahora una hija desconocida que vive en la selva; sólo me hace falta una apendicitis para redondear el día perfecto". Imaginé por un momento lo que hubiera sido tener una hija de Vicky a quien calmar el llanto. ¡Santo Dios! A mi edad, cuando todo lo daba por definitivo. ¿Había empezado a cambiar el mundo? Todo parecía tan abstracto, tan lleno de complicaciones... Demasiado complejo. ¿No resultaba una broma de mal gusto para alguien como yo, que lo único que quería era vivir su vida en paz, hacer algún proyecto, follar de vez en cuando y cerrar sus heridas con alcohol? ¿Quién necesita un problema más? Pero había aparecido un elemento perturbador, la clase de marrón que puede cambiar la vida de un hombre. Cuando estaba con Vicky no podía pensar en ninguna otra cosa que no fuera ella; ahora que ya no estaba, tampoco. "¿Y si los muertos anduvieran por ahí a su antojo metiendo baza en todo?" Pero nadie, ni siquiera Vicky, tenía derecho a cambiar mi vida. Y porque uno puede enfadarse hasta con un muerto que se empeña en cambiar lo inmutable, esa noche, en estado de psicosis etílica, tuve una última y breve agarrada con ella: 'Ya está bien, ¿no te habías librado de mí? ¿No puedes dejar de perseguirme ahora, desde la muerte? A ver, ¿qué tiene de maravillosa la paternidad?', le grité a voz en cuello. A lo que me respondió desde el Más Allá: 'Déjame en paz'.

Algo que podía decirse de Vicky era que con ella, aun estando muerta, resultaba imposible aburrirse... ¡Quería olvidarme de todo y entregarme al trago! El trago convertido en un absoluto. Porque bajo sus efectos eres capaz de sentirte fuerte, grande, bueno, a veces genial y siempre tú mismo. ¡Qué ganas de mandar a la mierda todo lo demás! Pero ni siquiera me apetecía beber. Con el estómago ardiendo y la cabeza dando vueltas, me incliné hacia un lado hasta sacar el cuello por fuera de la cama y vomité. Una acción que sólo el antiguo Perico hubiera sido capaz de comprender y apreciar en su totalidad. Me hubiera gustado no pensar en nada, pero una y otra vez durante toda la noche, acudía a mi cabeza la dichosa conversación y, para cuando la oscuridad se abatió sobre mí venciéndome el sueño, quizá se modificaran las palabras, pero yo insistía, e insistía, y volvía a insistir, en que nunca sospeché nada. Ésa era mi única defensa. Una mala noche. Lo peor fue despertarme a la mañana siguiente presa del pánico, todavía jadeando, bañado en sudor, con el pulso latiéndome en las sienes y ahogándome. Me incorporé poco a poco y, ya sentado en el borde de la cama con los pies en el suelo, permanecí un buen rato indeciso, envuelto en un silencio que llegó a ser desesperante: me veía a mí mismo y no veía más que a un hombre amedrentado con ganas de esconderse y huir, salir de ese largo camino estéril que yo mismo había elegido y no conducía a ninguna parte. "¿Qué hacer para mantenerse apartado de la propia existencia? ¿Cómo aprender a contemplar tu vida como si fuera una película de arte y ensayo? Si Vicky se hubiera quedado, la vida sería más fácil"… Peor que una mala resaca; se había abierto la caja de mis miedos. Estaba asustado.

Estimulante eso de hablarle a Luisito como lo ha hecho Perico, dejarlo con la boca abierta sin saber qué decir… Con la muerte de Vicky se han despertado en él muchas voces y se ha entregado a ellas, desarrollando una retorcida interpretación de los sucesos con intenciones de revancha. No es una forma de descarga habitual, de hecho, nunca lo había tratado así, pero ha encontrado la ocasión, una prerrogativa para imponerse y ocupar el primer plano. ¿Ha estado todos estos años esperando que llegara el momento? No podría asegurarlo, es todo demasiado complejo para simplificarlo, pero la percepción de poder sobre su amigo le recorre el cuerpo. La forma serena en que se ha movido, manejando círculos convergentes cada vez más pequeños— "combinación de imperturbabilidad asiática y atrevimiento a lo Indiana Jones", le gusta pensar—, posee un aura de resplandor de la que se siente orgulloso, aunque sea una satisfacción que él mismo califique de mezquina. Ver la duda reflejada en los ojos de Luisito es un ejercicio de enfangamiento que le da dentera. 'A pesar del amigo, aunque sienta una pizca de vergüenza, necesitaba descargar', levanta la voz en un tono demasiado áspero, lleno de ecos inquietantes. La ironía está precisamente en que Perico lo quiere. Y la ironía nos lleva con frecuencia a la distorsión de la realidad.

Satanás hubiera podido ganar la batalla con un socio como ése. ¡Valiente hijo de puta! Montar a su edad ese numerito de *sinceridad adolescente* con pretensiones de

119

autoridad moral. Debería darle vergüenza. No era Perico quien me hablaba, era alguien a quien yo no conocía, un extraño individuo que me estaba utilizando para hacerse notar, que disfrutaba con la escena mostrando lo maduro y moralmente íntegro que era. ¿Por qué? No lo sé. Estuve varios días muy cabreado, sin salir de mi asombro ante la facilidad que tienen algunas personas para, en circunstancias especiales, dejarse conducir por caminos de lo más contradictorio. ¿Qué motivos podía tener Perico ante la muerte de un ser querido para arremeter contra otro igualmente querido? ¿Qué son, cómo son, cuál es la naturaleza de los vínculos emocionales? ¿Estaría orgulloso de su discurso, montando un melodrama en una película que ni siquiera era la suya? ¿Y qué me dices de utilizarme como público, expresándose de aquella manera tan agresiva, en términos tan poco adecuados? Bocazas. Ni siquiera había intentado reprimirse un poco. Cuando uno se esfuerza lo consigue, ¿no? Nunca debió llegar tan lejos. ¡Como si el culpable de la muerte de Vicky fuera yo! Imposible ordenar las palabras, menos aún estando bebido, pero sus acusaciones me molestaron por sorprendentes, injustas, no venir a cuento, ni creer que fueran ciertas… Aunque, me gustaría poder negarlas con la rotundidad que se merecen. ¿Por qué, aún sabiendo que eran falsas, sentí una punzada como si pudieran contener una pequeña parte de verdad? No sólo es que deseara con toda el alma que Perico no tuviera razón en algo de toda aquella sarta de barbaridades, es que no quería que tuviera razón en nada. Además, ¿qué sentido tiene ahora ponerse a examinar el pasado buscando unos significados que yo mismo había puesto tanto empeño en extirpar? ¿No pasamos por alto cientos de cosas cada día? Con la cabeza como Calanda en Viernes Santo, tuve que hacer un esfuerzo para no darle más vueltas al asunto. O tal vez tuve que transigir porque no tenía otro remedio. "Lunático de los cojones"…

*

La mesa, dispuesta para la cena en su nueva casa, estaba cubierta con un mantel blanquísimo adornado con un centro de flores y velas perfumadas. Mientras Sonia daba los últimos toques, nos entreteníamos con una botella *brut rosé* del 2010, parte del botín que aún quedaba en mi bodega.

— Sólo falta un quinteto de cuerdas —bromeé.

Durante un buen rato me dediqué a ilustrarle sobre los trabajos de Vicky bajo la tutela del maestro Johnson: Nueva York, Dallas, Houston, Pittsburgh, Denver… Ni que decir tiene que no tardamos en estar entonados y, con Sonia afinando hasta encontrar el tono, entramos en una conversación cada vez más desquiciada. Ella, con los ojos como platos, expresión que hacía más que visible su incredulidad, tenía muchas preguntas:

— Una pequeña comunidad religiosa de gringos en Colombia… ¿De qué vivirá esa gente?

— Sólo Dios lo sabe.

— Nunca mejor dicho.

— ¿Cómo será?

— Desde luego, vivir con un santo profeta no debe favorecer la agilidad mental.

— ¿Se parecerá a ti?

— ¿Cómo voy a saberlo? —vacié mi copa de un solo trago—. Igual tiene un ojo de cada color y le sobran tres dientes.

— ¿Qué habrá sido de ella?

— Se habrá hecho mayor...

— ¿Te sientes triste por no haberla conocido? ¿Habrá tenido hijos? ¿Qué tal eso de ser abuelo? ¿Te gustaría que apareciera de repente? —volvió a la carga.

Me sobrevino un súbito desaliento. La verdad es que si tenía ganas de llorar era sólo por no poder salir corriendo. "Lo que me gustaría es que todo volviera a la normalidad: que tú te pasearas desnuda por la casa y a Perico le diera un ataque de amnesia".

— Bueno. ¿Qué me dices?

Me quedé mirando a Sonia sin saber qué decir.

— No puedo contestarte; no entiendo la paternidad.

A medida que Sonia iba rellenando las copas, las respuestas eran más vacilantes. ¿De verdad creía que me estaba ayudando?

— ¿No sientes curiosidad?

— No siento nada.

— Pero algo tendrás que sentir, hombre. ¿Qué vas a hacer ahora?

— Seguir bebiendo.

— Me refiero a tu hija.

— ¿Te parece bien darme una vuelta por el Jardín Botánico y familiarizarme con la flora amazónica?

— En serio, Luisito.

— ¿En serio? Prefiero irme a la cama.

— Luisito… —apuntó al techo con los ojos.

— ¿Qué quieres que haga? ¿Volar a Colombia para encontrarla? ¿Rescatarla de esos fanáticos religiosos? Eso es trabajo para James Bond, mi naturaleza sólo anhela un refugio seguro —ladeé la cabeza señalando la dirección del dormitorio.

Sonia alzó la copa y me miró a los ojos.

— *A votre santé* —dijo entrechocando su copa con la mía—. Por el padre.

Bebimos en silencio con las manos enlazadas. Me animé pensando que toda aquella conversación absurda se diluiría en el cuerpo de Sonia.

— Voy poniendo los platos.

— Eso podemos dejarlo para mañana, Soni…

— Entonces me había equivocado.

— …

— Pensé que tendrías la cabeza tan ocupada con tu hija, que no te quedaría sitio para nada más —concluyó con los ojos llenos de risa.

Y esa mañana, como las anteriores, desperté con una especie de nudo en la garganta, aunque me obligué a pensar que no había nada especial de qué preocuparse. Pero algo borroso, soterrado, se había instalado en el centro de mi conciencia y me acompañaba por las noches. ¿Desde que murió Vicky? ¿Desde que era padre de una cuarentona que estaba como un cencerro? Eso sí aún estaba. ¿Me encontraba ante un descubrimiento que exigía una revisión profunda de los axiomas que regían mi vida? Tenía la desagradable impresión de haber contraído una deuda sin saberlo. ¿En qué lío me estaba metiendo? ¿Cómo saber más? ¿Quería saberlo? ¿Hacer algo? ¿Pero qué? ¿Contactar con su otro padre? La duda, talmente un ataque de vértigo, me hizo sentir mareado. ¿Para qué? Preguntas y más preguntas. Demasiadas. Es curioso cómo se van encadenando hasta mezclarse formando un todo, la cabeza obsesionada hasta caer de nuevo en la realidad… Yo sólo quería que esta maldita historia no me importunara más, que pasara el tiempo y, a todo caso, que fuera el tiempo quien descubriera lo que tenía que hacer, y cómo. "Estoy haciendo una montaña de un grano de arena. Hay que ver las cosas con objetividad. ¿Qué puedo hacer yo que no haya intentado su madre en veinte años? Louise es el último secreto entre Vicky y yo, pero por muy unido que esté un hombre a su mejor recuerdo, éste no puede convertirse en el motor de su vida; sobre todo si el regalo te cae del cielo, accidentalmente y a destiempo". Sin embargo, era más, mucho más que eso, no podía seguir negándome a lo evidente: aborrecía la peregrina idea de ser padre, me desquiciaba el solo hecho de pensarlo. La vida merecía ser más relajada; definitivamente si algo sabía, era que no quería saber.

Con una especie de urgencia en el pecho, estiré la mano buscando el reloj en la mesilla, pero, naturalmente, sin las gafas no conseguí enterarme de la hora. No obstante, tenía la certeza de que era el momento de echarse un trago. Lo necesitaba. Un carajillo de coñac o aguardiente con café, la primera copa del día. Después, desayunar algo para bajar el alcohol. "De seguir así, moriré pronto".

Sonia estaba despierta. Me observaba con la espalda apoyada contra la cabecera de la cama y las piernas estiradas; la viva imagen de la despreocupación.

— Duermes con la boca abierta y resoplas como una ballena.

— ¿Desvelada?

— Escucho los ronquidos de un sueño intranquilo. El tuyo, Luisito.

La claridad que entraba por la ventana arrojaba una suave luz sobre ella, como si la estuviera absorbiendo y modelara su figura; su cuerpo desnudo se iluminaba delicadamente, su pelo castaño parecía casi rubio.

— Quiero reposar la cabeza en tu vientre, Soni, que bajes los ojos y me mires, que me acaricies el pelo, que estreches mi cabeza contra tu cuerpo.

— ¡Quién me hubiera dicho que eso podría llegar a hacerte feliz, Luisito! —me respondió con la gracia descuidada, abandonada e indolente que tienen a veces las mujeres apeteciblemente rellenitas.

Me invadió esa sensación cálida que hace a la gente mantener la boca cerrada cuando se sumerge en un mundo de gratitud, y sentí el impulso irracional de no abandonar nunca esa habitación.

*

Estaba inquieto, y me aplicaba a hacer lo que hacemos todos cuando estamos inquietos: tratar de ocultarlo. Así que, creyendo que el alcohol es un lugar seguro y proporciona al mundo más ayuda que hígados destrozados, me encontraba sentado frente al ordenador entreteniéndome en asignar a cada marca de whisky, elegida por orden alfabético, propiedades diferentes para aliviar situaciones diversas: *Black and White* libera la furia, *Burrberrys* consolida la confianza, *Catto'os*, tomado con calma convoca a la suerte, *Chivas Regal* te hace ganar amigos, *Cutty Sark* favorece la risa, *Dalmore* estimula tus fantasías, *Dewar's*, la creatividad, *Dunhill* hace creíbles los embustes más disparatados, *Evan William's* proporciona el coraje necesario para suicidarte... cuando dí un respingo al sonar el teléfono.

— Hola —me saludó Perico—. ¿Qué haces?

— Trato de no maltratar mi autoestima en exceso. ¿Y tú?

Me preguntó si me venía bien que pasara a verme: 'Siento no haber llamado antes, pero me acerco y tomamos una copa'.

— ¿Ahora? —intenté responder con calma, pero la voz no colaboró.

— ¿Te viene mejor en Navidad?

— Ummm...

— ¿Cómo estás?

— Como un rompecabezas chino.

— Vale.

Aquello me hizo colgar el teléfono con una lentitud que incluso a mí me pareció excesiva, tratando de esclarecer si neurológicamente es posible no pensar en nada. La imagen reciente que perfilaba mi memoria era la de Perico acodado en la barra del *Half,* luciendo una especie de sonrisa criminal y asaetándome con miradas que parecían juicios, mientras yo bebía un gin-tonic tras otro para reconciliarme conmigo mismo. Creo que había estado evitándolo porque podía tener la tentación de matarlo. "Y ahora viene a tocar los cojones". No tenía ganas de hablar, ni de dar explicaciones, ni, qué coño, tenía por qué darlas. "Como si estuviera obligado a defenderme... Defenderme, ¿de qué? Tengo sesenta años cumplidos y nada que demostrar a nadie. Si vienes sólo para verme, puedo mandarte una foto por *email*", pensé mordiéndome la lengua. "Aunque quizá tenga el sentido común de no preguntar qué me pasa". Deseaba que al abrir la boca apareciera la voz de siempre —'Lo siento tío, ¿quieres volver a ser mi socio? He venido para que te sientas bien, feliz de ser quien eres'—, la del amigo al que conocía y en quien confiaba, pero temía que Perico, con la falta de piedad que exhiben los colegas tantas veces, no iba a dejar las cosas así. Quizá planteara preguntas que yo trataba de evitar.

A las ocho en punto Perico traspasaba la puerta de entrada; le recibí con la cara vacía, deliberadamente inexpresiva.

— ¿Te has disfrazado de *rigor mortis*? —se detuvo, mirando alrededor.

— Secuelas de un funeral —le miré poniendo los ojos en blanco; una señal que desafortunadamente no supo interpretar.

— ¿Otro? No será el tuyo.

— Las cosas traen cola, la ausencia de Vicky deja paso a otras sombras; estoy dudando entre meterme en un ataúd y cerrar la tapa o apuntarme a un curso de yoga para aprender a fingir que estoy muerto. ¿Contento?

— *La ausencia de Vicky deja paso a las sombras.* ¡Qué frase tan bonita! Deberías aprovecharla y, ya puestos, que la graben en tu tumba a modo de epitafio, ¿no?

Sin esperar respuesta se dirigió directamente al mueble bar, plantándose con las manos en los bolsillos y las piernas ligeramente separadas, como si estuviera esperando algo en su propia casa en lugar de en la mía. "¿Cuándo vas a poner fin a tanta pose?" Me di cuenta de que mi exasperación, en realidad, no era más que resentimiento: estaba enfadado con él.

— ¿Y bien? —le pregunté de mala gana.

— Nada.

— Nada, los cojones. ¿Has venido para ayudarme con el *sudoku* del periódico? No. Apenas me soporto a mí mismo, ¿cómo voy a soportarte en tu papel de mensajero, dispuesto a cambiar mi vida en cuanto abras la boca?

Abrió la boca cerrando los ojos con gesto de extrañeza.

— ¿Qué?

— Eso, ¿qué quieres tomar?

— ¡Por fin una pregunta de frente! —exclamó alzando la vista al techo—. Nos hemos pasado la vida bordeando las grandes cuestiones, ¿no te parece?

— No sé, nunca se me ha ocurrido psicoanalizarme —le respondí apretando las mandíbulas mientras empezaba a temblarme un ojo.

— Vale, ponme un whisky. ¿Qué vas a tomar tú?

— Me vendría bien algo de bicarbonato.

Se encogió de hombros de un modo que podía expresar cualquier cosa.

— Perfecto. Un whisky de malta y un bicarbonato mientras ponemos en orden las ideas.

Nos sentamos en los sillones de la sala, uno junto al otro, mirándonos. Creo que hubiera dado lo que fuera por estar solo en cualquier otra parte del planeta. Ni puñetera falta me hacía poner en orden las ideas, pero es difícil guardar rencor durante mucho tiempo al mensajero cuando se trata de tu mejor amigo.

— Bueno, ¿qué? —preguntó enarcando una ceja en un ademán mínimo que yo capté perfectamente.

— Duermo mal.

— Prueba a cenar menos.

— Ya.

— Un adverbio tremendamente ocurrente. En fin, ¿cómo va todo?

— Una pregunta que podría contestarte si no tuviera la cabeza bloqueada por un millón de preguntas más.

— Sí, pasan cosas que no son fáciles de entender — sonrió con su sonrisa de siempre, un gesto auténtico que me provocó un absurdo y confuso sentimiento de empatía, como si lo dicho apenas unos días atrás perdiera importancia. Le había bastado un guiño insignificante—. Así que... ¿no duermes bien? —continuó sonriendo sin separar los labios.

Las neuronas de mi circuito cerebral me decían que mantuviera la boca cerrada, pero no pude morderme la lengua como hubiera querido:

— Podría, si no tuviera el fantasma de Louise Shider agobiándome.

— ¿Agobiándote?

— Me hace sentir el peso de una ausencia. Tengo la sensación de que me observa a hurtadillas sin acabar de mostrarse, como si estuviera en un fenómeno *poltergeist*.

—No tiene sentido que sigas dándole vueltas a lo mismo.

Perico podía ver cómo esa paternidad estaba poniendo a prueba el mundo cómodo al que me había acostumbrado. Ahora sabía algo que antes ignoraba. ¿Afectaba esto a mi individualidad?

—Escúchame bien, te dije lo que te dije porque estaba obligado a hacerlo: Vicky me lo pidió, *por si acaso*. Pero ni ella te traicionó con su silencio, ni tú puedes tener sentimiento alguno de culpa hacia una hija de la que ni siquiera sabías su existencia. Ahora bien, puedes aprovechar para hacerla responsable de los problemas que aún pueda causarte la próstata, de estar dándole demasiado a la botella o de tu falta de concentración a la hora de alumbrar proyectos.

Respiré aliviado mientras Perico, vaciando su copa, continuaba sosteniéndome la mirada.

—Vicky ha muerto —dijo—, vuestras vidas, las de todos nosotros, fueron lo que han sido, y tú tienes miedo de ti mismo… Como yo.

—¿Por qué?

—Porque te haces viejo y estás solo. Como yo. A lo mejor incluso quieres comprender para qué coño has vivido.

Tenía razón.

—Cuando Vicky se fue yo no era más que un muchacho.

—Lo sé… He venido a disculparme; lo siento.

El pecho se me encogió con un espasmo de gratitud. "Tal vez esta historia no sea tan analizable. A Perico las cosas de Vicky le encienden el mal carácter de quien lo sabe todo. ¿Por qué? Mejor no preguntar. Pero sí sé que empeora a partir del tercer o cuarto lingotazo con un punto tocapelotas que no sabe controlar; habrá que disculparlo."

— La verdad es que rara vez posees las cualidades que valoras —apunté tragándome el orgullo y haciendo acopio de franqueza, sin llegar a saber si estaba más enfadado con Perico que conmigo. "¿Había vivido la vida que tenía que vivir? ¿Había estado a *su* altura? ¿Era el hombre que Vicky hubiera querido que fuera?"— Tal vez por eso haya vivido en la postura de quien desprecia al mundo, cuando en realidad se desprecia a sí mismo — concluí mordiéndome la lengua.

— Purgas de cinismo para evitar que el chaval que llevas dentro se ponga a llorar.

— ¿Y por qué tendría yo que ponerme a llorar?

Perico me miró sin abrir la boca.

— Ah —dije.

— Te sorprendería todo lo que he llegado a saber sobre la especie humana.

— A ver, ¿por qué no he querido tener hijos? ¿Por qué me he pasado la vida escondiéndome en la comodidad? ¿Qué tiene de malo organizarse la vida sobre la base de una absoluta falta de ambición?

— Es absurdo tratar de encontrar razones para todo, preguntarse siempre el porqué de cada cosa —no vi reproche alguno en sus ojos—. Es la conmoción del momento, Luisito —sonrió mostrando unos dientes que parecían prestados por una estrella de Hollywood—. Mira, esto es algo que, por no tener solución, hay que olvidar y cuanto antes mejor. Respira hondo y no le des más vueltas, lo contrario te llevaría a absurdos movimientos de rectitud moral o, peor aún, a espantosos proyectos de viviendas pareadas —volvió a sonreír con la esperanza de que yo hiciera lo mismo—. Al final todos acabaremos durmiendo igual que antes.

Se encogió de hombros esperando a que dijera algo, pero yo prefería no seguir hablando. Al despedirse aún me recomendó una infusión.

La muerte de Vicky y el rocambolesco conocimiento de una hija desconocida, me inspiraban una melancolía de extraña naturaleza: sentía que estaba más solo que nunca. Resultaba difícil ignorar lo que había descubierto en el *Half*, pero Perico tenía razón: con el tiempo dejaría de pensar en ello. "Ahora toca quedarse tranquilo y tragarme la píldora, contemplarlo todo con paciencia, como si fuera un momento largo que me viera obligado a aguantar". Estaba cansado, de mal humor, tenía la cabeza disparada y me costaba razonar. Quizá lo de la manzanilla fuera una buena idea; pero no, lo único que consiguió fue darme más dolor de cabeza.

Anestesia general es lo que yo quería.

5

— Luisito…

Durante apenas un instante no supe cuál de las dos mujeres me llamaba. Luego, una aguja en el pecho me hizo comprender que la otra había muerto.

— ¿Estabas soñando?... Anda, levántate.

Era Sonia, claro, me había despertado tras una breve siesta en el sillón. Su mano sobre el hombro me zarandeó suavemente para, a continuación, inclinarse y darme un beso en la frente. ¿Había estado soñando? No podría asegurarlo. Tal vez recordara vagamente la expresión burlona en los ojos de Vicky tras alguna extravagante declaración de amor en el momento de su huída, quizás imaginara mi propia mirada suplicante rogándole que no se fuera, acaso sólo era una cierta opresión en el pecho, enfadado por dejarme plantado. Como si el marrón me lo hubiera comido yo, en vez de ella; una explicación que tampoco podía entenderse del todo.

A menudo creía notar el soplo de Vicky en la espalda cargado de nostalgia, y tentado estaba de contárselo a alguien —¿Perico, Sonia?— aunque me dejase un tanto sensible y razonara que estas cosas pueden llegar a ahogarte de melancolía, o dejarte una emoción sentida como si fuera un vacío. Pero no, los sueños y las fantasías son sólo eso, figuraciones.

— Siento tener que hacerlo, Luisito, son las cuatro, has dormido más de media hora y hay que ir a trabajar.

Con expresión casi maternal me tomaba del brazo, mientras yo me incorporaba, con la boca seca,

133

frotándome los ojos. Luego, moviendo la cabeza de lado a lado, me daba palmaditas en la espalda.

— Nada como un buen café para empezar la tarde — rompía el silencio que flotaba entre nosotros acercándome la taza con una sonrisa de satisfacción.

— Gracias, Soni.

A mí, si bien de un alérgico que raya en lo patológico para diligencias bienintencionadas, me daba un poco de risa ver cómo Sonia intentaba ayudarme en mi pesar y, aunque había algo de indefensión en tanta solicitud conmovedora, resultaba más fácil no oponerse... Al menos nunca llegó a depositar su mano en mi frente para ver si tenía fiebre, como se hace con los niños.

Camino del estudio bajo un cielo que carecía de color, confiando en barrer cualquier residuo de sueños inquietantes con algún trabajo que reclamara mi atención, me despedía de Sonia con un beso, sinceramente agradecido... Y un tanto aliviado, sentimiento de muy difícil lectura cuando la soledad de un despacho vacío, donde la vida apenas daba sorpresas y las horas eran igual de largas, suponía una tentación.

Pasaron las semanas y, a pesar de las perturbadoras malas vibraciones que habían hecho temblar los cimientos de una gran amistad, las aguas volvieron a su cauce, siendo las reiteradas disculpas de Perico —'una pasajera enajenación mental sólo explicable por algún desajuste cósmico'—, y el recuerdo inalterable de Vicky, la base de esa estabilidad. Algo había estado a punto de cambiar, pero el corazón de Luisito es indulgente, con frecuencia incapaz de insistir en lo que no quiere insistir. El alcohol le evitaba buscar una respuesta que de cualquier forma no le apetecía encontrar, y como entre amigos nada resulta raro durante demasiado tiempo, se explica que volvieran a reunirse para soplar juntos. Cuando esto sucedió y todo volvió a la rutina, Luisito sintió que revivía tras un larguísimo interludio en el infierno, y hasta pudo olvidar que no había pegado ojo en varios días.

Tal como había previsto Perico, en algún momento se le secan a uno las lágrimas y se pregunta qué ponen por la tele. Poco a poco todo ha vuelto a ser como antes. O casi como antes. Rescatado de imaginaciones paranoicas, Luisito quema el tiempo en el estudio pegado al ordenador, haciendo y deshaciendo cosas de poca monta en proyectos que nunca alcanzarán la gloria, respondiendo correos o navegando por la red. No se sabe a ciencia cierta si el psicoanálisis puede curar las paranoias, pero una mujer sí puede. De vez en cuando Sonia se pasa por su casa, beben, se ríen y hablan de muchas cosas, naturalmente todas ellas vacías de contenido. Esas noches se queda dormido justo después de hacer el amor con agradecida facilidad, aliviado por la sensación de calor humano. En cuanto a sus sentimientos, cabe decir que los tiene simplificados: cuando está Sonia, Vicky, Louise y el resto del drama pasa a un segundo plano. Con respecto a todo lo demás, incluidos los etcéteras, se niega a darle más vueltas, empeñándose en seguir siendo sordo y mudo hasta consigo mismo

Segunda parte
Louise

Un lugar donde haya paz, si es que eso existe todavía.

1

Su madre deseaba desesperadamente que algo de lo que dijera la hiciera entrar en razón, aunque fuera a disgusto, pero ella se negaba a reconocer cualquier cosa que pudiera decirle. ¿Era culpa suya si quería vivir su propia vida? Tenía que procurar vivirla, aunque ahora le pareciera un fraude. No quería entender a su madre, quería escucharlo a él. Y ni siquiera sus palabras, sólo su voz. Cuando no estaba lo echaba de menos, deseaba verlo, oírlo y olerlo, ayudarle en su cometido con la Palabra de Dios, porque Dios se había convertido en parte del acto amoroso, rezar era acumular energía para volver a Tim con más fuerza. El deseo ardía en sus entrañas, nunca había visto una piel tan luminosa, su cuerpo era hermoso, tan divinamente hermoso en el amor como dolorosamente hermoso en las ausencias. Deseaba desesperadamente esa felicidad que sólo Tim podía ofrecerle, sólo él le llenaba el alma, algo que no tenía comparación con nada que hubiera conocido hasta entonces. Nadie la había mirado así, nadie la había acariciado así, nadie la había besado así, con tal pureza. Sus ojos se llenaban de alegría cuando él estaba contento y le dolía su angustia cuando se angustiaba; se querían, caminarían juntos, nada podría separarlos. Tim, sólo Tim, por siempre Tim. Escucharlo respirar durante el sueño era cuanto ella quería: iba a ser su mujer, tenía una vida por delante y estaba decidida a vivirla, convirtiéndola en algo grande, fuerte y hermoso.

Siete años después está abrumada por el absurdo de lo que ha sido. La selva la agota, está triste y vacía por dentro, Holy Tim le da miedo, la comuna se lo ha quitado todo. Miles de kilómetros la separan de casa, de una vida en la que fue feliz. Cuando piensa en su madre, sus ojos serenos, la suavidad de sus manos trenzándole el pelo, sólo puede hacerlo en pasado, y eso le da punzadas en el vientre; pero pensar en su madre, aunque sea en pasado, es lo más parecido a estar con ella. Cuando era niña, los fines de semana se hacían pequeños regalos. Su madre la obsequiaba con una golosina, un cuento, un bolígrafo, y ella le correspondía con algún dibujo que traía del colegio: un rito establecido entre madre e hija que se repetía cada siete días. Fragmentos de recuerdos que sobreviven en su cabeza, pero el tiempo pasa, pesa y hiere, le rompe el corazón y le consume el aliento. Todo ha quedado atrás, no puede volver a lo que ha perdido, el resentimiento ha arraigado en ella. No sólo contra Tim, sino contra la comunidad entera, su aversión es tan grande que ya no es capaz de distinguir. Se tumba en el camastro, cierra los ojos y tararea una canción, porque no tiene derecho a ser débil, mucho menos a lamentar su suerte.

¿Cómo se comportan los seres humanos cuando se altera su hábitat natural? Durante algún tiempo todavía me preguntaba qué le estaba pasando a ese hombre, mi amado Tim, hasta que, hace ya mucho, se me cayó la venda de los ojos: se había olvidado de Dios. En la selva no lo necesitaba porque él mismo era una deidad. Podía decidir lo que estaba bien y lo que estaba mal, lo que tenía derecho a hacer y a quién hacérselo. Tim, se había convertido en un mal bicho.

Me despertaba llorando con un nudo que me apretaba la garganta; en mi vida el llanto había pasado a ser algo normal. ¿Desde cuándo? ¿Desde que lo maté? No. Desde antes. Desde que me violó por primera vez, y eso había sido años atrás. El calor, las fiebres y aquel demonio de hombre hacían de la selva lo más parecido al infierno que se pueda imaginar, sólo que la imagen del infierno no incluía el dolor de un culo reventado. Yo temía aquellas visitas. Venía a verme, por lo general durante los retiros de meditación, una o dos veces al mes. Al principio con palabras suaves, después con amenazas, y ante mi reticencia habían llegado los golpes como forma de sacrificio, castigo o expiación. En esas ocasiones sólo quería gritar hasta morirme.

Pero no podía contárselo a nadie. Aunque tuviera los ojos hinchados de llorar, mostrara moraduras en el cuerpo, cortes en la cabeza o me viera obligada a caminar con las piernas separadas, no había nadie a quien pudiera hacerle confidencias. Y si las hiciera no dudarían en encerrarme, de modo que cada noche me iba a la cama y purgaba mis sueños con ellas. Pasara lo que pasara, el jergón era el único refugio y ni mordiéndome los puños lograba contener el miedo. Mucho menos, la ira. "Esto el Todopoderoso no puede permitirlo. ¿O es que la Divina Providencia no puede asumir sus responsabilidades?" Y me daba por pensar en todos aquellos patriarcas del Antiguo Testamento que hablaban directamente con Jehová; a veces Él los escuchaba, otras los ignoraba… Bueno, pues a mí el Señor me había vuelto la espalda y, libre ya de cualquier ligadura con Él, encontraba un perverso placer en pensar que podría retorcerles a todos aquellos dementes el pescuezo. El único problema sería por quién empezar: Tim o el último mono de entre sus acólitos. Me entretenía en imaginar el chasquido de cada cuello al quebrarse. Uno tras otro. Quién sabe si Él, en su maldad infinita, me daría fuerzas.

Mi soledad era enorme, la Comuna era la casa de los que habían perdido el sitio, ¿tenía sentido seguir viviendo allí? No. El simple pensamiento me provocaba aspereza en la boca. Quizá la gente a mi alrededor tuviera algún motivo para estar, un lugar donde protegerse, aislarse y encogerse; pero yo no. Hacía mucho que había llegado al punto donde se supone que recobras el sentido común, paras en seco, das media vuelta y vuelves a tu vida. No es bueno seguir haciendo aquello por lo que te has dejado engañar. Pero, ¿cómo volver?

Mi madre era ya algo lejano. Y sin embargo, ¿cómo iba a aguantar la conciencia de mi culpa? Los demonios estaban vivos. ¿Qué había sido peor, sacrificar mi vida por un mequetrefe o ignorar a mi madre de la peor manera? A veces me enfadaba con ella por no haber insistido, otras, sentía compasión hacia mi misma por idiota. La religión, el sexo, Tim, ¿eran más importantes que mi madre, una mujer que nunca había puesto nada por encima de la felicidad de su hija? En su día había renunciado a hacerle comprender que la fe en ese hombre extraordinario me había cambiado, y ahora la posibilidad de volver a verla colmaba mis ilusiones por completo.

¿Demasiado tarde? Quizá. Porque el tiempo se había roto, dilatándose y hundiéndose en el vacío; yo misma no sabía cómo medirlo.

Antes de venir, había imaginado la vida en la comuna como algo heroico, ahora me resultaba de lo más estúpido. Tal vez estafada no fuera la palabra más adecuada para definir lo que sentía, pero no encontraba otra que se acercase más. El dolor que sentía por estar allí penetraba en mi pecho y se asentaba junto a la incredulidad de haber amado alguna vez a Holy Tim, un hombre incomprensible que, llegados a la espesura de los bosques, se volvió intratable. Al principio tenía miedo de confundirlo con asuntos triviales, temía decepcionarlo, después enfadarlo, finalmente me temblaban las carnes ante su violencia, su irritabilidad, sus humores cambiantes... Nunca pude perdonarle por todo lo que no era: música y poesía convertidas en angustia y mentiras. ¡Qué desvalida me sentía!

Fascinada por la vida que desplegaba mi memoria, tomé conciencia de lo que había perdido, un mundo tan tentador y deseado como demasiado distante. Echaba de menos Nueva York, esa ciudad, la mía, con más de siete millones de habitantes, cada uno de ellos con una biografía diferente que ocultaba secretos y exhibía singularidades. Al borde de la selva había aprendido a amar el hormigón, el cristal y el acero de los edificios tanto como el sofocante barullo de sus calles o los discretos hábitos de casa. Añoraba la comodidad de mi cama y las generosas raciones de comida basura que eran parte de una forma de vivir… Ahora que pasaba casi todo el día descalza no hacía otra cosa que pensar en mis zapatos, en todos los que habían marcado el tránsito a la edad adulta: los primeros tacones de fiesta, los mocasines italianos para asistir a clase, aquellas sofisticadas sandalias de verano, las deportivas de colores... Echaba en falta la música de Wilson Phillips a la que era adicta, de Roxette, Sinead O´Connor o Madonna, una música que con frecuencia todavía seguía sonando en mi cabeza. Me veía a mí misma limándome las uñas y oyendo los musicales de la radio mientras hablaba de cosas tontas por teléfono... ¿De qué hablábamos tanto? De *compas* y *profes*, de la liga de hockey o los amores de la edad. Me atormentaba con el recuerdo de lo que estaba lejos, un tiempo lleno de sentido y oportunidades que ahora me resultaba inconcebible. El mundo real mirándome y riéndose: adiós al regalo de las infinitas sorpresas. Aquí las posibilidades inesperadas no existían, siempre sabías lo que iba a pasar, aunque no supieras qué es lo que tenías que hacer para evitarlo. Pero entre aquel rebaño de locos, no había nadie a quien importase lo que yo dijera, así que comencé a refugiarme en figuraciones paranoicas impulsada por la certeza de que Holy Tim volvería; sus visitas eran lo único imprevisible y lo más doloroso, no podía seguir viviendo así. Sabía que era algo a lo que tendría que enfrentarme algún día: una puñalada podía compensar el riesgo de una vida esperando el próximo ataque, la próxima violación. Es verdad que no tenía experiencia en peleas, pero tampoco veía mayor inconveniente moral en deshacerme de él por las bravas... Fantasías agresivas que estimulaban mis ritmos cardiacos; el problema consistía en si era capaz de hacerlo, aunque nada pudiera resultarme más satisfactorio. Al principio intentaba desechar la idea, era tan sólo un ramalazo de locura, pero no podía quitármela de encima. "Si tu fantasía más profunda, la única que puede sacarte de aquí, es un disparate, quiere decir que estás loca".

O no.

Descubrí un sentimiento que no conocía: odiaba la comuna, odiaba la selva y odiaba a Holy Tim. Lo odiaba por haberme conducido hasta aquí, por su abandono tras haberme embaucado, por todas las cosas que me obligaba a hacer cuando me echaba el aliento a la cara y clavaba sus ojos en los míos. Ojos en los que sólo veía oscuridad. Lo odiaba con un odio que provenía de algún lugar en mi pecho, un odio que me mantenía cuando en la soledad de la noche trataba de conciliar el sueño, un odio que aguantaba el dolor de cada sodomización, un odio que se filtra y va ocupando espacios, que se instala y echa raíces. Que lleva mucho tiempo aguardando. Y comencé a jugar con él. Imaginaba cómo clavarle el cuchillo en el vientre, cómo romperle los brazos y las piernas en una impensable maniobra de *taekwondo*. Y aprendía del odio. Si quería volver a la vida tenía que echar abajo esa puerta cerrada. Tim no podría volver a aparecer porque lo había agarrado de los testículos y empujado por un barranco o ahogado en el río. O descuartizado con el machete y enterrado con la azada de labrar. Ideas desquiciadas o luminosas que iban desplazando las sombras de la duda. Eso tenía que acabar. Sólo entonces podría marcharme, alcanzar la civilización y vivir en un estado de serena aceptación junto a mi madre. "Si hubiera estado bien de la cabeza,

145

jamás habría venido aquí". Podía odiar a Tim con la obstinación de la locura, pero al mismo tiempo le temía.

Cuando el monstruo la sodomiza a fuerza de golpes, la embestida inicial desata sus lágrimas y los arañazos en la espalda las mantienen durante mucho tiempo. Cuando por fin la deja, la cabaña no es lo bastante grande para contener tanta humillación, tiene que salir fuera, al aire libre, tapándose la boca con las manos mientras los sollozos escapan de entre sus dedos. Con esas lágrimas de rabia está expulsando a Tim, expulsa su miedo y expulsa el desamparo: sólo entonces puede respirar de nuevo. Cuando lo consigue, no es raro que permanezca largo rato de rodillas escuchando el ladrido de los perros.

Holy Tim ha estado con muchas mujeres, pero follarse a una que lo odia tanto le proporciona un placer único, especial. Como si fuera el coño de un súcubo irresistible, fantástico, seductor y voluptuoso que, obligado por la fuerza a acoplarse a su gusto, no puede olvidar. Además, sodomizar a Louise, que no dudaría en arrancarle el corazón a mordiscos si pudiera, le añade un desmesurado plus erótico.

*

La puerta se abrió sin abrirse del todo. Holy Tim estaba frente a mí, sin moverse, ocupando el hueco.

—Estás colocado —le dije, retrocediendo hasta el fondo de mi pequeña cabaña sin saber qué hacer.

— A veces la Palabra de Dios me provoca un estado de confusión tal, que sólo un canuto y un buen polvo pueden calmarme.

— Nooo... por favor... no —oí mi propia voz. No rugiendo con palabras de rechazo, como había imaginado tantas veces, sino rogando, implorando.

Movió apenas la cabeza en lo que quería ser una afirmación, mientras hurgaba en sus bolsillos para sacar una colilla de maría que encendió con el Dupont de plata. Dio una chupada entre carraspeos asociados a salivazos espesos, y se quedó apoyado en el quicio de la puerta limpiándose un resto de baba con el dorso de la mano.

—No, no, no —supliqué en un susurro temblándome la voz.

Holy Tim sonrió. Dio un paso adelante y su sonrisa se hizo más amplia.

— *Yo os digo: amad a vuestros enemigos.* Lucas 6:27-30

— Déjame, por favor... —le supliqué desamparada.

Las súplicas le hicieron reír con suficiencia; tenía los ojos puestos en mis ojos.

— *No paguéis a nadie mal por mal.* Romanos 12:17-21. Quién me iba a decir a mí que al Nuevo Testamento se le pudiera sacar tanto partido.

— Vete. Por el amor de Dios, Tim, vete en paz. *El deseo de la carne es contra el Espíritu.* Gálatas 5:17

— ¿Debería hacerme vegetariano?

— ¿Por qué me haces esto?

— ¿Por qué? —repitió como si la cosa fuera demasiado obvia—. Pregúntale a Dios por qué las cosas son como son, pregúntale cuáles son los designios que marcan tan arbitrariamente la vida de las personas.

Dio otro paso hacia delante, su cara no reflejaba ninguna compasión.

—*Porque yo sé los planes que tengo para vosotros.* Jeremías 29:11. ¿Sabes? El Antiguo Testamento me la pone más dura todavía.

—Quiero irme de aquí. Tengo que salir, aunque sólo sea para comprobar que el mundo sigue existiendo ahí fuera.

—¿De verdad quieres volver al mundo, con las putas y los degenerados? ¿Convivir con pervertidos, malhechores, viciosos y corruptos, mientras nosotros hacemos méritos para subir al Cielo?

—Lo deseo con toda el alma.

—No siempre podemos alcanzar lo que queremos, Louise. Pregúntate si la Virgen quería ser la Madre de Dios y seguir siendo virgen… Si a Jesús le atraía la idea de ser crucificado.

—No quiero preguntarme nada, quiero volver a ver la tele.

—Ya lo sé, pero imagina por un momento que yo, a tus ojos tan sólo un maltratador, tenga también un corazón en el sitio adecuado y sea capaz de quererte tanto que no quiera perderte. ¿Tan raro te parece?

—Inconcebible. A ti el corazón te bombea bilis.

—No me hago ilusiones con respecto a tus sentimientos, eso sería poco realista. Tampoco puedo caer bien a todo el mundo.

—¿Vas a reprochármelo?

—Lo único que quiero es obediencia absoluta.

— Anulación completa.

— Llámalo como mejor te parezca, ¿tal vez acatamiento? Te deseo, quiero gozar de ti.

— No. Ni lo sueñes. Nunca más.

— Pero a mí me encanta este juego, nena, el vértigo de llevarte hasta el abismo. Y cuando estoy con la cabeza entre tus piernas o con la polla perdida en tu trasero, oigo el coro de los ángeles en el Paraíso.

— Estás loco.

— Pero nena, tu culo es el único lugar de Colombia desde donde se puede llegar al Cielo esta tarde.

— No, quiere decir no.

—Saber doblegarse cuando conviene también debe figurar en alguna parte de las Sagradas Escrituras.

— Y arrastrarse por la mierda es el catecismo que tú enseñas.

— Louise, cariño… La salvación es dolor y sufrimiento —celebró su respuesta con una carcajada.

— ¿Dolor? ¿Sufrimiento? ¿Sabes lo que es desear con toda tu alma que se haga de noche para dormir y olvidarse de todo? ¿Y no poder hacerlo porque el sueño está lleno de pesadillas y tu cabeza a rebosar de miedo?

— *No temerás el terror nocturno, ni saeta que vuele de día, ni pestilencia en oscuridad.* Salmos 91:5-7.

— ¡Qué sabrás tú lo que es el miedo! Que alguien te maltrate, te humille, y no tener ninguna posibilidad… Aún tengo marcados los golpes de la última vez.

— Debes dejar atrás esa rebeldía que te desorienta.

— Es cierto, estoy desorientada. Me resulta difícil encontrar una explicación que justifique la mierda de vida que llevamos en esta puta selva.

—*Pero yo he rogado por ti, Simón, para que tu fe no desfallezca.* Lucas 22:23. Necesitas creer en algo.

— Seguro. Algo que me permita la reconciliación conmigo misma, dejar de atormentarme cuando recuerdo quién soy. Olvidar mis renuncias.

— Pues aquí estoy. Lo mío viniendo a verte es un acto de misericordia, sólo que tú no te das cuenta —alzó los hombros componiendo una sonrisa y apagando el canuto—. Tengo una misión, vengo a purificaros. El Cielo está más cerca de lo que te imaginas y un paso en dirección contraria puede alejarte para siempre.

— ¡Qué pena!

— Pero mujer, la Gloria, con toda esa gente tan feliz, puede ser un lugar muy enrollado.

— Puestos a escoger, prefiero irme a casa.

— ¡Pero, ¡qué dices! Expuesta a los peligros del mundo… ¿Dónde vas a estar mejor que aquí? Esto es como estar en la iglesia, pero con mamada incluida.

— A casa.

— Yo sé que la falta de fe puede llevar una vida a la deriva, y sé lo importante que es para mí guiar a un alma en su regreso a la senda. ¿Sabes de lo que estoy hablando?

— No.

— Lo entiendes, pero no quieres entenderlo.

— Ya no te escucho, tus palabras entran en mis oídos y rebotan. Lo terrible de tíos como tú, es que consiguen que tontas como yo acaben viniendo a un sitio como éste. Si los demás quieren someterse es cosa suya, pero yo no voy a dejar que sigas maltratándome.

— Debes obedecer —y añadió con un largo suspiro sin quitarme los ojos de encima—: se trata de salvaros a través de la obediencia, obligarte al ayuno si tienes hambre, a la vigilia cuando aprieta el sueño, a prodigar tu amor con humildad frente a la egolatría.

— Yo no quiero salvarme, sólo quiero perderte de vista. Salvarme de ti.

— La paz no es para los soberbios.

— No. Es para los pacientes, y tú podrías esperar a gozar en el Cielo.

— Ese culo tuyo es un regalo. Puedo suponer que la eternidad en la Patria Celestial no va a resultarme tan gozosa como esta tarde aquí contigo. No puedo despreciar los dones de Dios.

— Cuándo y cómo me entrego a un hombre es sólo asunto mío.

— Ya… —replicó Tim con una media sonrisa—. Y si yo te sodomizo todos los días, o te doy un respiro, es también únicamente asunto mío.

Algo tan cínicamente perverso sólo podía ocurrírsele al demonio.

— Puedo sentir tu deseo de reventarme. Eres la encarnación de Satanás.

— Te equivocas. Estoy en permanente contacto con el Dios tiránico y vengativo del Antiguo Testamento.

— Todo un modelo de conducta —le interrumpí marcando como pude el tono desafiante de mis palabras.

— No creas, ha ido mejorando con los años —cerró los ojos y encogió ligeramente los hombros—. Él me ha enviado para sujetar en esta inmunda selva a Belcebú por los cuernos, y a ti por ese hermoso trasero que la Divina Providencia te ha dejado en préstamo.

—¿Y cómo vas a explicarle tu paso por la vida, si cada vez que te miras al espejo sientes el fracaso de tu perversión, de tu debilidad, tu cobardía? Por eso necesitas a alguien a quien machacar, hijo de puta.

Y, reaccionando al miedo, continué increpándole a gritos; gritaba como una loca, una y otra vez las mismas palabras condenatorias, *'te pudrirás para siempre en los infiernos, maldito cabrón'*... Lo malo es que eso es lo que era en ese momento: una loca. Una loca que era más yo misma que nunca, y las palabras surgían de mis entrañas porque tenía necesidad de echarlo todo fuera. Me di cuenta a destiempo de haber tomado el camino equivocado, cuando un sudor frío me corrió por el cuerpo y la sonrisa desapareció de su rostro: lo que estaba echando fuera era mi vida. Se me vino derecho a la garganta con el gesto crispado, agarrándome el cuello con ambas manos y presionando con fuerza. Pensé que me mataba y una oleada de odio se apoderó de mí. Desesperada, eché la pierna hacia atrás propinándole una patada capaz de romperle el tobillo. Su respuesta fue un puñetazo en la cara que me hizo mucho daño. Con ojos enrojecidos por la rabia me golpeó de nuevo en los costados para abrazarme, mientras yo arañaba sus mejillas con toda el alma. Se deshizo de mí empujándome contra una pared que, hecha de paja y barro, apenas resistió el golpe. Rodé por el suelo hasta meter la mano por debajo del jergón en busca del cuchillo. Mi mano se cerró con fuerza alrededor de la empuñadura; sólo tenía una oportunidad. Se abalanzó sobre mí y toda la fuerza del acero se adentró en su vientre, una y otra y otra vez, perforando sus intestinos, penetrando más y más adentro. Y cuanto más apretaba yo, más abría y cerraba la boca Tim intentando aspirar algo de aire, como si creyera que podía sacar fuerzas de él. Hasta que cayó al suelo, desplomándose para quedar encogido con la cabeza entre las rodillas. Su cuerpo temblaba, la sangre continuaba saliendo a borbotones de su vientre, el cuchillo todavía se agitaba en mi mano. Tanta, tanta sangre… ¿Quién hubiera pensado que de un cuerpo pudiera salir tanta sangre? Me acerqué al montón donde estaba apilada la ropa y lo cubrí cuan largo era con una sábana para no verlo.

Ya había ocurrido. Demasiado dolor, demasiado miedo, demasiado rencor. Antes o después tenía que pasar. Ahora podía suceder cualquier cosa, pero tenía que pensar deprisa y salir pitando. "¿O debía decidir qué es lo que iba a decirle a la poli?" ¿Qué policía? Demasiados asuntos en la cabeza, tenía que sosegarme, controlar la respiración, ordenar las ideas… La víctima era un norteamericano; habría una investigación. 'Fue en defensa propia', les diría. Pero Holy Tim pasaba por ser un hombre santo, no lo creerían y aunque me creyeran daría lo mismo; yo era una mujer, joven y blanca, serían los maderos quienes me violaran. No sabía qué hacer, tenía ganas de vomitar, imaginé la reacción de la comuna, los traslados, las acusaciones, los interrogatorios… Una locura. Tenía que decidirme y todas las opciones eran malas.

Me detuve un momento a observar el bulto que era aquel cuerpo por si notaba señales de respiración. Estaba muerto. Y mientras lo observaba iba fraguándose una decisión: huir. "Date prisa, no hay tiempo para preparativos, concéntrate, lava la sangre de tus manos, recoge las cosas, mete algo de ropa, vete a su casa, busca el pasaporte, su dinero, nuestro dinero, el dinero de todos, las llaves del coche, destroza la radio y echa a correr". Era un plan vagamente fabulado desde hacía mucho tiempo. ¿Podría funcionar? No tenía otro. Al saltar sobre su cadáver no pude sino mirarlo una vez más, y lo que vi fue un charco de sangre que seguía extendiéndose. "Por Dios Bendito, ¿esto está pasando de verdad?", pensé con los ojos empañados de lágrimas. Me detuve un momento en el umbral de la choza tratando de recuperar la calma, eché un vistazo alrededor. "Tranquila, cálmate, piensa".

El poblado estaba silencioso y desierto, impregnado de una extraña luz dorada que, bajo un cielo cubierto de nubarrones bajos, anunciaba tormenta. Un par de chicos con pantalón corto y el torso desnudo acarreaban trabajosamente un hato de leña. De una de las cabañas me llegó el llanto de un niño que convergía con el sonido de una armónica, y un perro sin raza, con el pelo muy enmarañado, al verme lanzó un único ladrido… Los demás estarían rezando Biblia en mano con salmos llenándoles la boca, o fumando yerba con la mirada ociosa puesta en ninguna parte. O contestándose interiormente a preguntas que a mí no se me ocurrirían en cien años. Apuré el paso cruzando el poblado tan rápido como me permitían las piernas, *adiós, muy buenas*, había iniciado un camino de dirección única, sin retorno, y me las piraba a toda mecha con el corazón disparado y el estómago revuelto.

Ya estaba dejando atrás las chabolas de los indios cuando empezó a llover; conforme aceleraba el paso la lluvia se iba haciendo más intensa, embarrando la tierra y dificultando la marcha. Para cuando pude adentrarme en la selva, la lluvia caía torrencialmente a través de las grandes hojas que formaban una especie de bóveda sobre el sendero. El suelo empapado y el barro cubierto de la hojarasca que arrastraba el viento, hacían más difícil la caminata. Me dolía al andar, pero avanzaba dando traspiés, ciega y aterrada, porque tenía que protegerme, correr para salvar la situación, ponerme a salvo. Más allá, a unos tres kilómetros, se extendía el calvero donde dejábamos el Land Rover.

Andar y pensar: "Holy muerto y yo huyendo". Cuando llegué al coche me temblaban las manos, tuve que repetir la operación de puesta en marcha hasta cinco veces… Respiré hondo y por fin, al girar la llave, el motor arrancó.

"El peligro puede venir de cualquier parte, hay que moverse deprisa, adelantarse, escapar antes de que me encuentren". La idea era desplazarme lo más rápidamente hacia el oeste y luego al sur. Ésa era la solución. Al llegar a la frontera me desharía del vehículo, contrataría un guía indígena y pasaría andando al otro lado: Ecuador. Desde allí cogería cualquier autobús que me llevara lejos: sólo era cuestión de dinero, pensar con claridad y actuar con determinación.

El puesto de policía estaba muy distante, cuando descubrieran su cuerpo, y eso sucedería un par de horas más tarde, era muy difícil que la comuna pudiera reaccionar sin vehículo. Lo más probable es que enterraran al santón y se pusieran a rezar hasta que alguien pasara por allí. "Necesito tiempo, sólo un poco de tiempo. Irán a buscarme donde crean que voy a ir". Había que usar la imaginación, no quedarse en ningún sitio, hacer las cosas pensando sólo en la supervivencia, entrar en un mundo ajeno, del que nada sabía, sin la esperanza de volver al mío. "¿Qué va a ser de mi vida?" De repente me entró el pánico al pensar que no podría acudir a mi madre, ni siquiera llamarla por teléfono. Ni verla, ni hablar con ella; al menos por un tiempo. "No deseo la vida que me espera —pensé con un velo en los ojos—, pero hace ya mucho tiempo que a mi vida tampoco puede llamársele vida. ¿Quién querría vivir aquí para siempre? Está claro que a Dios no le gusta compartir el Cielo. Al menos conmigo". Y no es que yo no hubiera deseado que las cosas acabaran así, pero tampoco quería perder el tiempo en bobadas, y menos aún pensar demasiado; la lluvia había cesado y yo debía aprovechar, seguir pisando el acelerador para quitarme de en medio. Irme. Perderme. Desaparecer.

"Cosas que pasan".

Algo se ha roto. Demasiada sangre, sí, pero... ¿acaso se le abren las puertas a una nueva esperanza? Louise conduce rápido, incluso con los ojos adaptándose a una oscuridad que se convierte demasiado pronto en noche cerrada. El cielo es ahora una negra inmensidad sin luna ni estrellas, el camino, un túnel de luz enmarcado por un mundo verde de silencio que se rompe tan sólo por los aullidos de la selva. El viaje será largo, le dará tiempo a reflexionar y organizarse, también a borrar la imagen de la sangre empapando la tierra. Debe poner todo el empeño en salir de allí, negándose a retroceder al recuerdo del punto de partida: es su carrera hacia la libertad.

*

A medida que avanzaba por caminos de tierra roja, dejando profundos surcos en el fango, aferrándome con fuerza al volante y sufriendo entre quejidos de amortiguador los violentos giros precisos para esquivar los grandes charcos, la vegetación se iba haciendo menos espesa. De tanto en tanto bordeaba aldeas con casas de adobe, techos de chapa ondulada y ropa tendida donde, aunque mi presencia no pasara del todo desapercibida, aprovechaba para comprar agua, plátanos y toda la fruta que pudiera haber en aquellos desvencijados puestos instalados precariamente junto a la pista, atendidos por mujeres de expresión resignada que amamantaban a criaturas llenas de mocos. Incluso cuando por fin alcancé el asfalto, los únicos vehículos con los que me cruzaba eran camiones en estado de ruina y carros tirados por mulas famélicas. Ningún control militar; nada hacía pensar en un país asolado por la guerrilla desde hacía más de treinta años.

Hasta que apareció el primero: una cola de media docena de coches con dos soldados pidiendo documentos y otros dos hurgando en los portamaletas. Por propia experiencia sabía de los inevitables interrogatorios y extorsiones a conductores extranjeros, con el único propósito de cobrarles la *mordida* para poder continuar. Pero yo no podía correr riesgos. "Irán a buscarme donde crean que voy a ir". Había que cambiar de plan y, con un viraje brusco, lo cambié.

Tres días conduciendo, echando apenas de vez en cuando una cabezada, me tenían exhausta; en cualquier momento podía estallarme el corazón. Necesitaba descansar y decidí que el trayecto de aquel día, volviendo por donde había venido, acabara en la localidad de San Gabriel, o Santa Ana, o San Francisco, no recuerdo bien, con la posibilidad de dormir en una cama. Además, creía saber por dónde empezar: había oído rumores y llevaba ochocientos dólares en los bolsillos.

La posada *El guayabal de don Juancho*, un edificio de ladrillo y tejas cubiertas de musgo, con una larga galería en la planta baja, era una auténtica reliquia del pasado colonial. Y aunque mostrara los estragos propios de la vejez en forma de podredumbre en la madera y desconchados de pintura, conservaba su alcurnia, estaba más o menos limpia y se cenaba bien.

Ya había dado cuenta de un guiso de cabra con papas sancochadas, cuando llamé con un gesto al patrón, un hombre entrado en años, algo encorvado, de cara arrugada y manos sarmentosas, al que, tras intercambiar un saludo, invité a sentarse a la mesa. No disimuló el placer que le producía hacerlo con una norteamericana joven y guapa que hablaba español, y a los diez minutos, sin un movimiento en la cara que delatara sorpresa, unos cuantos dólares de por medio, el Land Rover para el desguace y la historia de un marido celoso que no se creyó, estaba hecho el negocio. Esa misma noche localizaría al hombre. El pescador, de nombre Indio Andrés, me conduciría en su barca a través de la intrincada red de canales que se abrían paso en la selva hasta un embarcadero, desde donde podía acceder a alguno de los barcos de carga con destino al Putumayo. Una vez en el gran río, pondría rumbo a Brasil; nadie lo podría imaginar.

— No se preocupe, Indio Andrés es de confianza, no es la primera vez que lo hace, y conoce cada tramo de esos riachuelos —dijo con una mirada tranquilizadora—; lleva pescando en ellos desde niño y sabe el punto exacto donde dejarla a salvo.

Tampoco pudo evitar una sonrisa al contar los billetes que se iban a repartir.

No eran las diez de la mañana y ya llevábamos andando cuatro horas. El sendero descubría signos de tránsito: restos de papel, envases de plástico, latas de bebidas, y hasta vi una camiseta colgada de un árbol que sin duda estaba allí desde hacía tiempo. El calor era húmedo y pegajoso, los mosquitos no habían dejado de machacarme y tenía los pies destrozados, pero el indio en ningún momento decidió descansar.

Por fin llegamos a la orilla del cauce donde estaba amarrado su bote. Indio Andrés soltó amarras y me hizo sentar a popa, mientras él cogía los remos y rápidamente impulsaba la barca corriente abajo.

El pescador remaba con suavidad, aunque sin descanso, a favor de la corriente y después de varias horas donde sólo fui capaz de oír el susurro del aire en los manglares y el graznido de los pájaros, cuando el cielo comenzaba a oscurecerse y el sol se transformaba en una bola roja, alcanzamos un desvencijado muelle de troncos a medio pudrir junto a un humilde asentamiento de cabañas. Desembarcamos y procedimos a arrastrar el bote unos cuantos metros por la orilla, cubriéndolo con hojas de palma. 'Como precaución', me ilustró el indio en un murmullo, señalando el pequeño motor fueraborda que necesitaba para volver.

Nos internamos en la selva por una estrecha vereda cubierta de vegetación. El follaje era muy denso, las sombras se deslizaban silenciosas a lo largo entre árboles que se proyectaban unos sobre otros hasta confundirse... A medida que avanzábamos el sendero se hacía más angosto y estaba más invadido de maleza, hasta que, a unos cientos de metros, desembocó en un claro donde bordeando las cenizas de una vieja hoguera se accedía a un refugio de palos y caña. A lo lejos aún podía oírse el rumor del río; allí nos dispusimos a pasar la noche.

Nubes de mosquitos, a pesar del repelente que me había rociado de pies a cabeza, llenaban el aire a nuestro alrededor. Olía a humedad y el calor era tan asfixiante que el infierno podría ser así, más caliente a cada momento, lo bastante abrasador para quemarte los pulmones y llegar a calcinarte por completo.

Tumbada en el suelo medité sobre mi situación y en lo que me esperaba: un transporte fluvial sin controles y la confianza depositada en un extraño de quien nada sabía, alguien que bien podría acercarse silenciosamente en cualquier momento y ajustarme su machete al cuello.

Notaba un cosquilleo en la nuca, como si el indio me estuviera mirando fijamente en aquella oscuridad profunda y, a pesar del calor, sentía escalofríos. Nunca he sido tan consciente de la presencia de un hombre, con sensaciones que oscilaban de la alarma a la ansiedad... y al terror puro. Vencida por el sueño, me adormilaba a ratos para despertar con la garganta seca y la sangre atropellada, como si el corazón quisiera desalojar más cantidad a fuerza de golpes. A nuestro alrededor la selva latía de maldad, bullendo con ruidos de animales que acrecentaban mi inquietud. Veía el peligro en todas partes. *Elevemos nuestras plegarias a Dios.*

Cuando el sol comenzaba a levantarse, ya preparados y dispuestos en el muelle, oímos tronar la sirena de un pequeño barco, cargado hasta los topes con cajas de madera, embalajes de cartón y una pila de fruta, que anunciaba su llegada.

— Hasta la vista, señorita, disfrute de sus vacaciones —dijo el indio con una sonrisa cómplice mientras acariciaba, con los ojos bailándole de entusiasmo, el billete *extra* de cincuenta dólares que yo había depositado en sus manos.

Me ayudó a subir, poniéndome una mano en el hombro a modo de despedida.

— Descanse y reléjese, se la ve cansada... Ya ha pasado todo. Buena suerte —noté la vibración de su voz reverberando en mi hombro, transmitiéndome un mensaje de sosiego por debajo de la piel, y supe que no sólo me lo estaba diciendo, estaba deseándolo. Un instante milagroso. Este hombre formaba parte de esa exigua porción de humanidad que se alegra de la felicidad ajena. Lo que se dice *un buen tipo*.

Desde el muelle, en lo que duraron los trabajos de carga y descarga, siguió mirándome con la misma devoción con que podría estar mirando a la Virgen del Rosario de Chiquinquirá. A lo largo de los años me he encontrado con muchas miradas conmovedoras, pero ninguna, nunca, como aquella. Y sólo entonces, al filo de esa mirada, me detuve a reconsiderar mis temores de la noche anterior. Tan amedrentada estaba que, en mi desasosiego, no podía pensar en nada que no fuera en mí misma: una mujer joven, sola, y cargada de dinero. Si cualquier mamífero puede oler el miedo, ¿cuánto de ese miedo pudo percibir él?

Retiraron la pasarela, recogieron las gruesas maromas de la dársena, retumbó el ruido de los motores hasta sentir su reverberación en cubierta, y cuando el barco soltó amarras mi guía aún agitaba los brazos mientras su figura se hacía más y más pequeña. Permanecí de pie, con las manos apoyadas en la barandilla de popa, observando alejarse el minúsculo puerto con la discreta estampa del indio bañada por el sol de la mañana, y me encontré flotando en un aturdimiento de gratitud hacia aquel hombre flaco, flexible como un junco, depositario de una delicada desesperanza a sus espaldas y una milenaria serenidad en los ojos. Con una punzada de emoción, aspiré hondo el aire del río.

Mi Indio Andrés, al que recordaré siempre.

Tras dos días de navegación, una tarde en la que el sol se veía deslavazado después de un intenso chaparrón, cambié de barco. Pude encontrar sin dificultad —casi todo es fácil en Puerto Asís pagando en dólares—, un camarote individual más o menos del tamaño de una perrera, en otro carguero algo mayor que admitía pasaje con destino a Manaus. Sería un viaje largo, ahora podría descansar.

La cámara consistía en un camastro, un espejo y una repisa metálica que hacía de tocador con dos toallas no muy limpias y una jofaina esmaltada para el aseo personal. ¡Ah!, y el ventilador. Un ventilador que giraba con fuerza en el techo haciendo oscilar la mosquitera. Al final del pasillo estaba la ducha y un agujero que hacía las funciones de váter.

Llevaba una semana encerrada en el camarote, temerosa de hacerme notar, y el corazón todavía se me desbocaba al oír cualquier ruido demasiado estridente o demasiado cercano. Incluso con la campana que señalaba las horas de comer, me asaltaba una sensación de fatalidad que me paralizaba el cuerpo.

Estábamos todavía atracados en Tarapacá, allá donde el río Catuhe se une al Putumayo, cuando volví a soñar con mi madre, por primera vez desde que inicié la huída. Con frecuencia pasaba la noche sumida en un agitado duermevela, entre sueños teñidos de ansiedad, temblando de pies a cabeza y bañada en sudor, pero esto era muy distinto, fue un sueño que viví como una aparición. Allí estaba mamá, una presencia serena que lo abarcaba todo. De sus ojos brotaba una corriente de ternura y comprensión que acudía en mi ayuda del único modo posible: a través de mí misma. Nuestras miradas se encontraron durante un largo silencio donde me hizo saber, del modo en que se saben las cosas en los sueños, que estaba bajo su protección... y desperté a medias, sin saber a ciencia cierta si aún estaba soñando. Me resultaba extrañamente íntimo estar así en la cama, encogida en postura fetal, tan reveladora de necesidad, de anhelo, de refugio, de amparo.

*

¿Por qué a aquellas horas de la madrugada desperté con un hormigueo que me recorrió la espalda? Me levanté a mirar por la ventana, oí el aullido profundo de una ambulancia que fue perdiéndose hasta desaparecer, contemplé las tiendas, las farmacias, los bares *after hours* haciéndonos señas con sus rótulos fluorescentes, reconocí el resplandor nocturno de la ciudad, un mundo próximo y tranquilizador en el que no debía tener cabida el miedo. Y, sin embargo, el miedo estaba en mi cabeza. ¿Cómo saber si Louise estaba bien? ¿Lo que ha podido o no ha podido suceder? Es del todo imposible no pensar, la incertidumbre siempre está acosando, las ausencias son las ausencias y en ellas, para una madre que no sabe, siempre hay sufrimiento... Tenía unas pastillas para dormir y otras para despejarme, pero no importaba, dormida o despierta, incluso en sueños, temía por ella; luchaba por estar con ella.

*

La radio no parecía haberse hecho eco de mis apuros, pero mi cobertura era muy limitada. No tenía acceso a los periódicos, ni forma de saber con qué intensidad o dónde me estarían buscando, si ofrecían una descripción de mi persona o divulgarían mi foto por televisión. Era posible, incluso, que ni siquiera lo hicieran si *los hermanos* querían seguir recibiendo donaciones.

Pero había aprendido a desconfiar hasta de mi sombra, de modo que la mayor parte del tiempo durante la travesía continué tumbada boca arriba en el catre, como si ya estuviera practicando para ser la mujer invisible en que llegaría a convertirme. Cuando desistía de descifrar el futuro, me quedaba junto al ojo de buey observando durante una irrazonable cantidad de tiempo las caudalosas aguas del río. ¿Habrá alguna forma más fácil de volverse loca?

Era un auténtico alivio escapar de las voces que a través del sueño se colaban en mi cabeza, abandonar aquellas sábanas que no eran más que trapos empapados de sudor, dejar de oír los mosquitos que zumbaban alrededor del jergón buscando aberturas en la tela por donde colarse, y salir de aquel camarote desolado, herrumbroso y tórrido, situado en el fondo del barco. Alejarse de los ecos metálicos de la escalera y el corredor. Había algo mágico en subir con las primeras luces al paisaje iluminado del río, ese espacio de tiempo antes del desayuno donde los marineros susurran con voces apagadas y tus pasos suscitan apenas una mirada fugaz. Yo aprovechaba para salir un rato a cubierta y contemplar con pasiva receptividad la selva en las riberas del Putumayo, un panorama de verdes infinitos adornado con nubes de tonos rosados cediendo ante espacios inmensos. Tan bello y tan absurdo que parecía pintado a la acuarela. Aquello podría ser el Edén y yo, en una situación igual de catastrófica que Eva, deseaba, como ella, salir del Paraíso, escapar de aquella algarabía de pájaros exóticos que ahuecando sus alas entonaban constantemente sus trinos insolentes. De vez en cuando, veíamos algunos cobertizos, confeccionados con tablas claveteadas y chapas de zinc que se alineaban en algún pequeño muelle aislado, y barcas que a nuestro paso se empujaban unas a otras.

Por las noches, pasado el caos de bandejas metálicas que marcaba la hora de la cena, me llegaban flotando en el aire asfixiante del trópico las notas melancólicas de un acordeón. A esas horas, con un dolor sordo en el pecho, la soledad se acentuaba y cobraba dimensión reviviendo *la escena*, sin saber de dónde me venía la fuerza necesaria para revivirla o rechazarla. La imagen de la gran mancha de sangre volvía tan roja y tan brillante como si estuviera contemplándola a la luz de un foco instalado en mi memoria. Me preguntaba qué sentí al ver a Holy Tim tirado en aquel charco de sangre, cómo pude tener el aplomo necesario de saltar sobre él sin asomo de lástima para darme a la fuga. La respuesta era siempre la misma: estaba enferma de humillación, sentía con demasiada fuerza los insultos, su crueldad, los agravios, la vejación y la burla, el desprecio, la vergüenza, el desdén acumulados. Y, desde luego, ningún arrepentimiento. La idea de matar a un hombre resulta espantosa, la de matar a Holy Tim, no. Había despachado al mismísimo Satanás, el causante de todas mis desgracias, no podía mostrarme piadosa ni su recuerdo despertar en mí la menor compasión. Su muerte estaba asociada a demasiadas noches de dolor y estoy completamente segura de que llegado el caso, con las entrañas llenas de odio, volvería a hacer lo mismo. Nadie sabe de qué pasta está hecho hasta que aprende odiar. Y yo aprendí a odiar, a odiar de verdad, la rabia quemándome por dentro alimentando el rencor… Creo que, a pesar de todo, no tomé conciencia de cuánto lo odiaba hasta después de muerto.

Se encuentra muy cerca del puerto de destino y es como si la proximidad a Manaus hiciera aumentar su temor. Durante la travesía ha estado en el paréntesis temporal del barco, un lugar donde no había que moverse, bastaba con no significarse, ser imperceptible, no hacerse notar, y con las últimas luces de la tarde se pregunta si sus miedos tendrán que ver, también, con la incertidumbre que invade las conciencias adelantándose a la oscuridad. Intenta no pensar demasiado, hacerlo puede mermar sus posibilidades, hay tanto en lo que no quiere pensar… pero los pensamientos se rompen bajo la carga del desasosiego, el calor acumulado durante horas se transforma en un escalofrío recorriéndole la espina dorsal y, con frecuencia, esconde la vista en su regazo para evitar que los ojos, a rebosar de fantasmas, de cansancio y de miedo, se le llenen de lágrimas. ¿Qué es lo que le espera? A Louise le resulta desconocido todo lo referente al mundo que tiene frente a sí, constituye una ventana a otra realidad, una a la que nunca se ha asomado y de cuya existencia tan sólo ha oído hablar vagamente. Tiene la mirada cargada de congoja y, como a todos los que huyen desesperados, sólo le mueve la necesidad, la certeza de que *continuar* es la única forma que tiene de responder a ese dolor contenido que se asienta en su pecho; y eso también la asusta. El mundo se convierte en latidos retumbando por detrás de los ojos. ¿Acaso tiene siquiera un nombre para el futuro? *Vértigo.* El miedo forma parte de ella. "Olvidarse de todo, empezar de cero". En su boca aparece de nuevo una mueca amarga y, cumpliendo con las formalidades del miedo, sabiendo que tiene que convivir con él, le pide un deseo a la única estrella que aparece en el cielo: que nadie pregunte nada. Nada... De pie, con las manos aferradas a la borda, se inclina hacia delante y, consciente de los riesgos, cierra los ojos: "Hubo un tiempo en que todo era más sencillo", reflexiona con la sensación de que el mundo se le viene encima. Le parece percibir una especie de corriente en la nuca, se siente indefensa. "Pero no voy a derrumbarme. De ninguna manera voy a ser una víctima". Es el imperativo de la supervivencia.

Y rompe a llorar.

Aquella noche, bajo el foco que iluminaba la mesa de dibujo, contemplando una vieja fotografía de mi hija, supe que nunca más la volvería a ver. Que viviría para recordar su rostro, el de una hija que se desvanece en la niebla y no había de volver. Perdida para siempre. ¿Una premonición? ¿Un mal presentimiento? No sé cómo llamarlo... La negrura que intuí sobre Louise, envolviéndola como una sombra envenenada, me dio miedo. Apreté los labios con fuerza y, llorando en silencio mientras mi cabeza vagaba por alguna región del universo celestial, recé por ella sin tener claro a Quién por primera vez.

2

De Manaus a Porto Velho en autobús, y a partir de ahí pierdo la cuenta. Interminables horas de viaje con la frente contra la ventanilla contemplando el paisaje sin verlo. Con frecuencia, el cansancio y el olor a gasóleo quemado me ponían un nudo en el estómago que acababa volviéndome las tripas del revés; entonces cerraba los ojos y apretaba los dientes hasta que pasara el mareo. Ya no había propósitos concretos, me estremecía con los recuerdos y me asustaba lo que podría encontrar, pero la cosa era alejarse, ir deprisa, adentrarme en aquel desmedido territorio que era Brasil con la idea de llegar a cualquier sitio donde nadie pudiera conocerme.

Se me estaba acabando el dinero, adelgacé todavía más, comía poco y mal, fumaba demasiado y no podía dormir. "Bienaventurados los humildes que *nunca* heredarán la tierra, y los que lloran que *jamás* serán consolados, y los perseguidos por causa de la justicia que *de ningún modo* entrarán en el Reino de los Cielos"... Con frecuencia lloraba por las noches hasta el amanecer. Me tapaba la cabeza con las manos sintiendo puñaladas de dolor por mi propia miseria, y una gran sombra de impotencia me cubría el alma; estaba sola y olvidada del mundo. Al levantarme me miraba al espejo y secaba las lágrimas.

"Un día más, lo importante es mantenerse unos días más; después, ya se verá". Lo malo es que no veía salida, ni siquiera si podía ver algo: la vida se había convertido en una pesadilla absurda. Elegir un destino por otro podía traer consecuencias graves: mejor ciudades grandes, donde poder ocultarse y desaparecer entre la masa que se mueve por las calles. Olfatear alojamientos en los suburbios, en medio de las sombras más turbias, donde no es fácil distinguir qué es qué ni quién es quién, subarriendos ubicados en el corazón de la miseria, donde no se hacen preguntas ni se entra sin salir contaminada, obligada entre prostitutas y maleantes a sortear la escoria de la tierra. Me sentía dispuesta a aceptar lo que fuera con tal de conseguir un empleo, necesariamente de tapadillo y al margen de cualquier legalidad, apaños de mala muerte, ir temprano al trabajo y volver agotada para dormir anestesiada de infortunio. Y, aun así, las noches resultaban demasiado largas escuchando mi propia respiración, parpadeando en la oscuridad hasta que ya no me quedaban más lamentos.

'Desdibujarse, perderse entre la multitud. No bajar la guardia. Vigilancia constante, porque el peligro acecha y nunca sabes con qué te vas a tropezar. Que nadie te conozca, camina con la vista clavada en el suelo, escoge la seguridad de lo oscuro, reduce al máximo tus relaciones con el mundo, no dejes huellas; ni hablar de facturas, pagar y cobrar en *cash*, autodisciplina, ser invisible, no hacerse notar', era el mantra que me repetía mientras transportaba el cubo de agua sucia, pasaba la fregona por casas, comercios y oficinas, repasaba los bronces con netol o lavaba platos en cualquier bochinche repartiendo blasfemias en una voz tan baja que sólo las podría oír el Gran Hacedor. Así es como alguien desaparece de la realidad, no participando en ella.

Ignoraba si la paranoia me hacía ver el peligro en todas partes o si el peligro estaba realmente en todas partes, pero a cada poco me entraban las prisas por encontrar colocación en otro sitio, donde no hicieran preguntas, ni hubiera contratos. Una vez que había dado con un buen escondite, se trataba de ver cuánto tardaban en llegarme otra vez las neuras. La chifladura como estrategia de supervivencia: una mierda. "Esta vida no es como los cuentos, aquí no va a haber final feliz. Ni siquiera punto final. Así que cierra tus circuitos neuronales y pon la cabeza en control automático". Debía continuar sacando la fregona del cubo, escurrirla, pasarla por el suelo, meterla en el cubo y vuelta a empezar. Lo único que hacía diferentes los días eran las ciudades donde paraba, pero he estado en media docena de ellas y puedo decir que ninguna es mejor que otra.

Un halo de fatalidad continuaba señalándome y, aunque ofreciera resistencia, se me acababan mis cada vez más escasas reservas de esperanza. "¿Volveré a ser joven alguna vez? Me da miedo mirar dentro de mí y descubrir en qué me he convertido. Quizá la gente como yo pierda cada día algo de sí misma viviendo en esta sordidez. O tal vez nos pongamos algo de esa miseria cada día. A mí la vida se me está escapando y de seguir así este pozo oscuro me llevará a la tumba". En otro tiempo razonaba con el lenguaje de la ingenuidad, y mostraba las absurdas ideas propias de una universitaria cándida e imprudentemente soñadora; ahora tenía las maneras de una mujer curtida. Por eso sabía que Dios seguiría actuando con su acostumbrada arbitrariedad y nada indicaba que cualquier plegaria que yo pudiera dirigirle fuera atendida: no recordaba una sola vez que me hubiera echado una mano. "Yo ya no necesito a Dios y parece que Él nunca me ha necesitado a mí. ¿Acaso no es lógico recusar a un Ser tan inútil, incapaz de hacerte un favor? ¿De verdad esto ha de ser así? ¿No habrá algún otro dios para los descreídos?" Tal vez había que aprender a vivir sin esperanza, la sola idea de Dios, su Bondad Infinita y su Luz Radiante, me daba ganas de vomitar. Con la mirada echando fuego, me limitaba a llorar, increpar y maldecir de forma autocomplaciente al Altísimo Creador; todo lo demás excedía con mucho mis posibilidades.

Sin documentación, la cosa es no pararse, no estar demasiado tiempo en ningún lugar. Hay cosas que una puede prever con certeza racional y yo sabía que a falta de una identificación acreditada nada iba a cambiar, nunca, estuviera donde estuviera mi vida sería una mierda, la misma mierda de siempre. De seguir así continuaría cayendo cada vez más bajo, derramándome entre escobas, fregonas y cubos de basura que no me sacarían de la penuria. Estaba harta de huir, de esconderme en sitios donde no querrían instalarse ni las ratas, condenada a vivir entre manchas de sangre y gritos de rabia, sin dignidad, hasta las trancas de yerba, empapada de ese hedor permanente que pregona la desesperanza sin posibilidad de redención. "Un camino que, si no enderezo, me llevará al desastre... A menos que consiga papeles: una partida de nacimiento con nombre falso, pero completamente legal, para tener un pasaporte libre de sospechas. Ha desaparecido Louise Shider, la asesina que mató a un hombre de Dios. Imposible de localizar. Os presento a Fulanita de Tal, la que no tiene mancha".

"¿Cuánto puede costar?". Para eso, y sólo por eso, acumulaba horas y turnos de trabajo. "¿Y si no tengo bastante?" La vida me había hecho recelar de todo. "¿Cómo conseguirlo?" Eso no lo sabía, pero necesitaba el dinero.

La ausencia desgarradora de mi madre y el deseo de recuperarla era la fuerza que me sostenía para sobrevivir. Desde que comenzó mi huida sabía que la estarían vigilando; teléfono intervenido y correo controlado. ¿Qué podía durar eso? Mientras el caso estuviera abierto. Puede que aún lo estuviera. Sabía el peligro que entrañaba llamarla, pero era algo que estaba obligada a hacer. Y así fue como una noche, sin apenas proponérmelo, marqué su número, mi antiguo número. Me contestó una grabación de voz metalizada anunciando que en la actualidad no existía ningún usuario asociado a ese teléfono, remitiéndome a otro número que no pude apuntar porque el pánico se apoderó de mí. Si el teléfono estaba aislado e intervenido, una llamada desde São Paulo sería sospechosa, aunque escarbar entre veinte millones de personas no resultara fácil; aun así, no me atreví a más. Otra vez, no. Probar en su antiguo estudio, llamar a conocidos, tratar de localizar a Brendan desde cualquier parte de Brasil, eran pistas que no me podía permitir. Otra puerta cerrada.

Pero la idea de conseguir papeles seguía cobrando forma y la persona en la que había pensado era una compañera de pensión, la Puri, cuarentona de pelo rubio teñido, guapota, cargada de bisutería, ojos sombreados y en posesión de un voluminoso pecho que debía servirle de santo y seña ante su clientela.

— Preguntaré por ahí; veré qué puedo hacer —fue la vaga promesa que me ofreció.

Pensé que estaba en buenas manos, la clase de gente a la que bastan pocas palabras para entenderlo todo.

Al cabo de una semana, me dejó una nota por debajo de la puerta. *Conozco a una gente que conoce a otra gente con garantías. Todo muy serio. Tienen una buena red y sus precios son razonables*. Tres días más tarde, al volver del trabajo, encontré otra nota en el suelo de la habitación. *Pasaré a las diez*.

— Serán treinta mil reales —me dijo en voz muy baja nada más abrir la puerta.

— ¡Santo Dios! —exclamé. Un grito herido que era como una maldición.

— Treinta mil —repitió vigilando el temblor de mis labios.

— Mi economía no está para excesos, Puri. En todos estos años no he podido ahorrar ni la décima parte.

— No van a bajar el precio.

Sentí un nudo en la garganta y me dejé caer en la silla, intentando poner en orden mis ideas.

— No puedo pagarlo.

—Yo podría ayudarte. Hay trabajo para todas y tú podrías picar muy alto —asintió la Puri con cara de saber lo que estaba diciendo.

Me retrepé en la silla.

— ¿Trabajar para quién?

— ¡Ay, niña!, para los mismos que van a darte los papeles... Ya te dije que su red es muy amplia.

Aquellas palabras quedaron flotando en mi cabeza para cobrar sentido un segundo después, revolviéndome las tripas con un brusco estremecimiento, como si allí, en aquella humilde pensión, sin más compañía que la de una curtida prostituta, otra forma de destino se estuviera consumando. Sin mover un músculo, por si la Puri notaba los temblores, intenté decir algo, pero tenía la lengua pegada al paladar. Asentí, dando a entender que lo entendía, deseando caerme redonda allí mismo y desaparecer.

—Nadie entra en esto porque las cosas le vayan bien... — no dijo una palabra más y se lo agradecí con un gesto.

Fui hasta el cuarto de baño al final del pasillo con ganas de vomitar, pero no pude expulsar nada más que un hilo de baba verde. Allí me desnudé, tirando la ropa contra el suelo con furia, y me metí en la ducha para quedarme quieta manteniendo los ojos cerrados. Con el agua dejé correr la desesperación y tampoco hice nada por reprimir el llanto. Cuando volví a mi habitación, me observé la cara en el espejo cubierto de salpicaduras: tenía miedo y sentí rabia por tenerlo. Sin apenas secarme del todo apagué la luz. Me senté en la cama encogiendo las piernas, metí la cabeza entre las rodillas sintiendo latir las sienes con fuerza, y aspiré profundo haciendo oídos sordos —'*No, no... Mamá, no, no*— a mi propia voz infantil... Pero la vida es una combinación de suerte, oportunidades y saber hacer bien las cosas, quién sabe si de algo más; yo dudaba mucho de que hubiera hecho algo bien en la vida. 'Me he librado de Tim, pero ¿dónde me voy a meter, en qué me voy a convertir?', me sorprendieron mis propias palabras mirando a la oscuridad.

Esa noche fue peor que las demás. Sofocada de calor, la pasé oyendo el tictac de un despertador que nunca había sido tan cruel y escuchando el llanto de un bebé que, desde algún rincón del edificio, llegaba hipando entre sollozos. Entretanto fraguaba una especie de rendición al sinsentido de la vida, razonando que cualquier claudicación, se quiera o no, tiene un significado: cuando alguien se entrega, lo hace por algo. En mi caso, de no hacerlo, el tiempo seguiría acumulándose convertido en un tormento cada vez peor. "Algún día tendré que dejar de correr, y no es que sea una solución muy brillante, pero no tengo otra: un remedio práctico es mejor que otro imposible, por muy noble que sea. Y tampoco es que sepa muy bien en lo que creo, acostumbrada como estoy a inventarme la vida cada día"... Estaba decidida y dispuesta a hacer lo que fuera por esos papeles. Era la solución. La única escapatoria, "no hay marcha atrás". Así de sencillo. O de simple. O de terrible. No quería estar hecha de la pasta con que se hacen los mártires, que se dejan atrapar por la vida y mueren con el corazón destrozado. "Esto también forma parte de la fuga, porque todo trae sus consecuencias". Abrí la ventana de par en par, encendí un cigarrillo y levanté la vista al cielo. "Lección aprendida, *gracias Señor*, no hace falta que insistas, todo está muy claro: tengo por delante una pequeña fortuna que ganar". Sentí un escalofrío que me daba la razón, y la razón me provocó un segundo escalofrío. Dios era Dios, pero por muy Dios que fuera, no se lo podría perdonar.

A la mañana siguiente me desperté antes que el sol, con una opresiva sensación de pérdida y una amplia variedad de remordimientos como adelanto de lo que me esperaba. "A los santones misericordiosos ya los conozco, ahora voy a familiarizarme con las putas, pero *a Dios pongo por testigo que jamás volveré a pasar hambre*" —me hice un guiño a mí misma. Y así, de esa forma, forzando la sonrisa más dolorosa de mi vida, tragándome el dolor y las lágrimas de rabia, entré en un mundo donde las chicas se tambalean sobre zapatos con plataformas de corcho, lucen tops ajustados, y visten minifaldas demasiado estrechas que les ocultan sólo parcialmente el culo.

El mundo seguía adelante y cualquier tipo de contrato que hubiera existido entre la Biblia y yo, había sido invalidado. No era tiempo para ingenuidades, era el momento del cálculo: ya no tenía nada que perder, y esa certeza me infundía la confianza que impulsaba mis pasos. Sin excesivos dramas mi vida alcanzó el que iba a ser su ritmo habitual, y al cabo de pocas semanas ya contaba con la rutina que me acompañaría durante algunos años. Me levantaba tarde, hacia el mediodía, y eso era mucho antes de que se oyeran los primeros signos de vida en la casa. Tenía que esperar, leyendo algún libro que me pasaba el jefe, al resto de las chicas para *desayunar* en la mesa que presidía la amplia cocina de *La Maison*. A partir de ahí, ya se sabe, trabajar hasta la madrugada. Cuando a esas horas podía retirarme a la oscura soledad de mi cama, porque al fin y al cabo algún espacio podía reclamar como propio, me estiraba entre las sábanas deslizándome dentro de un tiempo que era mío, abandonando por unas horas el ritmo que el oficio me marcaba, y el sueño reclamaba la parte de mí misma que había ido cediendo a unos y otros durante la jornada. Poco a poco fui sintiendo que la casa, pese a mis singularidades, me aceptaba en la misma medida que mi olfato se acostumbraba al olor del café y mi vista al dibujo de las paredes enteladas o al suelo de madera oscura, siempre impoluto, por el que solía deambular descalza. La Puri se convirtió en mi fuente de información. Las familias de putas son comunidades extrañas y los que están en ellas, saben muchas cosas. Ella se las sabía todas, no en vano había empezado a recorrer el camino veinte años antes que yo. Conocía las reglas y los trucos, lo malo y lo peor del oficio, se endureció con cada golpe, y había sobrevivido a las humillaciones. Todavía estaba de buen ver, pero por desgracia no tenía encanto, ni cabeza, ni suerte.

Que tanto tiempo atrás hubiera sido una ingenua, no quería decir que para entonces fuera una idiota; me aplicaba en el oficio y pronto aprendí que los clientes mayores dejaban las mejores propinas. Había que atraerlos, convencerlos de que tu cama era más confortable que aquella otra a la que estaban yendo, colmarles de halagos y abrirles los ojos a unas expectativas de ilusión desacostumbrada para que tu valor no decayera después del orgasmo... Cuando los sorprendía mirándolos con admiración, como si hubieran hecho lo nunca visto, era a mí y a mi nuevo pasaporte a quien veía primero, sabiendo que el menor detalle, una sonrisa desprendida, una broma casual, una mirada demorada, un ligero roce pasado el tiempo, por forzado que fuera, bastaba para desatar su gratitud. Así pues, siempre trataba de ser muy complaciente.

Echar el polvo perfecto, ese que deja propinas capaces de sacarte del agujero, no es cosa que pueda hacerse a la ligera. Recibir al cliente con una sonrisa de la que cualquier hombre se habría prendado, cogerle de las manos invitándole a estar cómodo, ofrecerle la caricia que late en tu voz, notar cómo se expande su deseo al mirarlo a los ojos, capturar el tacto sensible que transmite lo que no dicen las palabras, hacer que el tiempo se desvanezca entre los dos... eso no es algo que pueda definirse como fácil; es una partitura que hay que aprender a interpretar. Todo el mundo tiene en la cabeza una escena erótica ideal. Yo me esforzaba en proporcionarles esa secuencia sexual definitiva y, puedo jurar, que al volverse a poner los pantalones ese hombre ya no era exactamente el mismo; se había transformado en una criatura satisfecha.

Subí muy pronto en el escalafón, los clientes consideraban que *tenía clase* y, no sin esfuerzo, pasé a ser no sólo la más requerida, sino la receptora de las gratificaciones más espléndidas. Llegó a resultarme casi demasiado fácil fingir emociones intensas en la entrega. Había clientes, de entre los escogidos, que, ante un sencillo soplo de picardías al oído, se echaban a llorar. Y si eso sucedía, la propina era gloriosa. Siempre pensé, cuando mi vida anduvo por otros derroteros, que nunca había sido tan intensa mi extrañeza ante los hombres como cuando abría los brazos para ofrecerme, aparentemente palpitando de deseo, en esos momentos de intimidad fingida.

Louise se ha convertido en la estrella de *La Maison* y, aunque no llegue a creerlo, en parte de ella. Integrada en cuerpo y alma, su presencia se impone sobre el resto de las chicas. El destino le ha arrebatado bienestar, familia y posición, pero no belleza. Sabe que está lista para despegar. Cada vez más complaciente y más hermosa, los clientes buscan su cercanía, y no sólo para adentrarse en su cuerpo. Cuando le recorren la piel vuelven a la vida, recuperan la confianza en su vigor y su virilidad. A la *mulher de olhos âmbar* —así le llaman—, nada se le oculta, tiene una mirada intuitiva que, con la luz juguetona de los trópicos, percibe al instante sus inclinaciones y adivina sus preferencias. '¿Un polvo imaginativo y salvaje, o un concierto de violonchelo?', les pregunta a unos fulanos que no están acostumbrados ni a quitarse la camisa del pijama para follar con su esposa. Y allí, a pesar de ser un instrumento que se toca con las piernas abiertas, nadie ama la música hasta ese punto. Cuando alguien le responde con un '¿Y tú?', ella, agitando unas pestañas que prometen niveles de epopeya griega, responde lenta, sosegadamente: 'Mi preferencia eres tú, sólo tú, campeón'. Así que los abraza estrechándolos contra el pecho, los sienta en su regazo, los cubre de caricias traviesas. Los hombres también agradecen el oído, así que, entre quebrantos de voz, espacios de silencio, respiraciones agitadas, ligeros jadeos y lánguidos gemidos, les cuenta historias picantes con reclamos de seda y atisbos de ironía. A ojos de todo el mundo, lo que hace es lo más cercano a la perfección que puede hacer la diosa del oficio. Se transforma cada vez en función del papel que le toca en la fábula: puede ser el hada madrina o la bruja, el fruto deseado o la propia Eva ávida de sexo, según el libreto elegido. Y en los días brillantes se da forma a sí misma imponiéndose en su rotundidad. "¿No se le hace un favor al mundo devolviendo a estos hombres el brillo de una sexualidad tan deslustrada?" Es la abeja reina del prostíbulo y asumir el personaje le hace más llevadera esa cárcel. Con un tocador lleno de lencería fina, atuendos de plumas, y velos adecuados para cada juego, ha seguido escrupulosamente el hilo conductor de la salvación y está a punto de conseguir su libertad. Su vida. Una vida mejor.

*

Berenice Abreu. Era Berenice Abreu Santos, nacida en Caxambu, Minas Gerais, el 29 de julio de 1974, fecha que en realidad se iba muy poco con la mía. El jefe, un maduro seductor seguro de su fuerza y demasiado guapo, quizá una pizca avejentado, no tanto por el paso del tiempo como por la cachaça y las preocupaciones de su oficio, a quien en siete años se la habría mamado en ese mismo despacho unas ciento ochenta veces —o sea, algo más de dos al mes—, puso en mis manos la documentación acordada y un abultado fajo de billetes con la expresión satisfecha de quien ha hecho un buen negocio.

—En fin, una pupila guapísima, con unos ojos que brillan con el fulgor de las piedras preciosas, que siempre ha sido guapa pero no siempre iba a ser puta... Lástima —me dio un toque que era un amago de caricia en la mejilla y, quizá fuera la única vez en su vida, me pareció verle un conato de emoción—. Suerte, Berenice.

A continuación, se produjo un corto silencio que interrumpí aclarándome la garganta:

—Lo mismo digo, jefe.

—Tienes unos ojos que son una trampa, cualquiera puede entrar en ellos, ahogarse en su color y no poder salir. En las condiciones adecuadas pueden ser irresistibles; ése ha sido tu secreto. Si alguna vez quieres volver, ya sabes donde estoy.

Entonces tomó mi cara entre sus manos, y me besó por primera vez en medio de una de esas risas que recorren la sangre y garantizan amistades útiles. Pensé, por un momento y sin rencores, que aquel tipo era un probado mal nacido por haberme utilizado tanto tiempo sin pretender siquiera un mínimo cortejo. En un mundo normal un hombre no podría tratar de ese modo a una mujer, pero yo era consciente de que el mío no era un mundo normal, así que un apretón de manos y *hasta nunca.* La cosa había discurrido por los cauces adecuados; todos contentos.

Después pasé por *La Maison*, aquel falso harén de huríes marcadas, para soltar alguna lagrimita, repartir unos cuantos besos cariñosos y despedirme de las chicas. Descorchamos, entre deseos de felicidad, risas, gritos y recuerdos, una botella de champagne francés, obligándome a maquillar muchas cosas con adornos que no existieron nunca, fabulaciones para embellecer una memoria donde cada una asentía con la cabeza las palabras de las demás como si fueran propias; el prototipo de cháchara que antes solía desdeñar. Les tenía cariño, al cabo de los años veía en ellas lo que tantas veces estuve a punto de captar pero al final se me escapaba y, durante un minuto absurdo, me sentí culpable por no haberme permitido entrar en la intimidad de sus vidas. Jamás me pregunté de dónde venían, cómo habían acabado aquí. ¿Hubiera sido diferente de haber tenido una madre que cuidase de ellas?... Durante todos esos años había querido creer, y no era del todo cierto, que sólo me alimentaba de nostalgias.

—Aunque no hayas sido nunca del todo una de nosotras, eres de las nuestra —me despidió la Puri con un abrazo que me hizo llorar.

Y otra vez *hasta nunca.*

Tenía razón, no era una de ellas; se notaba en mi forma de hablar, de vestir, de sentir, de actuar. Hubo momentos en que, al volver la vista atrás, me sorprendía de lo poco que llegué a conocer de verdad a esas chicas. ¿Acaso no las escuchaba? Porque hablar, hablaban. ¡Vaya que si hablaban! Les encantaba hablar. Nada podía gustarles más que recostarse en los sofás de recepción durante las horas muertas, medio desnudas con sus enaguas de seda, y charlar por los codos a la espera de clientes. Quizá simplemente lo había pasado por alto. O me había empeñado en enterrarlo.

Pero bueno, volvamos a lo nuestro. Hacía una mañana espléndida, el cielo era un lienzo de color azul, y Berenice, la nueva Berenice, estaba a punto de reintegrarse como miembro de pleno derecho al mundo real. Por primera vez en aproximadamente siete mil días me apetecía pasear, ir de compras y hasta acercarme a la piscina. Porque mi vida era mía, por fin mía y sólo mía.

Nadé un par largos con la cabeza llena de futuro. Antes podía hacer hasta quince de una vez, cuando tenía el vientre duro y los brazos fuertes, pero... pero nunca había estado tan feliz. Sentía que algo se me estaba soltando por dentro, algo que llevaba demasiado tiempo en tensión. Quise dejarme ir, regodearme percibiendo cómo el dolor acumulado comenzaba a fundirse convirtiéndose en una corriente de calidez que me recorría el cuerpo. Salí del agua impulsándome limpiamente, me sacudí el pelo y advertí que varios hombres me observaban. Miraban a Berenice, no a la puta de ojos ambarinos. Mi sonrisa se fue ensanchando, ensanchando, ensanchando, al tiempo que podía claramente escuchar dentro de mí el canto de los ángeles.

De vuelta a casa, me apresuré a vaciar el armario, hacer la maleta, darme otra ducha fría y, vestida de rojo con un sombrero de paja italiana, por tercera vez en pocas horas, *hasta nunca, que os den a todos mucho por el culo.*

No lograba hacerme a la idea de que volvía a Nueva York. Durante el trayecto al aeropuerto, mientras miraba por la ventanilla del taxi las alegres calles de São Paulo, me asaltó una repentina inquietud: había estado veinte años fuera, ¿qué ocurriría al llegar allí?

Cuando pasé el control policial estaba muerta de miedo, aterrada en medio de aquella aglomeración de desconocidos ante la posibilidad de que mi pasaporte no pasara la prueba. Tenía la apremiante sensación de que todo el mundo estaba pendiente de mí, no recordaba verme entre semejante multitud ni haber visto tanta policía en mi vida. Sin embargo, ningún agente me ordenó a gritos que levantara las manos, ni que me echara al suelo. Más allá de un somero vistazo a la foto de mi preciado salvoconducto, nadie me miró siquiera. "*Foda,* Berenice, tranquilízate, lo último que te conviene es llamar la atención".

Durante el vuelo no pensaba en otra cosa que no fuera el momento de volver a tener a mi madre de frente. Sus dulces rasgos no paraban de dibujarse en mi cabeza. Su rostro mirándome, rescatado para siempre, su voz, tan lejana y tan cerca, esa voz que me pertenecía, conservada en el tiempo, la voz con que me hablaba únicamente a mí pese a todos los que pudieran estar alrededor. Por momentos casi tenía miedo del encuentro, lo había inflado con tantas fantasías… La última vez que la vi yo era una jovencita alocada que le daba la espalda. ¿Qué le dices a una madre a quien has vuelto la espalda durante veinte años? ¿Que nos separamos demasiado pronto?

¿Que volvía para decirle que ella tenía razón? ¿Que la necesitaba? ¿Y después? La verdad es que no había ningún guión para esa parte de mi vuelta a casa. ¿Viviría sola? ¿Se habría vuelto a casar? Puse toda la fuerza en fijar su imagen; podía sentir su emoción. Comprendería. O se esforzaría en comprender. Todo iba a ir bien. Redención. Transformación. ¡Dios, cómo lo deseaba! El mundo se había puesto otra vez en marcha. Ahora debía empezar a interesarme de nuevo por las cosas que antes orientaban mi vida: los amigos, mi casa, ¿sería tarde para volver a la universidad? Lengua Inglesa, Historia Universal, Literatura, Música; antes estudiaba cosas como ésas. Música, sí, volvería a las clases de violonchelo y a otros asuntos que…

— ¿El zumo lo prefiere de naranja, mango, piña o guaraná? —una sonrisa forzada de azafata acabó con mis ensoñaciones, sacándome de un bucle temporal de veinte años.

Justo en ese instante, las nubes que se agrupaban frente a la ventanilla, tan compactas, blancas y esponjosas, me hicieron comprender que un momento así reclamaba una frase profunda:

— Joder, joder, joder —alocución que podría tener muchos significados, pero el tono y la actitud eran de esperanza, satisfacción, y muchas cosas más.

Con el último *joder*, me eché a llorar; era la primera vez en mi vida que lloraba de alegría. La azafata, sin dedicar siquiera un mínimo pestañeo a mi extraño comportamiento, se decidió por el mango.

3

Me hubieran ido mejor las cosas de estar mi madre en casa, pero cuando llegué a Nueva York había desaparecido y como yo no había regresado del todo al mundo, todavía no era del todo yo. Incluso con el pasaporte nuevo, Berenice Abreu Santos, tampoco era del todo Berenice Abreu Santos, su conexión con Louise Shider era real. Mi foto, aunque veinte años más joven, bien podría estar en todos los ordenadores de la policía, al menos en los veintitrés condados metropolitanos. El delito de homicidio no prescribe nunca, basta con descubrir cualquier cosa que lo relacione para que el caso se reabra automáticamente. Tenía la sensación de haber llegado a casa y, plantada ante la puerta, no poder entrar. ¿Cómo podría sondear sin delatarme?... Lo más seguro era acudir a un profesional.

Así fue como un par de días más tarde me encontraba en el tercer piso de un edificio con tintes *art déco* en Prince Street. Frente al ascensor, una puerta de madera de roble se adornaba con un sencillo letrero de bronce anunciando su nombre. **Jeffrey Lane, detective privado.**

Se presentó en la oficina cuando Caroline ya se había ido. Abrí la puerta pensando que iba a encontrarme con algún paquete de mensajería, cuando quedé gratamente sorprendido al ver a una mujer de rotunda belleza delante de mí. Sus labios carnosos, los pómulos ligeramente pronunciados, su nariz corta, fina y firme, todo, quedaba eclipsado por algo fuera de lo común: unos ojos de color caramelo, profundos y relucientes, sobrecogedores de una manera natural.

— ¿Mr. Lane?

Asentí embobado, corriendo el riesgo de sonreír como un idiota. Tardé sólo unos instantes en sentir que era capaz de respirar de nuevo y advertir que podía hablar.

— ¿En qué puedo ayudarla?

Entró pausadamente hasta el despacho dejando un rastro de perfume por toda la oficina y, cuando se detuvo frente al silloncito que había delante de mi mesa, una arruga en la frente mostraba su preocupación.

— Me llamo Berenice Abreu y tengo una historia que contarle —dijo tomando asiento ante mi escritorio.

— Bueno, la gente que se sienta donde está usted sentada —respondí ya recuperado—, generalmente tiene una historia que contarme.

— ¿Debo dar por sentado que este despacho mantiene el secreto de confidencialidad con los clientes? —preguntó con la respiración agitada.

— No hubiéramos sobrevivido de no ser así.

— Dejémoslo claro: he venido a una agencia de investigación privada para una historia muy privada.

— El secreto profesional es norma de la casa.

— Verá, la cuestión es muy delicada y no quiero publicidad. Todo lo que descubra me lo tendrá que informar personalmente; no tengo correo electrónico ni me gusta el móvil… ¿Le parece raro?

— No tengo imaginación.

Miró nerviosa alrededor, asegurándose de que nadie podía oírla a pesar de saber que no había un alma en la oficina.

— ¿Por dónde empezar?

"Si no lo supieras no estarías aquí", reflexioné, propenso como soy a la mordacidad.

— Podría extenderme más... —dijo sin excesiva convicción— pero también puedo resumir en pocas palabras lo que quiero.

— Adelante —me limité a animarla con la expresión serena que acostumbro a poner en estos casos. La mujer me gustaba, y puede que estuviera disfrutando un poco con su intranquilidad.

— He estado fuera veinte años. Busco a una persona muy querida, la madre de una amiga desafortunadamente fallecida que me acogió en su casa hace mucho tiempo. Tiene sesenta años, arquitecta de prestigio y persona de probada honradez.

Llámenlo olfato profesional, pero no le creí una sola palabra. O quizá sólo unas cuantas. Los clientes mienten, o en todo caso van dosificando la verdad poco a poco. Cada uno tiene sus motivos para no contármelo todo y, en ocasiones, cuesta más sacarles una historia completa que arrancarles un diente.

— ¿Tiene nombre?

— Se llama Victoria Shider. Le será fácil localizarla.

No tuve inconveniente alguno en provocarla un poco.

— Le saldría más barato acudir a Internet.

Me miró con la expresión apurada de quien está pidiendo por favor que pasen los minutos.

— Ya lo he hecho y no he sacado nada en claro. Prefiero encargárselo a usted. ¿Algún problema?

Al despedirme de aquella mujer se me ocurrió que podría tener entre manos un caso interesante y, francamente, lo último que habría esperado de aquella tarde anodina era que algo me resultara interesante. "Aunque, no te engañes, ya estás demasiado mayor para encandilarte con la última reencarnación de Afrodita". Sólo esperaba no haber sido demasiado transparente.

Mr. Lane era un hombretón de abundante cabello gris, mandíbula cuadrada y gafas de concha. Sólo le faltaba la pipa para completar la imagen de un Rip Kirby llegado a los cincuenta, carencia que, no tardaría en comprobar, suplía sobradamente con acelerados cigarrillos. Lo seguí a través de la recepción hasta un despacho grande, luminoso, con paredes impregnadas de nicotina y amplios ventanales que daban a la calle. Me señaló un confidente de cuero frente a su escritorio para tomar asiento. A su izquierda llamaba la atención un gran archivador metálico y sobre la mesa, un teléfono, una libreta y un cenicero repleto de colillas, una de las cuales aún se estaba consumiendo. Nada más. Una vez hechas brevemente las presentaciones, sacó un bolígrafo del bolsillo superior de su chaqueta, levantó la cabeza y me miró.

— Ahora necesito que me lo cuente todo.

Prendió una cerilla, acercó la cara para encender el cigarrillo aspirando con toda la fuerza de sus pulmones y, llevado del placer que proporciona la primera calada, echó la cabeza hacia atrás lanzando el humo hacia el techo.

—Adelante —asintió animándome con expresión serena.

Comencé a exponerle el caso algo deshilvanadamente. En realidad, no sabía gran cosa de la infancia de mi madre. Ni de su cotidiano. Repasamos los últimos tiempos de nuestra convivencia: adónde íbamos, qué lugares frecuentábamos, aficiones, compras, hábitos, vacaciones... Domicilios conocidos, lugares y compañeros de trabajo, amigos, más que amigos, gente que yo pudiera recordar. Insistía mucho en con quién, pensaba yo, podría él empezar a contactar. Un montón de nombres hasta entonces perdidos me vinieron a la cabeza, toda una telaraña de asociaciones olvidadas de aquel tiempo, inmejorable y completo si no fuera porque había sido el último de nuestra completa e inmejorable vida en común. Y también el último que podía recordar como inmejorable y completo.

—¿Familia?

Pero mi madre era hija única, mis abuelos en España no era muy probable que hubieran sobrevivido a los cien años, y con respecto a Brendan, no sabía cómo ponerme en contacto con él.

Mr. Lane sufrió un ataque de tos, que combatió encendiendo otro cigarrillo antes de comenzar lo que me pareció un interminable interrogatorio sobre cualquier cosa en relación con el exmarido de la señora Shider.

—¿Qué puede decirme de él?

—Que tenía un excelente *handicap* en el golf.

— ¿Eso es todo? —su voz adquirió cierto tono de incredulidad—. ¿Qué relación mantenía con ustedes?

— A veces nos llevaba al cine.

— Ya… —me miró como si estuviera gastándole una broma.

— Cuando nos quedábamos con él, porque a la señora Shider le tocaba viajar, veíamos partidos de *baseball* por la tele.

— Interesante, sí —comentó con cara de infinita paciencia.

Me temo que estaba atontada y mis respuestas no eran lo que se dice muy brillantes.

— Continuó mandándonos postales después de separarse.

— ¿Tiene idea de a qué se dedicaba?

— Contabilidad… o asesoría fiscal, no sé. En el negocio de los seguros.

— ¿Cuándo fue la última vez que lo vio?

— Yo tendría diez años.

— ¿Eso es…?

— Hace treinta.

De tanto en tanto, mientras tomaba notas en la libreta, Mr. Lane alzaba la cabeza para repetir, entre dos caladas y tragándose el humo durante un buen rato, cualquier cosa que a su juicio exigiera confirmación.

— ¿No ha tenido contacto con él desde entonces?

— Sólo por teléfono y nunca desde que dejé de tener relación con la señora Shider, hace veinte años.

— ¿Cree que habría alguna posibilidad con los suegros? —preguntó dándole otra calada al cigarrillo, para dejarlo a medio fumar en el cenicero.

—Por lo que yo sé, la relación de la señora Shider con los padres de Brendan nunca existió.

Y así continuó, con la vista puesta en la libreta, encendiendo un cigarrillo con la colilla del anterior y haciendo preguntas, con una voz nítida y grave que desprendía autoridad, durante casi una hora, mientras yo contestaba con la mirada puesta en las espirales que formaba el humo antes de disiparse.

—La llamaré en un par de días —dijo por fin, y dio por finalizada la sesión.

En el vestíbulo de paredes artesonadas me dio la mano antes de salir; un apretón cordial con un breve gesto amistoso.

Cuando volví, dos días más tarde, frente a la puerta abierta, una veinteañera teñida de rubio platino con mechas de color verde esmeralda tecleaba en el ordenador.

—¿Desea alguna cosa?

—Recibí una llamada de Mr. Lane pidiéndome que viniera.

Rápidamente se levantó para venir a mi encuentro.

—¿La señorita Abreu?

—Sí —dije con una sonrisa.

Descolgó el teléfono y marcó un número:

—La señorita Abreu ha llegado —dijo, y luego, dirigiéndose a mí, anunció abandonando cualquier formalismo—: Pase, mi padre está dentro. *Meu nome é* Caroline.

Me acompañó al despacho señalándome el silloncito de cuero. Mr. Lane estaba sentado detrás de su escritorio, esta vez repleto de papeles, y en cuanto entré, algo en la actitud del detective me dijo que las noticias eran malas. Durante un segundo me miró, con la misma mirada despierta que yo recordaba, y se levantó para volver a sentarse frente a mí en el borde de la mesa, inclinándose para hablarme de forma más confidencial:

— Ha muerto.

— ¿Quién? —pregunté. Y añadí—: No es posible.

Durante unos segundos, de una manera extraña, el mundo se había interrumpido: se detuvo el humo que escapaba del cigarrillo que Mr. Lane tenía encendido, se me paralizó el corazón y la sangre dejó de circular por mis venas; por un instante se eliminó mi conciencia, no tuve entendimiento, ni memoria. Nada.

— Me temo que así es. La señora Shider murió hace apenas tres meses en España. Ella así lo quiso.

Me quedé mirando aquella cara desconocida, algo pálida a la luz del neón. Me sentía confusa.

— ¿Lo… quiso? —pregunté tragando saliva.

— Cáncer.

Las paredes se me vinieron encima.

— ¡Dios mío! —exclamé con la voz quebrada, sin ser capaz de controlar las lágrimas—. Nunca me lo perdonaré.

Y ése fue el momento en que sentí, como un mazazo, toda la devastación que había sufrido mi vida, la catástrofe que yo misma había provocado.

Mr. Lane guardó silencio un instante, como si me estuviera ponderando. Después puso su manaza tranquilizadora en mi hombro, una presión firme y reconfortante que transmitía confianza. Nadie me había tocado así desde que lo hiciera Indio Andrés, otro desconocido que me hizo llegar su lealtad a un nivel muy profundo, cuando yo apenas podía subir la escalerilla de aquel mugriento carguero.

A lo largo de un minuto muy largo ninguno de los dos dijo nada. Mr. Lane, hurgando en el bolsillo de la chaqueta para sacar la cajetilla de tabaco, regresó a su sillón giratorio conteniendo el aliento. Con movimientos pausados sacó un cigarrillo aplastado y arrugó el paquete vacío tirándolo a la papelera.

—Verá… —aunque de ese hombre emanaba una autoridad que impresionaba, estaba claro que no sabía cómo empezar—. La señora Shider tenía una hija más o menos de su edad que desapareció en circunstancias un tanto extrañas y que, de cualquier forma, no vienen al caso ni me es dado a mí juzgar. Dramáticas, eso sí —asintió mientras buscaba las cerillas en el cajón del escritorio. Las encontró y tras un par de intentos encendió un cigarrillo—. Como la suya era la historia de una muerte anunciada, lo primero que hice fue buscar información que ofrecerle interesándome por su testamento —apagó la cerilla agitando la llama y la depositó cuidadosamente en el cenicero—. Eso me llevó al señor Shider, que figura como beneficiario de un depósito a su nombre cuyos fideicomisarios son un bufete de abogados de Nueva York, Brash&Sainsbury —le dio una honda calada al cigarrillo y dejó escapar el humo lentamente, como si le supiera mal el hecho de perderlo—. Concerté una cita en sus oficinas, debo decir que ayudó el hecho de que ya los conocía, quiero decir que en alguna ocasión les había prestado mis servicios, y me aseguraron que sólo el señor Shider, persona de trayectoria intachable al cual ellos también conocen personalmente, puede retirar el dinero, con una serie de limitaciones y nunca de una sola vez, previa justificación y consentimiento del bufete, para lo cual no tiene más que personarse y firmar los papeles.

— No entiendo…

— Quiere decir que la señora Shider había preparado su muerte encuadrándola en un marco ex profeso: el detalle de vender todas sus propiedades para acumular dinero en un fideicomiso no deja lugar a dudas. Quiere decir que Brash&Sainsbury, el bufete en pleno, adoraba a la señora Shider. Quiere decir que la señora Shider tenía confianza absoluta en su exmarido, hasta el punto de hacerle depositario de una considerable cantidad de dinero. Quiere decir que la señora Shider contemplaba la posibilidad de que su hija apareciera algún día.

Tenía la impresión de que debía añadir algo, pero no lograba poner mis ideas en orden.

— ¿Y?…

— Personalmente no recomiendo contactar con Mr. Shider por teléfono —contestó manteniendo el cigarrillo en la boca—. No suele salir bien.

— ¿Qué es lo que no suele salir bien?

El detective se limitó a torcer el gesto exhalando una nube de humo.

— No tenía previsto viajar por este asunto, pero tendré que ir a verlo. Además, necesito un descanso —dijo juntando las manos—. California, ya sabe, sol, vino y naranjas... Las naranjas tienen muchas vitaminas y el vino reduce los niveles de colesterol, algunos afirman que su combinación incluso protege el aparato respiratorio —se llevó el cigarrillo a la boca y dio otra larga calada—. No se preocupe por los honorarios, hablaremos de eso después —concluyó aplastando lo que quedaba del cigarrillo en el cenicero.

Pude sentir que el mundo había cambiado antes incluso de poner los pies en la calle.

Dejé pasar lo que quedaba de semana asentando ideas, averiguando alguna que otra cosa sobre la pareja mientras iba resolviendo la montaña de informes pendientes, y el lunes por la tarde telefoneé a la oficina del señor Shider. Cuando pregunté por él, soltando como al descuido el nombre de la finada, su secretaria, tras pedirme que esperara un momento, me informó que no se encontraba en su despacho.

— ¿Puede facilitarme un número para localizarlo?

— Imposible. No estoy autorizada para hacerlo.

— ¿Y bien...?

—Lamento decirle que no tengo idea de cuándo volverá —me contestó, aunque se le notaba encantada de decírmelo.

— Créame que yo también lamentaría oírle decir eso en cualquier otra circunstancia, señorita, pero hoy no es el caso. Transmítaselo así.

— ¿Puedo serle de alguna utilidad? Dígame de qué se trata y le dejaré una nota.

— Me llamo Jeffrey Lane. Dígale a Mr. Shider que puede comunicarse conmigo a través de Brash&Sainsbury, abogados. Dígale también que soy portador de buenas noticias, tengo intención de pasar a visitarlo y el asunto corre cierta prisa.

De esa forma sería todo más fácil.

Me resultaba extraño estar de nuevo en Nueva York, habida cuenta de los enormes cambios que había experimentado mi vida. Era tanto y tan estrafalario lo que me había sucedido… La variable más grotesca del azar había puesto a Tim en mi camino y propiciado una endiablada conspiración en mi contra de la que no había sabido escapar. Resultado: veinte años de experiencias saturadas de dolor. "Nadie, salvo una idiota como yo, da un paso como ése sin dejar abierta la puerta de salida". Para colmo mi madre había muerto y con su muerte perdí toda referencia en mi vuelta a casa. ¿Cómo es posible necesitar tanto a alguien que está muerto? ¿A quién acudir? Nadie iba a mostrar una especial preocupación por mí. Si acaso Brendan. Pero estuviera Brendan donde estuviera, quizá hasta se pusiera un poco nervioso con mi llamada.

De aquellos días no recuerdo mucho más allá del ambiente gris que impregnaba las calles, el viento gélido arrastrando aguanieve, la lluvia repiqueteando con fuerza, las aceras brillantes, el goteo de los toldos… A través de las lágrimas veía a la gente caminar sin mirar a nadie, los paraguas abiertos, los hombros caídos, las espaldas encorvadas delante de mis ojos. O rostros inexpresivos de adolescentes con auriculares tecleando sus móviles. O vagabundos borrachos con los gorros calados arrastrando los pies entre charcos... Y cientos de coches salpicando agua sucia. Todo parecía más agobiante, más oscuro y más hostil de como yo lo recordaba. La ciudad que tanto había añorado ahora me parecía extraña. Cuando, como una enajenada, no estaba vagando por las calles o montada en el transbordador, consumía el tiempo en los subterráneos del metro, yendo de un lado a otro hasta el final de una línea cualquiera, ensimismándome en el amodorramiento que provoca el continuo traqueteo del vagón. La observación de las reiteraciones era lo que me sostenía: viajeros que suben y bajan con las mismas sacudidas, idénticos empujones, disculpas y apreturas. Entre estación y estación la gente lee, piensa en sus cosas o duerme. Yo me aferraba a esos automatismos porque no tenía nada más, allí abajo me movía, a pesar del ruido, en un vasto silencio interior, una especie de calma lánguida, débil, acompañada de una vaga sensación de distancia con el mundo que me aislaba de la ciudad, de sus enormes bloques de oficinas, aquellos mágicos rascacielos tan añorados tiempo atrás. Me había fabricado, sin poder evitarlo, una tela de araña irreal, donde se confundía un pasado infantil, que pretendía resistir intacto, con un presente dolorosamente alterado por la definitiva ausencia de mi madre. Enclaustrada entre los interminables trayectos del metro y la exigua habitación del hotel barato donde paraba, me sumergía en un aturdimiento contrario a los sueños que había estado alentando.

Todo mi desasosiego tenía que ver con mi madre. La adversidad produce extraños sentimientos, entre ellos la culpa: el cáncer no era culpa mía, claro, pero a un nivel irracional me culpaba también de eso. ¿Los disgustos, la amargura, la incertidumbre, podrían haber contribuido? Cosa de locos, ¿y qué? Mi yo profundo no atendía a razones; ella era el *paraíso perdido*, la parte más intacta de mí que se había ido con ella.

Mi madre representaba la perfección, una mujer inteligente, tan cariñosa como adicta al trabajo, poseedora de una risa contagiosa que, allá donde estuviéramos, nos ponía de buen humor a las dos. Una nostalgia de proporciones inauditas me invadía cuando repasaba nuestros mejores momentos, puertas abiertas a luminosas fantasías y brillantes fragmentos de un tiempo jamás olvidado, imágenes recurrentes que se presentaban de manera tan inesperada como compulsiva. No recordaba haber ido nunca a su oficina, pero en el cuarto que tenía reservado como estudio en casa, una habitación no muy grande, toda cristal y libros, podía entrar cuando estaba enferma o no había cole. Y sólo estando ella. En esas ocasiones me quedaba callada, con un cuento en el regazo, mirándola en actitud de espera mientras trabajaba. Hasta que se produjera un alto. Entonces hablaba conmigo de sus proyectos como si fuera una persona adulta. Ni que decir tiene que no entendía una palabra, pero la escuchaba con la fascinación de un acólito, pues el hecho en sí me resultaba emotivamente hermoso. En esos momentos podía adorarla a mis anchas... Los domingos eran un caos, las cosas sucedían sin contar con horarios, orden, leyes ni rutinas:

levantarse alborotando, hacer ruido, jugar a los fantasmas antes del desayuno, turnarnos en leer cuentos en voz alta, poner música, cantar juntas las arias más famosas, bailar con entusiasmo, correr por las habitaciones y tumbarse haciendo el ganso sobre la mesita del salón. Invitábamos a los amigos, padres e hijos, todos compañeros de juegos que entraban y salían de casa a las horas más insospechadas para hacer concursos de dibujo, rifas, loterías, competiciones de fuerza, postres caseros de chocolate… O salíamos las dos al parque montando un picnic improvisado con las cuatro cosas que hubiera en la nevera. ¿Cuántos años hacía que no iba al parque con mi madre? ¿Cuándo fue la última vez? ¿Qué edad tendríamos las dos? Paseábamos cogidas de la mano charlando de lo posible y lo impensable, recordaba los árboles sin hojas, el estanque con patos y las migas de pan entre las manos. Podía levantar la vista del suelo y allí estaba ella, riéndose por algo que yo le habría contado; hacía tanto frío que al reír podía ver su aliento… Pero, ¡ay!, también guardaba memoria del día y la hora de nuestra despedida. Con los ojos cerrados me veía a mí misma dándole un rápido beso de adiós para no echarme a llorar, fingiendo no ver su desesperación… Ataques del pasado que apenas podía soportar, echándola tanto de menos que quería morirme yo también. "A la mierda con todo". Renunciar a la vida era en cierto modo reconciliarme con mi madre, reconocer mis errores y tratar de infligirme un castigo. "Una redención deplorable, un deseo infantil de ser absuelta y rebobinar el pasado".

Después de tantos años encerrada, mi corazón sufría con un dolor confuso donde tenían cabida celos y remordimientos: pesar por haber sido tan estúpida y haber causado tanto daño, envidia por toda aquella gente, amigos y compañeros de universidad que no se habían dejado embaucar. Pero lo hecho no puede deshacerse, y yo me había ido. Odiaba a todo el mundo, pasaba días enteros hablando conmigo misma, irritada, viendo desde la distancia la aterradora equivocación y no pudiendo echar marcha atrás. Una cortina negra había caído sobre mí, me negaba a pensar en un mañana sin anclajes, no veía ninguna interpretación positiva que pudiera hacer; todo, de arriba abajo, estaba bien jodido. El futuro se presentaba como algo incomprensible, diez años pensando que São Paulo no eran más que una estación de paso en mi camino de vuelta a casa… ¿Qué casa?

Mi madre había muerto y su muerte me producía una angustia tan envolvente que no podía dejar de pensar en ella; dentro de mi cabeza había una voz que repetía y repetía que mamá estaba muerta. Por las noches, sin poder estarme quieta ni encontrar una postura cómoda en la cama, también soñaba con ella: me observaba en silencio con los ojos brillando en la oscuridad. 'Pero me dijeron que habías muerto', le decía antes de despertar, y esas palabras eran cada mañana lo primero en acudir a instalarse en mi cabeza, sintiendo un frío en la nuca con el que no quería convivir. Cuando hundía de nuevo la cara en la almohada, ese cabezal de hotel que no olía a casa ni a nada, a menudo pensaba otra vez en *La Maison*, y a pesar de que todavía en algún que otro duermevela casi pudiera sentir el aliento de un cliente en la cara o el roce de unas manos recorriéndome el cuerpo, a la luz del presente, quizá hasta hubiera algo que decir a favor de aquel tiempo. La ironía de aquello era tan sorprendente que, incluso a mí, me dejaba con la boca abierta de extrañeza.

Había pasado una semana, larga como si fuera un mes, esperando noticias. Esa mañana, tras asomarme a la ventana de la habitación, constaté que me aguardaba otra triste jornada de cielos oscuros cargados de lluvia. "Debería acostarme y hacer fuerza para empezar el día el mes que viene". Desde que había llegado, al salir del sueño me asaltaba el anhelo de saltarme el día completo, cerrar los ojos y volverlos a abrir asistiendo a un tiempo nuevo donde todos los problemas hubieran desaparecido. Pero, no, la jornada se presentaba con el mismo cielo sucio, asqueroso y gris de los últimos días; no obstante, faltaban seis horas para ver otra vez a Mr. Lane. "Quizá Dios haya acabado de descargar su venganza".

Mientras el taxi cruzaba la ciudad, en un trayecto que el tráfico hacía interminable, fui recordando el último verano que estuve con Brendan. Él, una mujer que se llamaba Catherine y yo, pasamos tres semanas en el lago Erie. Sólo tenía diez años... Había conservado las fotos de aquellas vacaciones en el álbum, divertidas instantáneas en las que mirábamos fijamente al objetivo con ojos de búho.

Cuando llegué a Prince Street, hecha un manojo de nervios, aún me entretuve dando una vuelta a la manzana mordiéndome los labios y mirando escaparates alrededor de la agencia sin venir a cuento.

La secretaria levantó la vista del ordenador y se pasó la mano por el pelo, hoy teñido de azul.

— ¡*Senhorita* Abreu!, me saludó sacudiendo su brillante cabeza.

— ¿Está tu padre?

— Naturalmente —y me acompañó al despacho.

El detective se adelantó mostrando su mejor sonrisa y me estrechó la mano.

— Me alegra verla de nuevo, Berenice. ¿Se encuentra bien? —preguntó apagando la colilla.

— Estoy bien.

Creo que el temblor de mi voz le tocó la fibra sensible.

— Siéntese —dijo mientras volvía a ocupar su sitio detrás del escritorio.

— ¿Qué tal el viaje? —me interesé con el corazón en un puño, sorprendida por el sonido de mi propia voz.

Mr. Lane asintió, cogiendo el paquete de tabaco y encendiendo un cigarrillo.

— Bueno, pues... —tamborileó con los dedos sobre la mesa— me complace decirle, aunque por otro lado lo lamente, que aquí acaba nuestro negocio. Le explico: la señora Shider, como profesional de élite que era, tenía unos ingresos elevados... Por lo que he podido saber, era una mujer inteligente y tampoco se equivocó en esto — Mr. Lane se irguió levemente—: el señor Shider la espera a usted en Los Ángeles, aquí están su dirección y sus teléfonos —me tendió un sobre cerrado y cruzó las manos sobre el escritorio—. Me consta que la estará esperando con los brazos abiertos.

No sabía qué decir. Permanecí callada observando lo que me pareció la quintaesencia del arte de fumar: Mr. Lane inhalaba con fuerza, tanta que parecía que iba a quemar el cigarrillo de una sola vez, luego mantenía el humo dentro y lo soltaba poco a poco mientras sacudía la ceniza en el cenicero... No siempre con éxito, porque una buena parte acababa reposando sobre la mesa.

—Una cosa más, Berenice... —añadió volviendo su atención a la idea que parecía tener atrapada entre las manos.

Abrí la boca para decir algo, pero el detective me lo impidió con un ademán.

—¿Pensaba usted que cualquier pregunta sobre el verdadero padre de la hija de la señora Shider estaría fuera de lugar?

Me quedé sin palabras; no estaba segura de haber entendido la pregunta.

—Ella pensaba que no —se apresuró a continuar con un ojo cerrado para protegerlo del humo—. Dejó instrucciones al respecto, con documentación más que suficiente para poder localizarlo después de su muerte. Por lo visto este señor desconoce la existencia de una hija, pero es la compañía que eligió la señora Shider para morir —me lanzó una sonrisa que entonces no supe interpretar—. En ese mismo sobre tiene toda la información.

Mr. Lane parecía contento. Cuando me levanté para retirarme, aquel grandullón, corpulento y canoso, que parecía crecer mientras yo me encogía, me miró con satisfacción y, de la forma más inesperada, me pasó paternalmente un brazo por los hombros. Sentí un atisbo de celos hacia Caroline; seguro que él había estado siempre cuando era pequeña.

— Bueno, ¿qué piensa hacer ahora? —debí dirigirle una mirada cautelosa, porque se apresuró a contestarse a sí mismo—. Mi intuición me dice que va usted a disfrutar de unas maravillosas vacaciones junto al Mediterráneo.

Me entretuve siguiendo el humo de su cigarrillo con los ojos.

—Tal vez sea un viaje demasiado largo.

— Hágame caso, tal como yo lo veo, le puedo prometer que todo va a ir bien.

— Creo que es la promesa más hermosa que me han hecho en la vida.

— Gracias.

— Mr. Lane, es usted una joya.

— ¿En serio? Esa acusación es grave —respondió con un guiño, y creí notar que se sonrojaba.

El instinto me indicó una salida más formal:

— Un placer conocerlo. Espero volver a verle en otras circunstancias —me despedí tendiéndole la mano.

Mr. Lane se echó a reír:

— Lo estoy deseando.

Me acerqué a la ventana para verla salir y allí me quedé un buen rato, saboreando la inyección de adrenalina que habían supuesto para mí las palabras '*es usted una joya*', situación que yo había tratado de salvar con una bufonada, esforzándome en no hacer el ridículo. ¿Cuántas veces había deseado alargar la mano para tocarla? Bueno, todo había acabado bien y por una vez me sentí útil. Pero —me dije a mí mismo con un encogimiento de hombros, mientras la veía alejarse calle abajo con la fascinación de un *voyeur*—, "Jeffrey, Jeffrey, tendrás que esforzarte por borrar de tu memoria la imagen de Louise, o mejor, de Berenice Abreu Santos, esa mujer alta y guapa, por no decir despampanante, que, sentada frente a ti, sonreía nerviosa recostada en el asiento. Dejar de contemplar embelesado, como si estuviera encerrada en una burbuja de cristal a la que sólo tú, viejo loco, tuvieras el privilegio de acceder, esos ojos dorados, brillantes, con una lucecita encendida en cada pupila… Y el mechón de pelo recogido detrás de la oreja, responsable de más de una beatífica sonrisa por tu parte".

Bajé la persiana, encendí un cigarrillo y me recliné sobre el asiento con las manos entrecruzadas por detrás de la nuca "Tal vez sea así como se ve el deseo". Levanté los ojos al techo y lancé un largo suspiro, notando el modo en que me invadía una sensación familiar, casi olvidada, que quizá fuera ya nostalgia. O chaladura. O turbación.

Salí del ascensor, crucé la puerta giratoria de salida y me adentré en la calle. La luz del sol comenzaba a menguar y el neón de los rótulos iba ocupando su lugar en la ciudad. Una vez a solas, decidí que estaba demasiado inquieta para irme al hotel; así que, caminando entre la gente, le iba dando tantas vueltas a la cabeza que con cada pregunta me entraban ganas de llorar. Me estaba revolcando en un dolor inútil, pero… ¿existe límite al dolor por una vida no vivida? ¿Sufrir por lo que ya no puede ser? ¿No había llegado ya el momento de atreverme a dar el paso, soltarme para vivir el presente en lugar de llorar por lo que no tenía remedio? Aceptar el poder del azar, esa concatenación de accidentes que rige nuestras vidas y puede transformarlo todo. Incluso quitarte a una madre para ofrecerte un padre.

O no.

De cualquier forma, iría a Los Ángeles para volver a ver a Brendan, abrazarlo, pasar unos días con él recordando a mamá, y luego cruzaría el Atlántico. A partir de ese momento todo lo que no fuera presente podía pasar a ser historia.

Tercera parte
Luisito & Louise

¿Cómo explicar el mundo con palabras?

1

Fue varios meses más tarde, a finales de mayo, cuando una noche al salir del ascensor me encontré en el rellano a una mujer alta, toda ojos de color dorado, pronunciados pómulos y un gracioso mechón suelto de pelo negro que le cruzaba la mejilla: era el vivo retrato de mí mismo. Llevaba una ligera chaquetilla de seda negra abierta sobre una blusa blanca de amplio escote que resaltaba el sencillo collar de perlas, vaqueros grises y zapatillas deportivas; sus manos aferraban con fuerza un bolso a juego. "Así que por fin has aparecido", me dije de inmediato. Tenía la cabeza erguida y me miró a los ojos durante dos o tres larguísimos segundos, como si me estuviera evaluando. Pronunció mi nombre con cierta vacilación, pues estaba tan aturdida como yo, y volvió a decir mi nombre, repitiéndolo con una sonrisa algo pálida. Pero no se movió.

— ¿Louis? —le pregunté negando con un gesto, sin querer que ella respondiera.

Asintió con un parpadeo, sin sospechar siquiera las negras ideas que estaban acudiendo a la cabeza de su padre.

— En los últimos tiempos he pensado mucho en ti —añadió tan precipitadamente que apenas la entendí.

En ese momento se apagó la luz.

— ¿Me dejas entrar en tu casa? —aprovechó para decir en un susurro.

Por un instante, que duró más de un siglo, sentí una oleada de pánico. Me apresuré a buscar el interruptor, hurgué en los bolsillos, saqué la llave y abrí la puerta. Ella cruzó el umbral sin añadir palabra, e incluso antes de tener tiempo de iluminar el vestíbulo, ya se dirigía hacia la sala sin un titubeo; un lugar donde no había estado nunca. Se sentó en una esquina del sofá, agachándose y encogiendo las rodillas contra el pecho, en una actitud que me pareció la que tendría su madre a la espera de un rapapolvo. Debía tener en mente el esbozo de un discurso del que no estaba segura, como si tuviera que controlar una situación que podía escapársele de las manos.

— ¿Te has asustado al verme?

¿Qué si me había asustado? Más que eso: intuía el peligro. "Tengo una vida y no quiero cambiarla... ¿Habrá orfanatos para mayores de cuarenta años?", pensé, mientras me preguntaba si mi inmediata proximidad le resultaría tan extraña como a mí la suya. ¿O no resulta sorprendente estar con una hija que se ha materializado como por arte de magia? No tenía una respuesta que ofrecerle. En todo el tiempo sólo había podido pronunciar su nombre.

— ¿Qué me dices de una copa? —le pregunté a mi vez encogiéndome de hombros, lo que no debió de parecerle muy convincente.

No encontraba palabras para salvar la distancia que nos separaba, en realidad tenía la esperanza de que, entretenida con el whisky, no dijera nada. "No trates de explicarte, no es cosa mía". Quizá si yo no preguntaba, se olvidaría de para qué había venido. "Lo siento, no quiero hablar de tus asuntos". Ni cinco minutos hacía que estaba en casa y yo ya estaba a punto de pegarme un tiro. "Lo siento, no voy a dejar que me compliques la vida".

—Me resulta un tanto extraño estar aquí contigo… No sé nada de ti —concluyó con un hilo de voz.

—En el colegio era de los que armaba jaleo desde la última fila —le contesté sarcástico—, pero los curas pusieron mucho empeño en enseñarme a ser bueno.

Tal como había dicho le parecía extraño estar aquí conmigo, pero no el hecho en sí de mi paternidad. Desde su punto de vista tal vez fuese normal, puesto que había crecido sabiendo lo que yo ignoraba. Ese secreto entre madre e hija le daba ventaja sobre mí, el padre deliberadamente excluido.

—Era importante —movió la cabeza en señal de asentimiento—. Me alegro mucho de haberte conocido.

—Sí, hay que celebrarlo —murmuré de un modo carente de emoción.

Y serví un whisky generoso, con mucho hielo, para cada uno. "Necesito a un David Copperfield que me saque de esto".

—Es un whisky excelente —dijo de forma educada, aunque se le notaba incómoda.

"¿En qué estaría pensando? ¿Qué querría de mí esta mujer cuando decidió venir a verme?" Tendría que preguntárselo en algún momento, quizá esa misma noche. 'Ni se te ocurra', oía dentro de mi cabeza la voz de mi abogado. "No hay que precipitarse, me temo que aún tenemos una larga velada por delante", aunque no sabía si podría soportarlo, pero más me valía un poco de contención; a fin de cuentas, soy un hombre tranquilo, eso explica mi adicción al alcohol y no a la cocaína.

Fingiría, como si a mi edad tener delante a una hija desconocida fuera lo más normal del mundo, pero la inquietud ante lo que se me venía encima era casi física: atisbo de mareo, ligera sudoración, dolor de cabeza incipiente. ¿O debo decir que me invadió una intensa sensación de pánico? A fin de cuentas, no suele pasar tan a menudo que se materialicen cuarenta años de golpe.

En vista del encadenamiento de disparates que se estaban produciendo en mi cabeza, quizá debía protegerme de mí mismo.

Siempre se ha dicho que las hijas ven atractivos a sus padres. En mi caso, aquel hombre era apuesto de verdad. Sabía que estaba en los sesenta, pero su aspecto, aun con la confusión del momento, me pareció magnífico: conservaba ese aire juvenil de quien no pasan los años porque no se ha dado cuenta de que ya le toca.

Sentada en el sofá de la sala con una copa en la mano, esperaba algo así como una batería de preguntas —'¿Cuándo has llegado? ¿Dónde vives? ¿Estás casada? ¿Tienes hijos? ¿En qué trabajas? ¿Cuáles son tus planes?'—, en tanto que, en vez de eso, ensayábamos docena y media de sonrisas manteniéndonos a la espera.

— ¿Y tú qué tal? —le pregunté para romper el hielo.

— A mí me va muy bien, sólo me he divorciado una vez.

Notaba a mi padre nervioso, o quizá fuera que estaba preocupado, el caso es que se estableció entre nosotros una especie de silencio estirado, sólo roto por algún suspiro, durante la mayor parte del tiempo que tardamos en liquidar la primera copa. No sabía si sentirme aliviada o ignorada.

— ¿Estás casado? —comencé a preguntar, por decir algo, las mismas preguntas que había esperado para mí.

— No, no...

— ¿Tienes más hijos?

— No. No que yo sepa. ¿O debería decir que no lo sé?

— ¿Y alguna novia?

— Ummm. Bueno...

Definitivamente no era el viaje conmovedor que yo había esperado, pero no había vuelta atrás.

De repente empezó a hacerme preguntas: que si estaba casado, si tenía hijos, cómo andaba de novias... Tuve la sensación de que aquella mujer, mi hija, me estaba tendiendo una trampa. "¿Sabrá ya lo de Sonia?" Naturalmente, sólo podía hacer conjeturas, pero me parecía a mí que nadie emplea ese tono preguntando por las novias de otro si no estuviera ya segura. ¿Estará jugando conmigo? Quizá sólo pretendía ser la hija simpática y enrollada que allanara el camino sin intención alguna de fisgonear en mi vida. O tal vez era de las que pensaban que entre padres e hijos *no debe haber secretos*, una confianza evidentemente mal entendida que al final acaba volviéndose en contra de los dos. En todo caso, me invadió una sensación de excesiva cautela y opté por la estrategia del perfecto escapista: no reveles tus puntos débiles. De ninguna manera debía permitir que aquello fuera a más, detestaba verme en la obligación de explicar. "Si hay que hablar que sea de algo inofensivo", pero me pareció excesivo preguntarle por la ceremonia de los Oscars; demasiado pronto, mejor guardarlo para cuando no haya nada que decir...

— ¿Qué tal está tu padre? —pregunté para salirme del interrogatorio.

— Mi padre eres tú.

Tanta fijación con eso del padre... "¿Freud no estaba superado?" Resistí el impulso de salir corriendo.

— Me refiero a Brendan.

— ¡Ah! Pero... ¿lo conoces?

— Hasta hace poco, no más que a ti —sólo sentía sequedad en la boca. Me llevé el vaso a los labios, apuré el whisky y fijé la vista en el hielo.

— Ahora vive en Los Ángeles —la voz se le fue apagando conforme lo decía.

El silencio se hizo aún mayor, en realidad nos sobrevino uno de esos singulares silencios que sólo se dan en situaciones extremas, un paréntesis en el que tomas conciencia, inapelable y repentinamente lúcida, de la presencia del otro. Y donde, de haberla habido, podríamos oír el vuelo de una mosca. La sala se nos vino encima. Me limité a acercarme a la ventana, apartar la cortina y mirar, mientras el tiempo —*tic.tac, tic.tac*— se arrastraba en espeso silencio; ella, nerviosa, se retorcía discretamente las manos en el sofá.

Aunque habíamos empezado de forma un tanto vacilante, como suele ocurrir entre personas que no se conocen, algo nos ocurrió con la segunda copa. Empecé a hablarle de la única diferencia seria que había tenido con mi

218

madre: el abandono de la universidad por la promesa de una experiencia diferente *que colmaba todas mis expectativas*. Holy Tim, había despertado en mí, entre largos suspiros y desmesurados afectos, el deseo de otros mundos. Tim, Tim, sólo Tim. Irradiaba una luz tan mágica que a su lado todo cobraba vida; su sonrisa bastaba para dejar lo que estuvieras haciendo a fin de poder seguirlo. Yo tenía diecinueve años, él treinta y dos. Cuando a esa edad un hombre te dice todo lo que quieres oír, lo guapa y lo lista y lo maravillosa que eres a sus ojos, estás atrapada: siempre atenta al más mínimo de sus gestos, babeando de emoción y temiendo que se escape el tiempo. Como si fuera magia. Y por eso te vas, porque crees que siempre va a ser así. De repente decides, llevada por la fantasía, que en Colombia junto a Tim está ese mundo extraordinario y deseable que te dispones a explorar.

— ¿Y...?

— Me lo creí.

— ¿Y...?

— Así me fue.

— ¿Y...?

— Digamos que no querría repetir la experiencia.

— Todo el mundo tiene razones para hacer lo que hace; creías saber qué hacer con tu vida.

— Eso creía, sí.

— El problema es por qué —se preguntó mi padre alargando la mano con movimientos lentos para llevarse la copa a los labios y vaciarla de un largo trago.

— La eterna lucha de la juventud contra todo lo que la limita. ¿Quién no necesita un líder a esa edad? Alguien que te diga lo que tienes que hacer y en qué debes creer... O tal vez buscaba en Tim la promesa de una especie de padre que nunca había tenido.

Sonrió y nunca pensé que pudiera ver tanto desamparo en una sonrisa. *"Touché"*. Yo la miraba fascinado. Al principio apenas hablaba, sólo respondía cuando ella me preguntaba. Pero luego, era yo quien empezaba a hablar cuando Louise callaba, contándole cosas de Vicky con los mismos ojos apasionados. Entonces ella alzaba la vista y se apartaba un rizo de la cara en un gesto de atención idéntico al de su madre cuando escuchaba el telediario. ¡Vivir para ver! Mi hija me estaba cautivando con su simple existencia, había aparecido una criatura hermosa que antes no era nada. Tal vez llegara a gustarle, quizá incluso a quererme; un padre al que hasta el momento no había conocido. Tuve el confuso presentimiento de estar en un punto de inflexión, una especie de giro hacia la luz que recordaré siempre. ¿Conciencia de la posibilidad? Como si hasta ese momento hubiera estado ensayando —"a ver si encaja"—, una forma de ser distinta a la mía. El mundo parecía girar sobre mi cabeza y sentí el deseo inesperado de encender un cigarrillo, aunque hacía tiempo que había dejado de fumar. ¿Debía volver, como decía Sonia con excesiva frecuencia, a revisar mi vida? Puede que a estas alturas hubiera alguna cosa más, pero no muchas... E inexplicablemente me sentí aliviado, podía percibir cómo empezaban a disiparse las nieblas de los últimos meses.

Al calor de la tercera copa le conté mis primeros tiempos en la comuna, donde todo era una aventura en permanente estado de gracia. Estaba eufórica, había abandonado el nido adentrándome en la primera etapa de mi vida adulta, y eso me hacía sentir gozosamente mayor.

Pero, ay, llegó un momento en que ya no estaba segura de saber lo que significaba aquello, entender los porqués. Hay ocasiones en las que empiezas algo y tiene que pasar un tiempo hasta que te pones a reflexionar. Entonces dudas. Si la cosa en inoportuna te debates tratando de reprimir la idea, hasta que caes en la cuenta de que ha sido un error y acababas cayendo en un abatimiento incontrolable. Mi vida, cuando las cosas aún estaban bien, era de una monotonía aplastante, todo se repetía una y otra vez a las mismas horas: comida, meditaciones, yoga, rezos y turnos de trabajo. La función de Holy Tim, y del resto de la cúpula de *hermanos*, consistía en atiborrar de *maría* a toda una comunidad muerta de aburrimiento y recibir cheques de familiares o donantes preocupados por nuestro bienestar... En otro tiempo tenía un hogar, dejé los estudios cuando acababa de cumplir los veinte y me fui de casa por un tío que resultó ser un farsante. Nunca había tenido trato con hombres de más edad que yo, así que Tim me pareció diferente, una experiencia nueva con un hombre de Dios. Sólo veía su encanto, sus ojos chispeantes de vida, su cabello rubio como el oro recogido en una coleta, alguien que vivía según un código diferente basado en el amor y la entrega... Ahora, sin embargo, estaba agobiada por la angustia, una voz dentro de mí me reprochaba la incapacidad para rebelarme y el sentimiento que se iba concretando en mi cabeza era el de fracaso. ¿Me estaba volviendo paranoica? Porque las paranoias se viven desde dentro de la cabeza y una siempre está dentro de su cabeza. ¡Qué desgraciada me sentía al ver que la vida se me estaba escapando! Por supuesto, a nadie parecía importarle y menos que a nadie a Holy Tim, que pensó que de esa forma mi dependencia sería completa.

— Empecé a pasar mucho tiempo sola, y en soledad, acosada por esos pensamientos, me sentía más sola todavía. Estaba atrapada.

— ¿Y Holy Tim?

— Un loco que aparentaba ser un santo.

— Quizá los santos estén locos por definición. La Historia Sagrada está llena de posesos que en sus crisis de misticismo oían voces y veían visiones. ¿Era el caso de Tim?

— Te quedas corto. Tim parecía haberse practicado una curiosa transfusión de la esencia divina a su propia sangre, haciendo de Dios en ejercicio de sus funciones.

— ¿Cómo se hace eso?

— Alterando su relación con nosotros, decidiendo nuestro destino de pobres e ingenuos pecadores. En la impunidad de la selva se llegó a creer que era como Dios.

— Bueno, en ocasiones Dios también se ha llegado a creer que era un poco como Tim —intenté bromear a pesar del regusto amargo que me llenaba la boca—. ¿Te dice algo el nombre de Job?

—Tim era un monstruo. Una aberración. Un sádico que disfrutaba haciéndome daño sólo por la perversa satisfacción de hacérmelo. Le deseaba el peor de los males. La de horas que habré pasado derramando vitriolo sobre su cuerpo con la imaginación… Más de una vez mirándole la cara he creído tener una visión del infierno. Su verdadero rostro era el del demonio, si es que tenía verdadero rostro y no un montón de máscaras que podía ir quitándose una a una.

—Nunca se llega a saber a ciencia cierta cómo son los demás.

—Éste no es que tuviera dos caras; podía tener ciento sesenta.

—¿Un caso de personalidad múltiple?

—Más bien un farsante que al principio parecía creerse su propia falsedad, un charlatán con encanto que iba prometiendo el Cielo con tal que las familias de los tocados con la gracia aflojaran la pasta. Y además se follaba a sus hijas.

—Toda una desconsideración por su parte.

Me miró lamentando la ironía, parpadeó dos o tres veces, y eso fue todo lo que se le ocurrió decir.

—¿Una desconsideración? —ahora era yo la que parpadeaba—. Se había construido un universo donde todo se acomodaba a sus deseos, manejaba los hilos y jugaba con nosotros, sobre todo conmigo. No sé por qué me había escogido a mí, pero a medida que iba controlando la escena, en un lugar como ése donde nunca pasaba nada, necesitaba más emoción… Y había elegido un buen disfraz: era un hombre de Dios. El aislamiento de la selva hace de ella un buen lugar para ejercer de bienaventurado, pero además había otra razón: a la mayoría de sus discípulos les faltaba un tornillo. De modo que fingía ser un hombre de Dios e interpretaba el papel para mí como si fuera una broma.

— Y tú, claro, no le pillabas la gracia.

"Lo tuyo es la telepatía, papá".

— En realidad sí que se trataba de una broma, pero del destino. Una burla de la que era incapaz de reírme.

— Y mucho menos festejarla... —hizo un alto para respirar hondo—. La autoridad es lo que hace a las personas dependientes —concluyó con una resignación reverencial que en otro momento me hubiera resultado cómica.

— Me mantenía bajo vigilancia. Recalcaba, a todo el que lo quisiera oír, el riesgo de suicidio que podía ver en mí.

— O sea que, en cierto modo, se preocupaba por ti.

— Conservó su fachada de virtud hasta que un buen día —cerré lo ojos haciendo acopio de valor—, colocado como un piojo, me violó.

Mi padre era todo él un rostro estupefacto... Una pausa breve, lo justo para intentar tragar saliva antes de preguntar con la boca seca.

— ¿Te violó?

— Muchas veces, y cada vez que lo hacía tenía que doblegarme apretando los puños, mordiéndome los labios, cuando lo que me hubiera gustado morder era su yugular.

— Pero... —respiraba agitadamente, hizo varias inhalaciones profundas tratando de calmarse y levantó las cejas sin poder concluir ningún razonamiento. Blanco era el color más apropiado para describir su cara. De repente lo vi como a un niño enorme al borde de las lágrimas.

— ¿Por qué?

— En el mismo momento en que tuve clara mi no pertenencia a la jodida comunidad, se produjo la transformación. El cordero que se aleja del rebaño y todo eso, ya sabes. Una noche apareció hecho un sátiro, con los ojos inyectados en sangre, y estuvo aullando como un loco mientras me violaba a golpes de oración. Un remedo de exorcismo ejecutado con la liturgia de la selva colombiana.

— Pero... —insistió en su impotencia, dejando escapar un gemido apenas audible.

— Quizá sea mejor que no sepas lo que no te hace falta saber.

— Ya hay demasiadas cosas en el mundo que no he querido saber.

Parecía lo bastante colocado como para resistir, así que me encogí de hombros, bajé la voz, y continué en un susurro:

— A partir de ahí se abrieron las puertas del infierno, sucediéndose los golpes, las violaciones y los gritos. Cuando no se sabe muy bien dónde está la frontera entre locura y desesperación, no queda más remedio que gritar.

— ¿Y los demás?... ¿No tenías ningún amigo?

— No es que no me tratara con nadie, es que no podía confiar en ellos. Tampoco podría decir que todos estuvieran de acuerdo con el jefe, pero había bastantes, y eran ésos los que intimidaban a los demás. Había que esforzarse por conservar las buenas relaciones si se quería hacer durar el puesto. En consecuencia, nadie me miraba a los ojos: estaba marcada. Cuando se cruzaban conmigo mantenían la vista fija en el suelo, y sólo la levantaban para mirar de soslayo el tamaño de mis heridas o la extensión de los moretones.

Mi padre, hundido en el sillón con los brazos caídos, parecía incapaz de moverse.

— Yo pensaba que la idea era establecer una especie de Arcadia feliz... —dijo, y mientras lo decía se le formaron profundas arrugas de preocupación en la frente.

— ¿Feliz? Ése era el cuento de hadas que yo me había tragado. La Comunidad, como tal, era incapaz de generar sentimientos ajenos al dolor. Allí todo el mundo era desgraciado, la gente sufría incomodidades y vejaciones, pero como formaban parte de una prueba, había que sufrir. Y, además, llevarlo con alegría para alcanzar la paz interior.

— ¿Sufrir con alegría? ¿Cómo es eso posible?

— El más difícil todavía. A la gente le encanta sufrir, siempre y cuando la cosa tenga una finalidad, te ofrezcan el Cielo y una buena zanahoria que roer. En este caso la zanahoria era *maría* a discreción y licencia para el sexo. Ni siquiera puedo imaginar a un *hermano* libre de hierba. Es como si no cuadrara.

— Lo cual, acomoda a cualquiera... Yo creía que os pasabais el día rezando.

— Entonces no habría tantos niños.

— Lógica aplastante. ¿Y tú?

Negué sin decir palabra.

— ¿Seguro? —preguntó reuniendo valor.

—No tienes nietos. Perdí un bebé con veinte años y los carniceros que me atendieron allí me destrozaron por dentro. En casa lo podría haber solucionado.

—Pero no en la comuna de los cojones —sonrió con una sonrisa que dolía verla—. Otra cosa que apuntar en el *debe*.

Me entretuve un momento en mis reflexiones antes de continuar.

—Aquello era una banda de iluminados, un zoológico de gente fantasiosa obsesionada por la mística del coito, locos cada vez más locos que enloquecían con el calor y la inactividad. Se abismaban en sus creencias religiosas, rezando como si el infierno estuviera detrás del árbol más cercano, para transfigurarse en lunáticos adictos al sexo, capaces de distorsionar la pura lujuria hasta convertirla en mística impoluta. Un deseo de comunión, ofrenda, o sacrificio ritual, que interpretaban creyéndose santos; su aportación a la bondad del Universo. El goce de los cuerpos no estaba reservado para aquellos que tenían un rostro agraciado y un cuerpo esbelto, ahora estaba al alcance de cualquiera. El amor era una virtud, el amor significaba vida, así que follaban todos con todas a la mayor gloria de Dios, cotilleando sobre qué pensaba uno de lo que pensaba la otra sobre el hecho de que Andrew o Justine o Deanna o Paul se hubieran acostado con aquella o ése, en lugar de con la otra o aquel. Y a cada uno se le contaba la historia que necesitaba oír.

—¿Y en tu caso?

—El deseo convertido en pesadilla. Al principio procuraba estar cerca de Tim, pero él, siempre ocupado en repartir indulgencias y condenas, hablar con Dios o predicar Su Palabra, no podía compartir todo el tiempo conmigo. Además, los *hermanos* teníamos que realizar tareas de limpieza, cocina y mantenimiento. ¡Qué orgullosos estábamos de que Tim nos hubiera elegido! Durante los dos primeros años me entregué en cuerpo y alma a la comuna. También a él, claro, pero Holy Tim tenía chicas de sobra a las que atender.

— Aquello te rompería el corazón.

— Si lo hubiera tenido. Para entonces casi disfrutaba pensando en el placer que debía dar aplastarle la nariz con una piedra. Quería irme, seguir adelante sin él. Estaba harta y no lo necesitaba, pero el gran Holy Tim no estaba dispuesto a que alguien no lo necesitara.

— Era él quien necesitaba a alguien para darle patadas.

— Y yo quien recibía los golpes.

Haciendo tintinear los hielos de la cuarta copa, comencé a contarle los ocasionales ataques del gurú, mi miedo a la violencia de aquel monstruo. Su maldad. No me cabía en la cabeza que se pudiera intimidar a las personas en nombre de Dios, ni que las manifestaciones más agresivas de la locura tomaran cuerpo en la intimidad del sexo. Las exigencias, los golpes. El poder de la humillación. Yo no sabía nada de la gente, había vivido tan intensamente mi fe en Dios, en Tim, en la gran familia humana, que no podía entender cómo la vivían los demás. Y lo supe cuando no había vuelta atrás, mientras sobrellevaba el peso de estar viva. Entonces mis instintos empezaron a pedir perdón. ¿Qué estaba haciendo con aquella pandilla de chalados? Mi desconfianza era total. ¿Por qué había aceptado irme con ellos? ¿Qué clase de mujer se aleja así, tan bruscamente, de una madre dedicada a protegerla, a abrirle los ojos, a hacerle ver las cosas?... ¿Así era yo? ¿Esos eran mis sentimientos?

Nunca había hablado tanto de mi vida, y mucho menos con aquella emoción. Conforme iba desgranando mi historia, sentimientos tan diversos como amor, orgullo, congoja, consternación, rabia, coraje, vergüenza, angustia, pánico, furia, ira, o venganza, todos ellos, cobraban la fuerza precisa para considerarlos propios.

—Tim nos habían descrito el infierno y, si el infierno es como el dolor que produce el fuego, yo ya me encontraba en él. Estaba en el infierno —bebí un sorbo largo hasta cerrar los ojos—. Lo que nadie me había dicho era cómo salir.

Louise me lanzaba miradas de socorro. Quería decirme lo que ya me había dicho y mucho más, hacerme llegar lo que sentía y era incapaz de decir. Que lo leyera en sus ojos sin necesidad de hablar, porque no existen palabras para explicarlo todo. Tenía la mano apretada en un puño con los nudillos blancos. Yo sabía lo que estaba pasando, porque el dolor es el dolor y nadie es ajeno a él. Conforme avanzaba en su relato me notaba los ojos cada vez más vidriosos, la garganta más seca... pero, ¿qué estaba sintiendo en realidad? Era una especie de confusión acompañada de amargura, la sensación de incredulidad y espanto que se percibe después del mazazo. Y, por encima de todo, rabia; estaba a punto de echar humo. Lo cierto es que una bola de furia se había formado en mi garganta y, por primera vez en mucho tiempo, sentía el corazón peligrosamente propenso a la violencia.

Visualicé a aquel hijo de perra disfrazado de santón con un cosquilleo en la nuca, y me vi a mí mismo capaz de exorcizar sus demonios partiéndole la cara de una hostia. Y después otra que le haría saltar los dientes. Estaba planteándome si seguir, cuando...

— ¿Papá?

Todavía recreándome con la imagen de mi puño en su ojo...

— ¿Papá? —repitió Louise removiéndose en el sofá.

Levanté la mirada y me encontré con la suya. Fijé la vista en ella, no sé si con cara de furor asesino o regocijo homicida, e inspiré profundo para soltar el aire lentamente. De haber tenido un cuchillo le habría clavado a ese tío la polla en su querida biblia y después aún tendría que decidir si debía seguir dándole hasta oír el chasquido de su careto al quebrarse... Y todavía le quedaban muchos huesos en el cuerpo.

— ¿Papá? —me tocó el brazo— ¿O es demasiado pronto para decir papá?

Creo que fue ahí cuando recuperé la capacidad de oír, pero aún necesité otro trago para apartarme de tan gratos y delirantes pensamientos —"Ese hijo de puta jamás sabrá que lo has salvado por los pelos, Louise"—, y fijé los ojos en su cara con una sonrisa, esperando a que mi corazón recuperase el ritmo normal. Fue entonces cuando vi una lágrima resbalando por su mejilla; se llevó una mano a los ojos, volvió la cabeza y rompió a llorar.

Mi hija estaba llorando. Yo también. Habíamos acabado la botella de whisky y sentía que mi pecho se liberaba de una tensión que ya estaba durando demasiado. ¡Joder, igual tiene que ver con las leyes de Mendel!, pero rascando por debajo de la rabia encontré cierta satisfacción en que una persona, a quien acababa de conocer, pudiera ser tan importante como para que su dolor me doliera a mí. La imagen de Louise llorando con una copa vacía en la mano me resultó insufrible. Durante un momento fui incapaz de moverme, pero esta vez no era por culpa del alcohol. ¡Quién te ha visto, Luisito, al borde de la vejez y llorando por una hija a la que poder querer! Todo un descubrimiento.

El suelo ajedrezado, donde creíamos ver muchos más cuadros negros que blancos, mostraba una clara tendencia a inclinarse, lo que nos dio a entender que habíamos bebido demasiado. La precariedad del equilibrio, también. Con el oído interno anegado en whisky, la conduje ante la puerta de la habitación que había inaugurado su madre. Se me acercó poniéndome los brazos alrededor del cuello.

— Papá —dijo con ojos velados por las lágrimas.

No supe qué decir. Me sentí invadido por un torbellino sentimental enturbiado por el alcohol.

— Gracias —añadió con un hilo de voz.

Y comprendí que le hubiera gustado decir: 'Hubieras sido un padre estupendo; estoy muy contenta de que lo seas'. Los dos sabíamos la fuerza de lo que no se dice. Asentí con la cabeza y le devolví un cálido abrazo. Las palabras se habían vuelto irrelevantes, Louise no podía dejar de llorar. Yo, tampoco.

A la mañana siguiente me desperté hecho un ovillo, sudoroso y exhausto, después de haber soportado una noche de torturadoras pesadillas —sólo que aún me parecía que no era un sueño— dominadas por la presencia perversa de Holy Tim en la húmeda selva colombiana.

—Cuéntame —me pedía aquel ser diabólico con voz acuciante—. Cuéntame lo que ha tenido que hacer tu hija para escapar.

Yo le repetía una y otra vez con el estómago encogido que no lo sabía.

—Sólo sé que ha venido. Por Dios, sólo sé que ha venido.

En mi turbación llegué incluso a pensar que eran delirios alucinatorios procedentes del Más Allá; me los enviaba el propio santón para burlarse de la acostumbrada frivolidad en que estaba viviendo mi vida. También tuve la impresión de que otro sueño como ése podría matarme. Me senté en la cama temblando, con el corazón saliéndoseme del pecho en cada sacudida y atisbando todavía las sombras fantasmales de Tim en la retina. Preso del desconcierto, al tratar de enfocar la vista, el dormitorio me recordaba la selva. "¿Me estará dando un infarto o será un brote psicótico?" Todo me daba vueltas. "¿Hipoglucemia emocional?" Quizá no me llegaba mucho oxígeno al cerebro debido al pánico. 'Sobrevivirás', me dijo la presencia de Vicky hundiendo en mí su mirada con gesto inexpresivo.

La sola idea de desayunar me resultaba nauseabunda.

Poco a poco me lo fue contando todo. En ocasiones, con la vista extraviada, se le estrangulaban las palabras en la garganta y tenía que estancarse en un silencio prolongado para tomar fuerzas y poder continuar. Sólo de pensar en lo que estaba contando me entraban escalofríos. Sin decir palabra repasaba mis antiguas quejas sintiéndome ridículo: a su lado no era más que un mequetrefe tratando de hacerse la vida imposible.

— Cuando las cosas comenzaron a torcerse, llegué a sentirme como un perro al que no quiere su amo. Uno de esos animales a los que se les echa a patadas una y otra vez pero siempre vuelve agitando el rabo con la esperanza de recuperar su amor. Pero todo fue a peor. El mensaje era muy claro: Holy Tim se podía follar a cualquiera, en cualquier momento y como quisiera, sin estorbos, explicaciones, ni remordimientos.

— ¿Cómo pudiste soportarlo?

Era una pregunta idiota.

— Pude soportarlo porque no podía hacer otra cosa. Hasta que pude.

Una respuesta lúcida a una pregunta idiota.

— Jamás en la vida hubiera podido sospechar que iba a matar a un hombre. Ahora bien, podía resignarme a mi suerte o luchar, y en ocasiones el odio puede resultar un sentimiento útil; cinco años envilecida por un hijo de puta pueden ser un buen adiestramiento.

— Entiendo…

— ¡Qué vas tú a entender! En el pequeño mundo donde vives puedes tener algún revés disfrazado de infortunio, pero hay otros mundos hechos a una escala diferente y en ellos las emociones no se parecen a las que tú puedas imaginar, tienen otra dimensión. Nunca has visto las pupilas de unos ojos malvados —y sus ojos, del color de la miel, se convirtieron fugazmente en los de una leona—, ni la sonrisa maligna que quiere castigarte, ni sentido la presencia de algo diabólico, ni tenido la certeza de que estás viendo la cara del mal. Del Mal. Holy Tim no era simplemente un demonio porque me estuviera machacando, me estaba machacando porque era un demonio. Llegó a provocar en mí una sed de venganza tan insaciable, que mi odio hacia él no hacía sino crecer.

Me sorprendió la aversión que destilaban sus palabras y aprendí que el veneno no siempre se diluye en el tiempo, que a veces sucede al revés. Se tapó la cara con las manos manteniendo un silencio incómodo, donde imaginé que estaba ordenando rencores antes de continuar:

—La última vez, después de sodomizarme por las bravas, estando yo todavía tirada bocabajo en el camastro, se puso a orinar de pie sobre mi cuerpo. 'Toma —me dijo—, es agua bendita, santíguate con ella'.

—¡Hooostia! —exclamé reclamando algo que no sabía qué era.

—Yo estaba enferma de miedo, de odio, de rabia… y cuando odio, rabia y miedo se juntan, nadie sabe lo que va a ocurrir —me miró a los ojos y sonrió con amargura esperando una señal de comprensión.

Respiré despacio un par de veces, dejando penetrar profundamente el aire a los pulmones.

—Pues pasa lo que pasa —la miré incrédulo. "¿Defensa propia o ajuste de cuentas?"—. Cuando te tratan a patadas, respondes con mordiscos. ¿Lo lamentas?

—Digamos que ahora podría leer su esquela en el periódico sin la menor emoción. Lo único, y lo que puede molestarme más, es imaginar su tumba con una hermosa lápida llena de flores, donde todos aquellos chiflados de barbas prominentes acudirán para rendirle culto, convencidos de estar haciéndolo ante el más santo de entre los hijos del Buen Dios.

Jamás pude imaginar que iba a oír nada parecido. No era una película de miedo ni estaba frente al televisor, aquello había sucedido de verdad. Tuve la sensación de que mi vida estaba dando un giro. Hubiera deseado no oír nada, no saber nada, ignorar que esas cosas pasan, que hay gente capaz de hacerlas. Pero eso es lo que pasó. Insistir en la coyuntura que se había visto obligada a vivir me resultaba doloroso, por lo que, cuando se perdía en ella, trataba de distraerla desviando la conversación hacia temas más amables. Su niñez, por ejemplo. Encandilados con el recuerdo de su madre, podíamos olvidar por un momento que hubo una vez alguien llamado Holy Tim o un lugar conocido por *La Maison*. No siempre lo conseguía, claro.

—A veces me paro a pensar cómo hubiera sido mi vida de no haber conocido a ese hombre. ¿Qué estaría haciendo ahora?

—Lo que es historia no se puede cambiar, Louise.

—Pero resulta sorprendente que haya tenido que ser así y de ninguna otra manera. Me incomoda la certeza de una distancia irreparable, las ocasiones perdidas de aquella chica que dejó de existir. Lo que hubiera sido posible, algunos de los razonamientos de mamá que pasé por alto o no supe interpretar —la vi tragar saliva, quizá para reprimir un sollozo que no llegó—. Repaso el tiempo en busca de signos, cosas que deberían haberme puesto sobre aviso.

— ¿De qué sirve la culpa?

Me miró fijamente con el ceño fruncido.

— Me ha hecho falta media vida para corregir un error.

— Tienes suerte —intenté tranquilizarla—, a otros les cuesta la vida entera. Te queda la otra mitad.

— Sospecho que, en realidad, todavía quiero ser la chiquilla que vivía con su madre y no la mujer en que me he convertido —su sonrisa era un gesto de impotencia—. Si pudiera volver atrás... Encontrar lo que he perdido... Pero sé que las cosas no vuelven. ¿Tú has podido ser dueño de tus deseos?

— Ummm...

— Me hubiera gustado conocer el sabor de la rutina que bendice a la gente normal. Llegar a ser una *mujer normal*: sensata, serena, casada, con perro y con hijos. Un marido bueno, guapo, amable y de afeitado diario que condujera con prudencia y nunca se saltara un semáforo —enarcó las cejas como riéndose de sí misma—. Alguien a quien poder comprar camisas, calcetines y calzoncillos, un tipo sin complicaciones a quien querer toda la vida. Para siempre. *Hasta que la muerte nos separe.* Te aseguro que me encantaría, y no precisamente por ser lo que se espera de alguien con cuarenta años.

Una familia donde encontrar sentido a la vida. Pero nunca llegaré a tenerla, el Cielo, o Quienquiera que rija los destinos del mundo, dictó su sentencia hace tiempo.

El comentario era devastador y tardé un rato en contestar. Cuando lo hice fue en forma de gruñido.

—Hombre, el famoso gruñido de Luisito —me dedicó una mirada de complicidad, genuina herencia de su madre—. Lo decía mamá… —guardó silencio un instante—. Me preguntaba quién sería Luisito.

Yo me limité a soltar otro gruñido cómplice.

—Si a los veinte años nos fuera dado imaginar lo sencilla que puede llegar a ser la vida… Y el caso es que hasta entonces el futuro se presentaba como una promesa completa; imposible imaginar que iba a estar en otra parte.

—No te atormentes, a esa edad todos intentamos adaptar el mundo a nuestros deseos.

—Pero la juventud ha quedado atrás. El futuro me ha pillado y se parece mucho a un rompecabezas donde falta la pieza más importante.

—Tu madre.

—Cuando supe que había querido morir aquí contigo me propuse venir, imaginando que llegaría a un lugar que reconocería sin haber estado nunca, como si yo también volviera a casa. A mi otra casa. Y ahora estamos aquí. Los dos.

Me miró desde su sillón, colocado en ángulo junto al mío, con los ojos más grandes que haya visto nunca, y extendió la mano hacia mí:

—Soy tu hija.

La sencilla rotundidad de tres palabras.

237

— Y me hubiera gustado que me vieras crecer.

Me quedé, yo también, con la mirada clavada en su rostro. Todo aquello me inquietaba, sin embargo, cuanto más inquieto me sentía, más cerca estaba de ella.

—También me gustaría enamorarme, ¿sabes? —una luz se encendió de repente en sus ojos—. Volver a ser como antes, poder entregarme a un éxtasis verdadero.

Otra vez veía algo en ella, una mezcla de solidez disfrazada de fragilidad que me recordaba a Vicky. Era como si ella estuviera allí, de una manera fugaz pero muy viva, y mi corazón dio un salto de nostalgia rememorando el tiempo en que podía abrazarla cada día; una preciada posesión que guardar y exhibir ante mí mismo cuando se me antojara. "También yo querría ser como antes, Louise, poder entregarme como antes", pensé, y volví a gruñir apretando los dientes mientras negaba con la cabeza. Y negué y negué, con los dientes apretados, hasta que me dolió la boca entera.

Ni que decir tiene que la aparición de Louise me hizo cargar con un peso de dimensión desmesurada, o así lo sentí yo, como si apareciendo de la nada el azar arrojara sobre mí una tarea que, si bien me superaba, debía llevar a cabo. Y por más de una razón. Nunca había visto fantasmas, tampoco es que esperara verlos, ni creído en muertos flotando por el mundo para otorgar favores o vigilar conductas, pero este caso era diferente. Aceptaba que Vicky se había ido, ya no estaba aquí... ¡Pero estaba! No hacía falta ni que se dignara a aparecer para transmitirme un mensaje que podía interpretar a la perfección. "Aceptar el envite, cambiar de vida, mi puta vida… No puedo ser tan miserable", y notaba el picor en los dedos, talmente como si tuviera un hormiguero entre las manos, pugnando por alejar de mí la imagen de Tim forzándola. ¡A nuestra hija! Pude ver su dolor, aunque parte de él lo llevara escondido: tenía que protegerla. ¿Pero ese compromiso tenía límite? Sólo llevaba unas horas con Louise y ya podía sentir el deseo de formar parte de ella, para a continuación, en un impulso, acusar la resistencia. Me encontraba enfrentado a la más incómoda de las alternativas: la del que no sabe qué hacer y se atormenta por ello. Fueron momentos marcados por la inquietud y el whisky, tratando de ordenar unas ideas que se confundían entre ellas. A medida que pasaban las horas me asaltaban más preguntas, y en ocasiones me sorprendía a mí mismo especulando sobre diferentes futuros… Con frecuencia me miraba las manos, como si ellas pudieran darme alguna idea, pero estaban vacías, no podía ver nada en ellas, había un horizonte que no era capaz de ver. "¿Por qué ha venido a mí? ¿Por qué la gente hace las cosas que hace?" Tampoco para eso tenía respuesta. Tales son las especulaciones a las que se entrega un hombre que está atemorizado.

*

Me plantó un par de besos y dijo que se alegraba de que hubiera atendido su deseo de venir a casa.

— ¿Qué quieres beber?

— Un whisky añejo estaría bien, Soni.

— ¿Cuántos años?

— A ser posible, los mismos que el mayor de tus abuelos —sonrió dejándose caer en el sillón.

Le serví uno doble en vaso corto y, casi sin que me diera cuenta, empezó a hablar de su hija.

— Así que tengo una hija.

— No es para tanto, yo tengo dos.

— Pero, ¿qué es un hijo, de qué manera se le atiende?

— Tú has sido hijo, ¿no?

Me miró inquieto.

— Seguramente… Ya no me acuerdo.

— ¿Cómo es ella?

— Tiene los ojos grandes, los más resplandecientes que puedas imaginar, tan luminosos que parecen centellear con luz interior. Irradia un brillo muy singular. Es —y se embaló como si hubiera estado esperando la oportunidad—, un rayo de luz en forma de ilusión, un amistoso brazo sobre el hombro y un bastonazo en el lomo. Todo al mismo tiempo, ¿comprendes?

Para mi sorpresa, era capaz de sentir auténtico dolor; hablar de su hija era como si llorara. Las palabras acudían a su boca de forma imparable, ¿por qué me estaba contando tantas cosas? Habló de Colombia y parecía que lo estaba haciendo de otro planeta. Habló con desamparo de Brasil, mirando al techo con el imperativo de mantener el aplomo, sin silenciar ciertos pasajes que no quería eludir.

— Una mujer con un conocimiento de la oscuridad que asusta. Ha vivido demasiadas cosas y ha sufrido más de lo que somos capaces de imaginar.

— Y, aun así…

— La violencia convertida en ternura. Y una dignidad que bastaría para limpiar el nombre de todas las putas del mundo.

"A mí me hubiera costado hablar tal cual, incluso en el confesonario", pensé, sorprendida por lo que estaba contando, mientras intentaba imaginar a la persona.

— Creo saber cómo te sientes.

— Eres una ilusa.

Una incontrolable tristeza se fue apoderando de él, una especie de sufrimiento apagado con mucho peso y todavía sin objeto. Me gustaría poder decir que más allá de Louise, de sus errores y su vida malgastada, se dolía también por él mismo, por haber estado tan ciego ante su propia indolencia, tan aferrado a su egoísmo. Me hubiera gustado poder afirmarlo, pero… Pero, tal vez, aun sin ser del todo cierto, tenía la extraña sensación de que algo de eso había.

— Así funciona el mundo y cada uno hace lo que tiene que hacer —concluyó con una expresión fatua.

— Lo que te dijo fue una confesión, Luisito, pero también una petición de ayuda. Te necesita.

— ¡Fantástico! —exclamó resignado—. Apenas sé cuidar de mí, ¿cómo voy a cuidar de ella?

— Lo digo en serio. Creo que tu hija se está ahogando y necesita un salvavidas.

Se quedó pensativo. Tragó saliva con dificultad, como si lo que acababa de oír no tuviera entrada del todo en su cabeza. ¿Dónde estaba la razón de ser en el mundo? ¿Acaso él la sabía? ¿Había algo que pudiera trasmitirle a una hija de cuarenta años?

—¿Y a quién se le ocurre, a estas alturas, la excentricidad de necesitarme? —esbozó una sonrisa de disculpa.

Su sonrisa era de tal simpleza, y al mismo tiempo tan llena de inocencia, que ni siquiera te entraban ganas de darle un cachete. Talmente un niño chico.

—¡Pero qué obtuso eres! Deberías insistir con el *sudoku* para detener el reblandecimiento del cerebro... Ha escapado de un lugar espantoso.

—Sí —me lanzó una mirada de orgullo que sólo duró un instante—. Ha demostrado ser una auténtica Houdini en el arte de la huida.

—Pero su madre ha muerto, ha encontrado un padre y es de suponer que no haya cruzado el charco para ver tu colección de sellos. Te contó su vida buscando el permiso para entrar en la tuya, ¿o es que no te das cuenta? Toda persona necesita una referencia y que haya venido aquí es la mejor manera de que empecéis a conoceros.

Asintió varias veces con la vista fija en su copa antes de hablar.

—Es curiosa la forma en que concurren los destinos: un padre que desconoce la existencia de su hija y una hija que recorre medio mundo sin saber la identidad del padre, se encuentran cuarenta años más tarde en el mismo lugar donde fue concebida. De ser aficionado a lo paranormal diría que es cosa de magia.

—Encantamientos aparte, el vuestro es un vínculo que no se puede deshacer.

242

Me miró de soslayo y pude verle un destello de inquietud, otra vez como si dentro de él aún habitara un niño.

— Me pregunto si el hecho de tener un padre como yo puede considerarse una bendición, porque temo que pueda ser cualquier cosa menos un buen ejemplo. Estoy asustado —susurró para sí mismo en un tono curiosamente sereno—. Lo que me da miedo de mi hija soy yo. ¿Es eso normal?

— …

— Nunca he sido padre…

— …

— Es como si estuviera atrapado en una conspiración urdida por los dioses —se echó el resto de la copa al coleto.

— …

— ¿Por qué sonríes a cámara lenta?

— Todo listo para la gran aventura, Luisito. Has entrado en la paternidad entre negativas y rechazos, para acabar con aproximaciones y matices; escoge las que más te gusten. Si sigues temiendo pisar una mina antipersona, quizá deberías empezar a ahorrar para el psiquiatra.

El silencio que obtuve por respuesta nos hizo reír a los dos. Le tranquilizó que yo convirtiera en una broma lo que él consideraba una tragedia, y tuve la impresión de que me miraba con una sincera expresión de cariño. Más cariño que nunca.

Esa noche, cuando nos retiramos a dormir, no pude relajarme. Lo que tenía en mi interior era demasiado grande, como si mi cuerpo no fuera capaz de contener todo lo que sentía. Por la mañana, desnudo bajo las sábanas, me esforcé en no mostrar signos de preocupación mientras observaba la calmosa habilidad con que Sonia, sentada frente al tocador y vestida con una bata de raso suelta en la cintura, iba reparando los estragos de la noche aplicándose cremas en la cara.

— ¿Te gusta verme?

— Mucho —respondí, admirando su rostro radiante, con una intensidad de la que yo mismo me hubiera burlado de escucharlo en boca de otra persona.

Se volvió hacia mí con una sonrisa divertida, la de quien sabe el suelo que pisa. Vino hacia la cama para acariciarme el perfil de la cara con los dedos. Su piel relucía.

— ¿Te vas a levantar?

— Aún no lo he decidido —y aproveché para pellizcarle las nalgas.

— ¿Por qué me estás mirando así?

No quise romper la magia del momento hablando, el frágil encantamiento de esos paréntesis en que el hechizo está dentro de ti. "¿Por qué las personas quieren estar con otras personas? ¿Soledad, inquietud, temor, apego, cariño, deseo?" No respondí, pero ahí comencé a calibrar que había sido un idiota. ¿Estaría a tiempo de cambiar? "Quizá debiera reflexionar sobre este asunto, ponerle orden y decir adiós a un mundo vacío que, con la fuerza de lo inevitable, ya estoy dejando atrás. Después de todo, tal vez la vida sea más sencilla de lo que había imaginado. ¿Quién iba a saber que la mejor especialista del mundo en traumas paterno-filiales estaba en mi cama?" Tampoco hubiera querido que estuviera en ningún otro sitio. Y de repente tuve la sensación, diferente por insólita, de que algo de aquella luz dorada en los ojos de Louise, se estaba filtrando en mi mundo real. "¿Por qué no puedes dejar de sonreír?". Habíamos comenzado a trabar el alma de los tres.

2

Me tendió la mano de tal forma que me sentí como una niña saludando a un adulto por primera vez.

— Choca esos cinco, forastera.

— Encantada de conocerte —respondí.

Estrechó mi mano agitándola con fuerza y sonrió enarcando teatralmente las cejas en un claro gesto de *¿y ya está?*

— ¿Nos conocemos desde hace ya cosa de veinte segundos y la hija de Vicky aún no me ha dado un beso? Está claro que hay que llegar pronto al whisky.

Acercó la cara y le di un beso en la mejilla; debía haberse acicalado para recibirme porque todavía conservaba un rastro seco de *after shave*. A continuación, me condujo a la sala, que tenía un aire estudiadamente desordenado, y se sentó en un sillón junto a la biblioteca invitándome a hacer lo mismo frente a él.

Comenzamos por lo de siempre, intercambiando las cortesías habituales, lo que me dio oportunidad de echar un vistazo alrededor: se notaba que era la casa de un hombre que vivía solo. Sobre la mesa se amontonaban lápices, bolígrafos, cuadernos, papeles, sobres sin abrir, libros y revistas técnicas, botellas de agua vacías, y media docena de vasos sucios junto a un tablero de ajedrez con la partida inacabada. Una alfombra persa, en apariencia auténtica, apreciablemente antigua y manifiestamente raída, cubría el parquet encerado del suelo.

—¿*Scotch*? —me preguntó con una sonrisa que dejó a la vista unos dientes inmaculadamente blancos.

—Con hielo y agua.

—¿Te encuentras bien aquí? ¿Qué tal padre es Luisito?

—Voy respondiendo a la llamada de la sangre. Es una de mis grandes virtudes.

Mientras me preparaba la bebida le largué una estupenda parrafada sobre lo bien que estaba y por qué el haber venido significaba tanto para mí. Comoquiera que Perico era un magnífico bebedor, a la vez que un buen conversador, condujo ambas habilidades con tanta pericia que casi de repente me encontré saltando de un tema pasado por whisky a otro, bajo la mirada de sus ojos expectantes. Me sonsacaba, y yo me entregaba con mucha más franqueza de la que sería habitual con un desconocido. Le hablé de lo duro que había sido saberme separada del resto del mundo, de esa sombra que flotaba constantemente en mi cabeza ante la certidumbre del dolor causado, de entender por fin que nuestros males no son sólo nuestros…

—La sinceridad —me dijo rellenando su vaso— es una virtud peligrosa.

También le hablé del voluptuoso sol ecuatorial, de la incomparable belleza de aquellas noches grandes, negras, salvajes y plagadas de estrellas… Pero aunque yo hablaba con auténtico entusiasmo de mí misma, no tardé demasiado en comprender que lo que a él le interesaba era hablar de mi madre.

—Vicky —comentó con una voz capaz de engatusar a la audiencia en un programa de radio—, además de ser una compañera generosa y entregada, era un genio. Cuando se ponía a trabajar lo hacía con auténtico fervor, de modo que Luisito y yo teníamos que retirarnos a la cocina para no distraerla. Y cuando nos echaba una mano para domesticar a tanta fiera desatada en forma de intersección axonométrica, era tal su paciencia que deseaba ser abducido por una nave extraterrestre para ocultar mi vergüenza.

Daba la impresión de que conocía a mi madre mucho más de lo que daba a entender... Incluso alguna de las anécdotas que se le escaparon apuntaban a algún que otro interés más allá de la pura amistad. Más profundo. ¿Quizá por eso había querido que fuera a verlo sola? —'Otra de sus extravagancias', había dicho Luisito—. ¿O para poder soltarse más, mientras yo, inclinada hacia delante, escuchaba con la boca abierta?

Fue como una premonición.

— Te gustaría saber por qué te he dicho que me gustaría que vinieras —dejó caer interrumpiendo el curso de mis pensamientos.

— Bueno, no...

— Te mueres por preguntármelo, pero no te atreves.

— Y ahora me lo vas a decir.

Se recostó en el sillón para estar más cómodo.

— Por supuesto, por supuesto... Resulta que eres el vivo retrato de tu padre —soltó de repente, sonriéndome con desgana.

— Cuestión de ADN. El código compartido, ya sabes...

Permaneció un momento en silencio, con gesto de preocupación, como si se le resistieran las palabras.

— Claro. Antes de verte aún cabía la posibilidad de que fueras hija mía.

"¿Será algún problema de pronunciación?" —me quedé con los ojos muy abiertos mirándolo sorprendida—. "¿O está chiflado?".

— Tuve un papelito secundario en la película de tu madre —apuntó en el tono que propicia una confidencia—, quizá el momento estelar de mi vida

No tenía la certeza de estar procesando de manera correcta sus palabras Se me hizo un nudo en la garganta, no podía tragar, no podía hablar. El silencio pareció dilatarse entre los dos, y sólo el tintineo del hielo contra el vaso de cristal me devolvió a la realidad. Ante mi asombro continuó con un carraspeo.

— Hay cosas para las que sólo hay un antes y un después, y cuanto más te alejas en el tiempo, más peso gana lo que pasó. ¿Existe, fuera de los boleros, la posibilidad de una herida tan profunda que marque tu vida? —se preguntó sosteniendo el vaso con descuido, pero muy consciente del gesto—. Cualquiera en sus cabales te diría que no, pero yo creo que sí. La mía ha sido el deseo. Un deseo desmedido, casi enfermizo, por tu madre.

Sentí un cosquilleo por el cuero cabelludo; no estaba preparada para una situación tan absurda. Esperaba la charla intrascendente que tiene lugar con un viejo amigo de la familia, recordar algún detalle medio olvidado mientras se ordena y acomoda la memoria, anécdotas seguidas de algunos comentarios, en fin, todo lo que hace la gente cuando conoce a la hija de una amiga. Pero oyendo lo que estaba oyendo, incluso oyéndolo de quien lo estaba oyendo, me resistía a admitir que aquello fuera cierto. Demasiado ridículo. Incapaz de abrir la boca, sentía cómo mis músculos se tensaban.

—Las contradicciones del amor... Por más que te alejes, la emoción persiste, más viva que la vida. Ahora que Vicky se ha ido para siempre me doy cuenta de que, si bien durante todos estos años he podido pensar que aquello ya quedaba muy lejos, en realidad ha estado siempre aquí —asintió señalándose el pecho—. He estado con ella todo el tiempo.

Perico rellenaba constantemente los vasos y continuaba sus confidencias por terrenos cada vez más resbaladizos, mientras yo, hecha un lío y consciente de no estar en mi mejor condición mental, intentaba entender lo que me estaba diciendo aquel hombre. ¿Qué estaba pasando?

—Nunca he sido dueño por completo de mi vida, Louise. Nadie lo es. Siempre dejándonos llevar por fuerzas incontroladas, las más de las veces no reconocidas.

"Amén" —me sentí tentada de decirle.

—Ella… Todo lo que tocaba lo hacía suyo. Las cosas se movían o quedaban inmóviles a su voluntad: las poseía.

Para entonces ya estábamos bastante colocados. Nos habíamos hecho, además de unos cuantos whiskys, nuestras buenas rayas de coca y, con cada palpitación me sentía subir el clorhidrato bailando al compás del alcohol por las venas. "¿Por qué me está contando esto? ¿Creerá que puedo ayudarle en algo? ¿Busca consuelo? ¿Absolución por psicosis paranoica?". Está claro que hay amores que matan y conversaciones que curan, Perico necesitaba confesarse, era una obligación para consigo mismo y, tratándose de lo que se trataba, ¿quién mejor que yo para cumplir el requisito? Quizá sea bueno vomitarlo todo de una vez. Cualquier psicólogo de tres al cuarto habría llamado a semejante impulso *necesidad de mostrarse*, lo que no quita para que sea una soberana putada obligar a los demás a compartir tus cargas.

— Sería muy fácil decir que sólo fue un extravío, un rapto de locura, pero no puedo hacer desaparecer la verdad y la verdad es que la quise como no he vuelto a querer a nadie, la quise hasta olvidar por momentos que existía Luisito —me miró con ojos de mártir—, hasta consentir en perder la integridad por no perderla a ella.

"¿Puede estar alguien tan dominado, y durante tanto tiempo, por un asunto así? Incluso puede ser verdad si te lo cuenta un lunático. Quizá este hombre cree que es Clint Eastwood en *Los puentes de Madison* y ha podido controlar su conflicto hasta que he llegado yo".

— Esto es algo difícil de digerir… —no sabía si era yo quien lo estaba diciendo o las palabras salían solas a través de mi boca.

— Tan difícil como suelen serlo las grandes verdades. ¿Sorprendida?

— ¿Tú qué crees?... Pero para eso me has llamado, ¿no? —me atreví a contestar tratando de suprimir cualquier temblor en la voz—. ¿Todavía la recuerdas?

Clavó la mirada en su copa unos instantes. Cuando volvió a hablar lo hizo en un tono más bajo:

— Recuerdo con nostalgia el arrebato amoroso y rememoro con vergüenza mi irresponsable falta de escrúpulos. Me acuerdo demasiado bien de la primera mentira, la primera de las muchas que seguirían. Y cada día que pasaba la mentira se hacía mayor. Vicky, Vicky, Vicky, la chica maravillosa que a los veinte años te hace hervir la sangre, arrasa tu vida y desaparece. Y aun así, la añoranza del paraíso perdido, todavía a día de hoy, es difícil de soportar... Dicen que el amor no sobrevive al tiempo, pero a veces, sí, a veces sobrevive —hizo una pausa con el vaso suspendido a medio camino hacia sus labios, donde me pareció que estaba buscando las palabras—. Recuerdo las noches hurtadas al sueño, preñadas de temor a ser descubiertos. Y los terribles días que siguieron, donde la consternación alcanzó el terreno de lo sublime, cuando aún era todo posible en brazos de la mujer amada. Me he pasado cuarenta años desplegando esas imágenes en la cabeza. Resucitándolas.

Me sorprendí a mí misma conteniendo la respiración mientras me clavaba las uñas en la palma de la mano. Aquello era una revelación cada vez más desquiciada. A Perico el pesar parecía sacudirle; sus palabras llevaban implícitas tal tono de súplica que me era imposible contestarlas. "Pero las miserias no pueden idealizarse. Ni magnificarse. Ni revestirlas con palabras hermosas".

— Al principio mentíamos con preocupación, pero de forma convincente, y él nos creía a pesar de todo, aunque quizá ya tenía motivos para no hacerlo. Después nuestros encuentros iban seguidos de explicaciones cada vez más confusas... Cuesta creer que pasara todo aquello sin levantar sospechas.

¿Qué camino se estaba abriendo ante mí por boca de este hombre enloquecido?... Como si estuviera buscando algo y no supiera qué. ¿Acaso pretendía establecer un vínculo de deslealtades? Yo con mi madre, él con mi padre. ¿O estaría, simple y llanamente, disputándole protagonismo al amigo? Dejó el vaso vacío sobre la repisa de la biblioteca y se levantó con paso inseguro hacia el mueble bar para acercar más hielo.

— Sé lo que estás pensando —se dirigió más a sí mismo que a mí, con la sutil afectación de quien se siente juzgado—. ¿Y éste es el mejor amigo de mi padre? Buena pregunta, Louise, buena pregunta.

— Estoy esperando que la respuesta sea igual de buena —sonreí consciente de no estar siendo muy caritativa.

— Es una pregunta difícil de contestar.

— Ya sé que la mayoría de las preguntas importantes no tienen contestación fácil.

— Hace cuatro décadas que me la estoy formulando y aún no he llegado a nada —esbozó lo que apenas era una mueca escéptica—. A veces resulta difícil mantener la autoestima: el eterno dilema entre la traición y el deseo que yo no supe resolver. ¿Tú qué crees?

"Creo que es una historia de mierda más que pretende ser la única historia. ¿Debería decirle que hay suicidios justificados o que, en ocasiones, hay buenas razones para suicidarse?". Una vez más convoqué la calma antes de contestar.

— Verás, pienso que cuanto más rigor impongas a tus razonamientos, más condenado te verás en el conflicto y mayor desorden habrá en tu cabeza.

— Tienes razón —añadió pensativo, dejándose caer otra vez en el sillón.

—A buen seguro te dirías que si tu *socio* no se enteraba era casi como si no hubiera pasado y llegado el caso, si se enteraba, tal era la pureza de tus sentimientos, un buen amigo siempre sería capaz de perdonarte —lancé un bufido poco compasivo—. Te acusas de traición, pero siempre puedes echar mano del azar. O culpar al destino —quizá Perico no estaba tan bien preparado como creía para mi visita, tal vez no era yo la única sorprendida—. La cuestión es: ¿te lo pasaste bien? ¿Qué más quieres?

Aquellas palabras le dejaron mudo. Durante unos segundos frunció los labios con desaprobación.

—Es muy fácil juzgar las cosas retrospectivamente, pero en aquel momento yo no podía ver más allá. A pesar de las llamas de culpabilidad que me abrasaban, necesitaba arder en ese fuego; obsesivo, devorador —volvió a llenar su copa—. La pasión te devora, y uno encuentra cierta satisfacción en ser devorado. Me bastaba un beso, otra caricia, para que el sentimiento de culpa quedara compensado. Cuando estaba con ella me olvidaba de todo, la vida era en sí misma algo mágico, aunque después de tres semanas, y eso fue todo lo que duró, nada encajara. Sólo más adelante, desde la soledad de la memoria, tomé conciencia de lo que habíamos hecho —chasqueó los dientes, asintiendo con la cabeza como si, más que nada, quisiera convencerse a sí mismo—. Fue después de su marcha, cuando me encontré habitando un mundo diferente.

Cuanto más escuchaba más crecía mi agitación, el hormigueo en la lengua y el resquemor en las tripas.

— ¿Es ese sufrimiento realmente necesario? —le dije para salir del paso.

Me miró como si hubiera planteado un complicado enigma.

— Tal vez lo considere el reverso de una felicidad que no pude rechazar.

— ¿No te resulta demasiado cansado?

— Lo malo es que no puedo elegir.

— ¿Y qué puedes hacer? ¿Convencerte de que no has hecho lo que has hecho?

— No. Es mi experiencia. Se hace lo que se hace por decisión propia: la inevitabilidad es una excusa… Puede que mi relación con el mundo tenga que ver con este lío. Cuando pasa algo así, nunca sales ileso. Duermo mal y a menudo esta historia aún se mete en mi cabeza.

— Quizá un exceso de contrición aumente el contenido de ácido clorhídrico en tus jugos gástricos — convertí mi sonrisa en una mueca irónica.

Perico volvió a llenar su vaso con mano vacilante, se rascó la cabeza y bajó el tono de voz:

— Cuando veinticuatro horas después de nuestro primer encuentro me pregunté qué estaba haciendo, tuve la tentación de sepultar mi falta transformándome en un personaje romántico, un papel más bien socorrido que ayudara a hacer más soportable la vergüenza.

"Y con el tiempo te has transformado en un héroe trágico. Pero si miras hacia atrás tu vida no tiene nada de heroica", pensé con cierta desgana. "Quizá sólo estés enamorado del personaje que has creado de ti mismo".

— ¿Lo conseguiste?

Se concedió un trago largo, tan largo como el tiempo que necesitaba para pensar.

—Sólo a medias, es más fácil esbozar el personaje que convertirlo en real —contestó sacudiendo la cabeza.

—Tampoco es que las circunstancias fueran las mejores.

—Las circunstancias eran favorables, ya que conferían a nuestros encuentros una extraordinaria intensidad.

—Comprendo.

—El amor es pasión y a veces no tiene mucho que ver con las ideas, los preceptos y las reglas.

—Puedo suponerlo.

—En los momentos críticos, la relación de la gente con sus principios suele ser bastante flexible.

—¿Eso también lo hablabais entre vosotros? —traté de articular la pregunta de forma razonable.

—No hablábamos. O hablábamos poco. Hablar de Luisito en el momento de la deslealtad hubiera sido de muy mal gusto. Cuando lo hacíamos era de forma atropellada y, casi siempre, la cosa derivaba hacia un *mea culpa* sin acabar de formarnos una idea definitiva.

—¿Llegasteis a plantearos una relación de futuro?

Me echó una rápida mirada.

—Me vi metido hasta el cuello en un juego sin tener ni idea de sus reglas y en el que habría de perder la partida; yo era el único que trataba de descifrar una vida que existía sólo en mi imaginación.

—No lo entiendo.

—Ni yo… Sobre todo, yo. Soy arquitecto, no psicólogo.

— ¿Qué quieres decir?

— Quizá nos faltó tiempo, al menos es lo que me da por pensar cuando me siento caritativo. Y el poquísimo tiempo del que disponíamos lo gastábamos en follar. Hacer el amor nos liberaba los sentidos y me arrastraba a soñar —la sonrisa de Perico se iba ensanchando—. Nada mejor que soñar y follar, porque mientras follábamos podíamos también levitar, elevarnos sin necesidad de pensar. Cada momento era un fin en sí mismo: la combinación de cannabis y hormonas dejan de lado cualquier reflexión.

— ¡A quién se lo dices…!

— Aquel verano pasamos ratos tan gozosos que los días se pierden en una nube de felicidad —exclamó con el rostro encendido por el alcohol—. Soy consciente del brillo engañoso que tiene la memoria, pero Vicky era el sueño hecho realidad, estar con ella me transportaba a un mundo de fantasías que tenía mucho que ver con lo divino. Por momentos el tiempo adoptaba un ritmo de cámara lenta donde una frase, *te quiero, amor mío, así siempre,* o cualquier otra frivolidad, se magnificaba y podía durar eternamente… Y recuerdo el silencio. No hay silencio parecido al que acompaña al éxtasis. Demasiado hermoso para ser duradero, sobre todo porque Vicky ya sabía que estaba preñada y se iba para no volver.

— ¿Y tú?

— Yo hubiera querido tener una oportunidad, la posibilidad de tomar la decisión más disparatada de mi vida, porque ya me explicarás qué hubiera podido hacer yo con vosotras dos en Estados Unidos. Pero no deseaba protegerme a mí mismo, estaba loco por ella, la necesitaba. Yo necesitaba a tu madre, pero tu madre no me necesitaba a mí. Sólo hubiera sido una carga.

Me miró muy pasado. Yo me mantuve en un silencio incómodo.

— Hay cosas, hechos, que te obligan a abandonar tus ilusiones —concluyó en un susurro.

Perico, con su frente recta, su nariz corta, la boca carnosa y su recio mentón, debió haber sido muy guapo. Un chico de película, ahora maltratado por el alcohol, que no se hubiera adaptado a las exigencias de Hollywood únicamente porque resultaba demasiado bajito. En realidad, no sabía qué pensar, la idea de mamá, conmigo dentro y follándoselo a espaldas de mi padre sabiendo que su futuro estaba lejos de los dos, me roía cualquier otro pensamiento más noble que rondara mi cabeza. ¿Qué impulsaba a mi madre para hacer lo que estaba haciendo? Comencé a sospechar que su móvil no había sido la belleza de Perico, ni su propia debilidad, sino más bien el interés. ¿Era posible que lo utilizara para alejarse de Luisito? ¿Emborronar sus sentimientos, vía vaginal, para satisfacer una justa ambición? ¿Sabiéndose embarazada? Demasiado humillante, joder. ¿Y qué pasaría por la cabeza de un chico como Perico al darse cuenta de que tampoco él era el elegido, que sólo había sido utilizado como herramienta de abandono o desaparición? La idea que estaba prendiendo en mí me resultaba de lo más verosímil, tenía la sensación amarga de estar siendo víctima de otra broma pesada.

— A medida que se acercaba el día señalado —continuó Perico con la atención centrada en el color dorado de su whisky—, la congoja se iba convirtiendo en alarma. Me parecía injusto el papel que me había asignado tu madre, conduciéndome a un callejón sin salida. No entendía por qué se tenía que ir a trabajar a una ciudad lejana —"por mucho Nueva York que fuera"— ni que hubiéramos cometido las traiciones que cometen los amigos perversos y las novias volubles en las novelas baratas. Aquella idea me parecía tan terrible que no creí que la pudiera borrar.

—¿Y has estado guardando el secreto desde entonces?

—Rememorando una y otra vez las horas que pasé con ella, esforzándome en recordar el tono exacto de todas las palabras, tratando de obtener versiones donde pudiera descargar la culpa.

—Con los años que llevas debes ser ya todo un experto —no me pareció que captara la ironía.

Perico había vuelto a poner mi vida patas arriba. ¿Por qué tenía que ser necesaria esta conversación? Sus palabras me habían invadido, el equilibrio se había roto, me había contado algo de lo que no sabía defenderme.

—Tu madre me dijo que no debía molestarme en ir a despedirla, pero a la mañana siguiente ahí estaba yo para decirle adiós. Era una mañana de verano, azul, calurosa y sin nubes. Ella estaba con sus padres, nunca la había visto tan nerviosa, ni tan enloquecedoramente guapa. 'No te olvides de escribir', le dije mientras el taxista cerraba el maletero. Me quedé de pie, como un tonto, cuando me abrazó y me dio un beso. Y, como un tonto, seguí viendo cómo se alejaban los tres camino del aeropuerto. Vicky iba en el asiento trasero con su madre, la cabeza fuera de la ventanilla, mirando hacia atrás y diciendo adiós con la mano hasta que el taxi dobló la esquina y desapareció. Un instante abrumador donde intuí mi destino. Regresé a casa con las manos en los bolsillos y un calor asfixiante, su voz seguía en mis oídos y por primera vez reparé en lo solo que iba a estar el resto de mi vida. Nunca hasta entonces me había sentido tan deprimido. Cuando llegué, fui directo a mi habitación, bajé las persianas, lié un canuto y me eché a dormir.

"El actor y su público. A la escena sólo le falta el efecto dramático de una tormenta", pensé en decirle, pero… ¿cómo interrumpir a alguien tan metido en su papel? Sobre todo, ahora que el universo entero pertenecía a su memoria.

—Mi primera reflexión coherente, esa misma tarde, fue que tenía que ver a tu padre. Pero esa perspectiva me aterraba, sentía contraérseme el estómago ante la amenaza de mis propios sentimientos. Pensé con amargura que el afecto que sentía por mi amigo se había convertido en algo muy próximo a la angustia.

"Y a pesar de todo, a mi bendita madre la habías canonizado".

—¿Todavía te lo hace pasar mal?

Perico dejó escapar un suspiro redondeando los labios.

—Cuando la falta es de ese calibre, la culpa no se desvanece, incluso se hace más grande. Crece y sigue creciendo hasta amenazar buena parte de tu mundo, porque el mundo siempre te devuelve los golpes. Más de una vez me las he visto meditando en cómo van emparejadas juventud y crueldad, amor y traición —se interrumpió humedeciéndose los labios con whisky—. En mi caso un problema sin solución, porque si tu madre ha sido el amor de mi vida, tu padre era, y es, un amigo. El mejor. Un hombre bueno y, en no pocos aspectos, extraordinario.

Me limité a entrecerrar los ojos. Él adoptó un gesto solemne que tenía mucho de representación teatral.

—Soy consciente de haber profanado el elemento más valioso de mi vida: la amistad con tu padre. Pero, a mi pesar, sigo amando todo aquello que la falsedad y la deslealtad no pudieron alcanzar.

"Toma ya".

—La verdad, Perico, me está sonando a tragedia romántica.

—Y eso a pesar del sentimiento de traición hacia el amigo más querido, algo que ha acompañado mi amor por tu madre a través del tiempo.

—Otra vez… ¿No crees que ha llegado el momento de poner fin a tanta letanía de culpas? Una de las ventajas de la edad es olvidar; hazte un favor, olvídalo.

Nos quedamos en silencio, él mantenía la cabeza gacha.

—¿No quieres contestarme?

Sonrió en tono lastimero, contemplando su vaso.

—Me gustaría poder sumar mi historia de amor a la historia de amor de tu padre, porque mi amor y el suyo siguen existiendo.

Perico se quedó observando el efecto que sus palabras habían producido en mí. La verdad era que tal efluvio de congoja, implicándome, resultaba caprichoso y fuera de lugar, pero su confidencia era tan convincente que me confundía.

— ¿Por qué nos atormenta tanto esa voz que tenemos instalada en la cabeza? —me atreví por fin a preguntar.

Él se lo pensó un instante antes de responder:

— Porque estamos vivos.

— ¿Debería canalizar ahora, tratar de darle un sentido a lo que con tanto empeño he intentado borrar?

Tras un breve carraspeo y otro sorbo de whisky, me contestó:

— En ese terreno no puedo aconsejarte, hay que tener valor para poder hacerlo —en su voz se percibía un rastro de dolor que poco tenía que ver con el alcohol. Las lágrimas acudieron a sus ojos obligándose a girar la cabeza para disimular.

Estaba oscureciendo, las nubes cruzaban un cielo que parecía de plomo. A través de la gran cristalera veíamos caer la noche sobre lo que, sin duda, había sido una tarde muy singular, creíamos estar charlando sólo un rato cuando en realidad llevábamos haciéndolo más de tres horas; la secuencia de copas había empezado nada más abrirse la puerta y no se había interrumpido hasta la hora de marcharme. Apurando la última de un trago, me levanté del sillón con un suspiro y un mal pensamiento: "Esta noche no lograré conciliar el sueño". Y sentí extrañeza por esa madre nueva que me había descubierto el mejor amigo de mi padre.

— Sonia tiene razón, el otoño, o mejor el peso del otoño, se ha instalado en nosotros definitivamente —dijo Perico con unos ojos sin brillo, alcanzándome el blazer del perchero que había junto a la puerta.

Nos abrazamos. Parecía más viejo y más pequeño que cuando, sentado en su sillón, me hablaba agitando los hielos del whisky. Yo sabía en qué tenía la cabeza: el consuelo que buscaba se había revelado como un completo absurdo, y el hecho de haber aparecido yo para causar en aquel cuerpo alcoholizado una nueva crisis de conciencia, me hizo sentir pena por él.

— Discúlpame —se excusó casi en un susurro—. Me he puesto un poco plasta, creo que he hablado de más —parecía la viva imagen del abatimiento.

Intercambiamos un par de sonrisas postizas y cerró la puerta suavemente tras de mí, todavía buscando, sin conseguirlo, las palabras adecuadas para una despedida. Cuando salí a la calle, con un regusto amargo en la boca, la encontré extrañamente desierta, el único sonido era el de mis propios pasos taconeando la acera, mientras que mis sesos, embotados de whisky y emociones, daban vueltas cada vez más enloquecidos. "Perico ha representado su papel y ha conseguido trasladarme su carga, permitiéndole aparecer ante mí mejor de lo que es, o por lo menos de lo que él mismo se considera. Chico se enamora de chica que resulta ser la novia de su mejor amigo, no sería el primero ni el último, ella lo rechaza dándole la patada y fin de la historia. Siempre existe la posibilidad de que ante semejante revelación, su hija descubra que en realidad él ha sido la víctima. Claro que también podía haber probado a tener la boca cerrada y dejar que entre nosotros surgiera algo menos revelador. ¿Por qué el mejor amigo de mi padre tenía que comportarse como un auténtico capullo? ¿Será que el *homo sapiens sapiens* es una subespecie imprevisible?

¿O quizá la plena revelación de la culpa sea el remedio de las almas más débiles?" Tuve la sensación de haber entrado en una historia que me quedaba grande. Nunca había experimentado una confusión emocional semejante, me dolía la boca como si hubiera estado varias horas apretando los dientes. Al llegar a casa entré directamente a mi habitación, me tumbé en la cama y apagué la luz. En cuanto la total oscuridad se cerró sobre mí, inspiré hondo, tensé los músculos del abdomen y dejé escapar una lágrima. Por primera vez desde que se me había revelado la historia pude imaginarlos a los dos entregándose, cuchicheando a espaldas de mi padre, bebiendo y fumando en un espacio vacío con la intención de llegar cada uno quién sabe dónde. Luego me puse de costado y cerré los ojos dispuesta a dormir. Tenía que haber pensado en pedirle algo a Perico para aligerar el ánimo; como no lo había hecho, busqué a tientas el frasco de las aspirinas y me tomé dos.

Anoche no dormí bien, me sentía inquieto ante la perspectiva de conocer a Louise. Y lo que acabo de hacer... ¿Ha sido sólo un gesto? ¿Un gesto inútil? ¿Un acto de penitencia o de liberación? Demasiado complicado para expresarlo con palabras... No sé, aunque debo admitir que me siento extrañamente liberado, en cierto modo distanciado de mi secreto. Sea como sea, me encuentro mejor, casi físicamente mejor. Algo ha cambiado; ha sido como limpiarme por dentro.

En algún momento de esa noche creí ver entre sueños que, en su rostro de comediante, el ingente sentimiento de culpa por su deslealtad cedía a la pequeña satisfacción de confesarla. "Hazme un favor, Perico, cállate ya. No tengo fuerzas para seguir escuchándote. Esta noche no, más no... Hijo de puta".

Todo aquello me resultaba muy penoso, una no puede creer que pasen esas cosas y de repente descubre que sí, que pueden pasar y pasan. No es que yo sea mujer que se rija por excesivas convenciones en la vida, pero te guías por criterios de lo que está bien y lo que está mal. Los tienes, ahí están. Quizá sean cosas olvidadas, seguramente naderías que te enseñaron cuando niña, desde los cuentos de princesas que te leían en la cama, donde imperaban el amor y la justicia, hasta las historias morales del colegio. Hay que aceptarlo. Pero entonces, ¿quién era en realidad mamá? Perico había puesto su identidad en un terreno que reclamaba acalorada discusión. ¿Qué hacer si te cuentan que tu madre, a quien has tenido siempre en lo más alto del pedestal, se ha estado follando indiscriminada y simultáneamente a su novio y a su mejor amigo, ambos fritos de amor por ella? Lo normal es que te den escalofríos, o al menos que te alteres un poco, si es que no te da un ataque de vergüenza. Resultaba difícil reconciliar todo lo que me había contado aquel inconsciente muerto de remordimientos, con la madre que bajaba conmigo a jugar al parque, me enseñaba a pintar con lápices de colores y a mirar atentamente a ambos lados de la calle antes de cruzar. Por eso, porque estás ligada a ella por lazos afectivos muy sólidos, hay que encontrar la forma de justificarla, aunque para ello tengas que renunciar a los principios más elementales de la lógica y hacer algunos cambios en cuanto a la forma, dimensiones y relieves, en la topografía de tu conciencia. "Una historia que sólo imaginas cuando has bebido mucho, surrealista como tantas en el mundo y, sin embargo, real, como tantas en el mundo". Puedes repetirte eso y que los caminos de la abnegación son escarpados, llenos de sinsabores, amarguras y contratiempos. "No puede haber una moral única. Mamá se vio obligada por las circunstancias propias de la época: mujer, embarazada, y en la España de los setenta. ¿Eso debería haberla asustado? De no haber hecho lo que hizo, nunca hubiera llegado adonde llegó, y cuando sabes lo que quieres hacer, tienes que hacerlo rápido". Las traiciones más abyectas siempre empiezan así, con mentiras y ocultamientos, pero tienes que dejarte convencer: 'no había más remedio, tenía derecho a elegir su vida, piensa en la fuerza de su vocación, mira todas esas magníficas construcciones salidas de su privilegiada cabeza, ella había nacido para volar alto'… Tenía que ser fuerte, incluso confeccionarse sus propias leyes. Es el sacrificio que se impone a los genios, lo que les permite olvidar buena parte de las reglas que rigen los compromisos del común de los mortales, lo que justifica lo injustificable, reduciéndolo todo a la consecución de un logro. Son cosas que has oído decir, observaciones de los demás, o lecturas de algún libro prestado.

Nadie había dicho que fuera fácil. Si aprender a reinterpretar el universo fuera tan sencillo, lo haría todo el mundo. "La historia puede tener incluso connotaciones de heroísmo", sólo que yo no tenía el menor interés en ser la hija de una heroína; sencillamente, no quería perder la memoria de mi madre. La *realidad* es muy resbaladiza, y como dijo el poeta, haciéndose oír con fuerza por encima de toda la música de violines que yo quiera imaginar, *aquí no se salva ni Dios, lo asesinaron.*

Si alguien le preguntara cómo se encuentra, cosa que nadie tendría por qué hacer, Louise respondería que está hecha *a fucking mess*, metida hasta el cuello en otra ridícula experiencia acerca de cómo ser lanzada al espacio exterior, simplemente con las palabras más inoportunas y una sonrisa de disculpa. Después pensaría: "Ya de nada puedo estar segura. También puedo adoptar la sabiduría del avestruz y fingir que hemos hablado del tiempo. Pero lo sé, y sé que lo sé. *Jesus fucking Christ*, van a ser por lo menos doce meses de terapia… ¿Será preciso continuar, después de veinte años, con este proceso de erosión personal?

Quizá haya un distanciamiento que sea el adecuado para medir a un hombre; con Perico yo tardé un poco en encontrar esa distancia. Estaba furiosa con él, y no por sucumbir a una trampa de la que jamás hubiera podido salir limpio, sino por bocazas: él sabía cosas que yo no tenía por qué saber y, desde luego, cabía suponer que no iba a estar ansiosa por saberlas... También sospechaba que el recuerdo de mi madre era sólo una excusa para aliviar la propia frustración. Finalmente concluí que *el problema* no debería afectar a la relación establecida entre los dos amigos, y a partir de ese momento ambos se repartieron el papel de padre. Papá únicamente pretendía que, después de tanta peripecia desdichada, gozara de la vida, era una nueva etapa que yo había alcanzado a través del dolor y debía disfrutarla. Nuestro cariño estaba por encima de la banalidad del mundo... Mientras que Perico, sin entrar en razones ni pasar por la criba del discernimiento, estaba celoso; aseguraba que si me quedaba más tiempo con Luisito era porque lo quería más a él. A veces llegué a preguntarme si en el fondo no estaba deseando gritar cuando me veía salir del brazo con mi padre. En esas ocasiones cruzábamos una mirada de complicidad, poníamos los ojos en blanco y se nos aflojaba la sonrisa... Pero los dos, a su manera, me adoptaron con absoluta determinación, mostrándome toda la ternura de la que eran capaces.

3

A Perico le había sido imposible amar a nadie más. Por supuesto, había habido mujeres en su vida: en la cama y en el salón de su casa, haciendo el amor, oyendo música o jugando al ajedrez. Incluso las había arrastrado a las barras de los bares mientras él, con ojos de nostalgia, pasaba de una copa a la siguiente contándoles la historia de la humanidad... Tal vez, pensaba, el mundo femenino había desarrollado una curiosa inclinación por los regalos caros, las joyas de diseño y los arquitectos solteros. Algunas mujeres le habían gustado un poco y, aunque nada justificara que no fueran a acabar siendo buenas amantes, esposas, o amigas íntimas, siempre se había resistido a que la cosa llegara un poco más allá. Quizás porque nunca volvió a sentir un genuino deseo, aquella emoción apasionada que experimentara tiempo atrás con Vicky; empezaba una relación, incluso con ciertas dosis de entusiasmo, y luego se cansaba, le aburría —"¿Cómo se puede seguir follando cuando se ha follado con tanto fervor?"—, de modo que las historias se acababan de forma natural, sin rencores, amarguras, ni mayor interés para nadie. Parecía que la vida misma, haciéndose cargo de una situación que no estaba destinada a prosperar, diera por buena cualquier excusa, siendo bien recibida ésta por ambas partes. Y, exactamente de esa manera, el 21 de noviembre del 2011, día de elecciones generales, acabó una relación que ya no daba más de sí cuando Marichu, la que había de ser su última novia, entre dos copas de Martini confesó que había votado al PP. 'No lo entiendes —le dijo Perico—, nunca podría hacer el amor estando sobrio con una mujer que ha votado a Rajoy, un tipo que, al menos por mirar hacia otro lado, debería estar en la cárcel. Sencillamente, no puedo'. Ella, lejos de echarse a llorar, soltó la carcajada. Como las ganas de beber eran inversamente proporcionales a la intensidad de sus orgasmos —decía—, la cosa estaba compensada.

Pero un par de años más tarde, desde hará unos tres meses, se ha encandilado, o ha creído enamorarse, o medio encapricharse por segunda vez, algo que no acaba de explicarse a sí mismo. Las ocasiones en que, sentado en el sillón que le tiene reservado Luisito, levanta la copa y ella vuelve a llenarla bajando la vista hasta encontrarse con sus ojos, son lo más extraordinario que le ha proporcionado una mujer en los últimos tiempos, condenado como está a la soledad del hombre que no ha querido amparo, refugio ni cobijo; castigado a no gozar de las placenteras sonrisas femeninas a las que su ego, sin duda, estaba acostumbrado.

El azar suele sentirse a gusto en el mundo. Ocurrió una mañana de domingo, a finales del segundo trimestre, en que Vicky pensó que estaba sola en casa. Perico pasó a recoger unos apuntes que le había conseguido Luisito, cuando la casualidad quiso que llegara justo antes de que éste saliera dando un portazo. 'En la mesa del cuarto pequeño... Si hay algo que no entiendes, estaré en la *biblio*', le gritó apresuradamente.

Al pasar por delante del cuarto de baño se dio cuenta de que Vicky no había cerrado la puerta. Podría haber desviado la mirada, pero una incontrolable necesidad de mirar le surgía de adentro y sucumbió a la tentación de escudriñar por la rendija; vio su cuerpo desnudo que, alumbrado por una repentina iluminación, salía de la ducha sacudiéndose la cabeza con energía, mientras las gotas salían despedidas en todas direcciones y el agua resbalaba por su cuello... No pudo menos que recrearse en la escena, devorándola, obligando a los ojos a moverse despacio por un cuerpo que era tabú, o debería haberlo sido. Sólo la vio un momento, que alargó cuanto pudo sin perder detalle, retirándose enseguida, no fuera ella a descubrir su presencia. Y ésa fue la chispa que prendió el incendio, el éxtasis culpable que marcó su vida.

"¿En qué estaba pensando? Al ver la puerta abierta tenía que haber vuelto los ojos y, sin embargo, he seguido mirando, recorriéndola de arriba abajo". No pudo evitar sentirse avergonzado. *¿Qué estás haciendo, Perico?* Pero tampoco podía apartar la imagen de aquel cuerpo: una preciosa criatura de hermosos pechos, talle esbelto y abundante vello púbico. "Tan guapa que ningún hombre habría resistido el impulso de mirarla", se tuvo que decir a modo de disculpa. Fueron necesarios un par de canutos de buena mañana, y un considerable esfuerzo, para relegar el cuerpo de Vicky al último rincón de su conciencia. "Ese pelo recogido le añadía al cuello tanta sensualidad... Tenía que estar uno ciego para no quedarse contemplándola". Casi podía oler el jabón, olfatear su intimidad. Por más que lo negara, esa mañana había mirado a Vicky con ojos diferentes. "¿Había habido deseo? Sííí. ¿Intención erótica? También". Era culpable. Se sentía culpable; sentía que lo era. Lo sabía.

Aquella noche, en mi deambular por la casa subiendo y bajando persianas, encendiendo la tele, poniendo música y preparando canutos a pares, acabé haciendo una bola con mi ropa y metiéndome en la ducha con la botella de whisky en la mano. Cerré los ojos, apoyé la espalda en los azulejos de la pared y me deslicé hasta el suelo. Deseaba a Vicky como no había deseado nunca a nadie, ardientemente fantaseaba con poder acariciarla, codiciaba tenerla entre mis brazos bajo el agua caliente, imaginaba el fresco olor a canela y limón de sus axilas sin molestarme en pensar en cómo había llegado a saberlo. Mis manos no dejaron de temblar ni un instante mientras me masturbaba. Si Luisito o Vicky, o peor aún, si ahora Louise, después de lo que le he contado, me hubiera visto así... Quedé sumido en un estado de profunda inquietud, pensando en lo que no se puede perdonar cuando sucede lo que no puede suceder. "Y con la novia de mi mejor amigo". La aplastante verdad de aquella acusación acabó de obsesionarme. "Perdóname, Luisito, joder".

Estaba viviendo un infierno. "No soy más que un maldito y jodido idiota al que la chica de su colega más íntimo está precipitando al abismo". Aquello era más de lo que podía soportar. ¿Qué coño estaba haciendo? Una parte de mí hubiera querido sacudirme de lo lindo... Hasta que ya no pude contenerme y rompí a llorar. Y así, sentado sobre el suelo de la ducha, mojado y pasado de lágrimas sin hacer otra cosa que no fuera respirar, intuí la clase de tío que era Luisito, comprendí lo que ahora ya sé, lo que siempre he sabido: un amigo de sus amigos que es más hombre, más fuerte y más sabio que yo.

Visto cómo sucedieron las cosas, cabría preguntarse si la falta de anclaje de Luisito, hasta la llegada de esta hija que lo ha cambiado todo, no sería por creer que implicarse demasiado es como jugar a los dados. Si lo mío sirviera de ejemplo no se podría confiar en nadie. Crees que conoces a la gente, pero nunca llegas a conocerla del todo; por lo menos a tipos como yo. Si llegara a sospechar de mí, ¿cómo podría estar, nunca más, seguro de nada?

Y a la noche siguiente soñé con ella: el mismo cuerpo desnudo, contemplado, admirado y deseado en la ducha. La habitación en penumbra, Vicky tumbada junto a mí, sobre las sábanas de un blanco inmaculado... y cuando puso su cuerpo encima del mío, me desperté teniendo todavía en la cabeza la experiencia vivida ante la puerta de su baño.

Pasaron los días: aquella imagen persistía y, aunque al principio yo le ofreciera cierta resistencia, la frontera entre el remordimiento y el premio del orgasmo era cada vez más débil, a fuerza de querer y no querer pensar en ello. Un lío magnificado por una fantasía que no podía olvidar el cuerpo de Vicky ni el rostro de Luisito. Imposible poner punto final a todo eso, soñaba con ella mientras dormía y soñaba con ella despierto, con más intensidad todavía. La mente culpable no descansa, los pensamientos se suceden demasiado rápidos como parte del propio castigo. "¿No voy a poder desprenderme de esas imágenes que rondan mi cabeza?", me preguntaba, ya sólo cuando me lo preguntaba, porque Vicky seguía desnuda, protegiéndose mal que bien el cuerpo con las manos, sin llegar a ocultar del todo la suave curva de su vientre ni el frondoso vello de su pubis. Estaba descubriendo el torbellino que se crea cuando deseas lo que no debes; durante semanas mi rostro comenzó a mostrar rasgos enfermizos, ausencia de color y bolsas oscuras por debajo de los ojos. Apenas podía dormir pensando en ella. Por mucho que lo intentara no dejaba de imaginármela arqueando el cuerpo mientras yo le acariciaba los hombros desnudos. Quería estar con Vicky más que cualquier otra cosa en el mundo y al mismo tiempo verme libre de deseo. Todo tiene su momento, ella era la mujer más inadecuada para ese momento y, aunque la cosa no fuera comparable al pollo que montó Paris con Helena, quería —"¿quería?, tampoco es que lo quisiera del todo, mucho menos esa parte de mí que enloquecía de deseo"— dar por zanjado un asunto que me destrozaba los nervios. Ni que decir tiene que por aquel entonces no tenía ni idea de lo que iba a suceder.

Aquella mirada furtiva me había vinculado a su cuerpo de manera perversa, de forma que en los días que siguieron, cuando nos encontrábamos en la Escuela, el recuerdo del cuarto de baño todavía me atormentaba, haciéndome sentir como si el azar me hubiera obligado a ocupar un lugar en nuestro círculo de íntimos que no me correspondía. Y, desde luego, donde de ninguna manera me encontraba a gusto. Mucho menos, feliz. ¿Feliz? Me sentía celoso y no por ello menos avergonzado. ¿Cómo explicarlo? Aunque quizá haya una explicación... Lo siento Vicky, posiblemente desde el cielo serás capaz de comprenderlo, porque tal vez no sea yo una buena persona, pero desde hace muchos años, en realidad desde siempre, quizá desde que os vi juntos por primera vez en la Escuela hasta que lo llamaste a él para morir —¿por qué no me llamaste a mí?—, le tengo envidia a Luisito. Tampoco es algo nuevo, hasta donde alcanza mi memoria siempre fui envidioso. Ése ha sido mi pecado, el secreto más vergonzoso que me remite a la infancia, los pantalones cortos y la cartera del colegio: el cosquilleo de los celos deseando las notas del primero de la clase y las canicas de cristal que acababan en la bolsa de otro. Soy envidioso y soy un cabrón. Te codicié desde el primer día que os vi de manos. La primera punzada —*"Cómo se miran esos dos"*—, y hasta ahora. Una envidia potenciada, cómo no, por la vergüenza. Porque Luisito es un tío que cae bien al momento. Le caería bien hasta a tus padres, las mujeres le adoran y el muy cabrón hace siempre lo que le viene en gana... Aunque también es capaz de encandilar a los tíos con esa sonrisa que les hace sentirse halagados. Tiene magnetismo, lo digo yo, que no soy precisamente homosexual. ¿Y por qué estoy diciendo esto? Porque, para colmo, incluso creo que llevo algún tiempo encaprichado, o medio encaprichado, o tal vez tan sólo un poco encaprichado, de Sonia. Aunque, debe ser más bien algo platónico, o un problema mental, porque cuando echo un vistazo fugaz a sus tetas, apenas siento un inofensivo cosquilleo de excitación. ¿Sería capaz de, caso de repetirse con ella la vergonzosa escena de la ducha, ponérmela un poquito dura? Ummm… A veces me reconozco como un hijo de puta y otras veces pienso que tampoco es para tanto. Interpretaciones paralelas. Obviamente nunca se lo he dicho a nadie, ni siquiera a Louise, con quien me sinceré del todo el otro día, o casi del todo, pero es así, siempre he deseado lo que él tenía. Hasta a su hija, que bien pudiera haber sido la mía.

¿Qué podría decirle? 'Ha pasado lo que no puede pasar porque es demasiado grave'. ¿Y dónde? En algún lugar oscuro que no pudiera verme la cara. ¿Y cómo? Seguramente para empezar tendría que tragar saliva con tanta fuerza que me dolería la garganta: 'Te debo una disculpa, tío. No tendría que haberlo hecho. Perdóname. Pero claro, es mejor que no le des más vueltas al hecho de que me follara a Vicky. Entiendo que no hay excusa, soy un gilipollas, ¿qué tengo que hacer?, el mundo está lleno de capullos y yo soy uno de tantos. ¿Decirte que en realidad sólo me la follé dos o tres docenas de veces y que, antes y después de su partida, me la pelé en otro millón de ocasiones a su salud? Apenas nada, hombre, una bobada'. A Luisito se le podría considerar un hombre comprensivo, pero entre ser comprensivo y comprender lo que no se puede entender, media un abismo. Pero, aunque me perdonase, ¿cómo iba a volver a confiar en mí? Entre nosotros se abriría una brecha tan ancha como el mar. Por eso, por todo eso, nunca podría contarle nada, y de poder, tampoco tendría valor para hacerlo.

Acabando de rizar el rizo, me cuesta reconocer que no sólo le quiero, sino que además lo admiro. Aunque le envidie, que lo envidio de verdad, le quiero y lo admiro. Porque tiene cualidades que lo hacen diferente y hace cosas que ninguno de nosotros se atrevería a hacer, tranquilamente, como si él solo se bastara para gobernar el futuro dándole peso y color. Listo como para no aparentarlo ni exhibir que lo es, parece capaz de diseccionar las cosas con claridad en el tiempo que tarda en hacerse un chupito. Para ser claros, si me aceptara, vendería mi alma al diablo por ser su socio. Aportaría todos mis clientes, que dicho sea de paso son bastantes más que los suyos, metería en esa bolsa todo lo que tengo para poder trabajar juntos, y haríamos, estoy seguro, magníficos proyectos. Cuando estoy en su casa, me invade una profunda sensación de bienestar, y hasta alguna vez he pensado si no me gustaría quedarme allí para siempre, dejar la mía y mudarme a la suya, aunque él no tiene nada que yo no tenga, ni siquiera una bodega mejor… En fin, madura de una vez Perico, que ya es hora, Luisito es un ácrata y la jubilación está próxima.

Pero, volviendo a donde estábamos, el sexo tiene sus métodos para distraer la amistad y la imagen de Vicky medio envuelta en la toalla me tenía hechizado todo el tiempo. La emoción que me provocaba era desconcertante. Oler su pelo lleno de fuego, recorrerle el cuerpo con los labios, ahora que podía recordarlo, era el anhelo que se me despertaba en cada porro, y el poder alucinógeno de la masturbación se encargaba del resto. Lo único real en aquella oscuridad era el fogonazo demencial que atravesaba mis entrañas y me sumía en un éxtasis de repetidas hazañas sexuales. Podía oír mis propios jadeos cuando apenas me quedaba aliento y el deseo atenazaba mi garganta... El verdadero alcance de aquella perversión se mostraba en los detalles: podía sentir el tacto de mis manos en su piel, tan tersa, descubriendo secretos y recovecos que Luisito jamás podría encontrar, exploraba el abandono de su sexo adentrándome en ella con el desenfreno más inconcebible. Vicky tiraba de mí hasta los límites de lo irracional, fabulaba con que ella acariciara mi cuerpo, me mordiera gimiendo de placer, me dejara marcas de arañazos en la espalda mientras separaba las piernas y abría su cuerpo absorbiendo mi sexo. Suerte que Luisito no podía verme la cara.

El amor enloquece a los hombres. Había noches que me sentaba junto a la ventana de mi habitación durante horas. Sufriendo. Permanecía sofocado bajo el arrebato de la concupiscencia, imaginando desesperado, con la tensión arterial por encima de cien, las gentilezas carnales que Luisito podría estar procurándole en ese mismo instante. Su espectáculo erótico. ¡Qué trastornado se puede llegar a estar! Me desesperaba porque sabía que en esa cama había mucho sexo, tanto como para echarse a llorar. Y yo no conseguía salvar el trance... En una ocasión estuve tan celoso que me pasé varios días esquivándolo; algo en mí lo hacía culpable de tener lo que yo no tenía. Y de tenerlo por la cara. El caso es que cada vez me sentía menos merecedor de su amistad, y lo peor era que mi indignidad llegaba al punto de que, cuando entraba en crisis, más o menos después de cada acto de onanismo, me limitaba a cerrar los ojos para darme cuenta de que, en realidad, lo que tenía era necesidad de hacerme un *peta*. Así las cosas, no había mucho más que hablar.

El azar va por delante, siempre llega a los sitios antes que tú, amén de que cada cosa tenga su condición, coyuntura, causa y efecto: la puerta, si no hubiera estado abierta… los apuntes, si Luisito me los hubiese dado en mano… ella, si no fuera tan guapa… ¿Hay que maldecir o dar las gracias? Una misma cosa puede tener lecturas diferentes. Mientras la cabeza me indicaba un camino, el corazón, es decir, la chifladura en forma de adoración y aquel jodido ensueño con hechuras de esperanza, me señalaba justo el opuesto. No había foto fija. Uno no puede imponerse el dejar de amar a alguien, obligarse a no estar enamorado. El deseo no es algo que se vaya elaborando voluntariamente, ni poco a poco, se te viene encima como un chaparrón que te deja empapado. Tampoco puedes echarlo a la basura cuando llega, ni siquiera cuando se manifiesta de una forma que puede arruinarte la vida. La tuya y la de los demás…. Bueno, sí, es posible. Se puede sofocar el deseo, pero no fui capaz de hacerlo. ¿Me sentía culpable? Sí, pero no lo suficiente. Me sentía culpable, pero como ese sentimiento era únicamente mío, sólo tenía que justificarlo ante mí mismo y nunca he pensado que mi historia con Vicky, por muchos dolores de cabeza que me haya causado, no fuera inevitable; aún ahora, nunca renunciaría a haberla vivido. Nunca. Hay cosas que no se pueden evitar ni cambiar. Y me temo que tampoco puede haber sincero arrepentimiento, incluso a la hora de reconocer que no me he portado bien con Luisito.

La cuestión es que Perico se enamoró perdidamente de
una compañera de curso que tenía el inadecuado nombre
de Vicky. Inadecuado porque era la novia de su mejor
amigo. Su hermoso cuerpo iridiscente se deslizaba en las
febriles ensoñaciones de sus poluciones nocturnas. Era
un deseo tan brutal e inconcebible de estar con ella que
con frecuencia se encontraba rogando, verga en ristre,
que le estallara la cabeza.

Y entonces ocurrió, cuando las clases habían llegado
a su fin, en una de esas insólitas metamorfosis a las que
la vida nos tiene acostumbrados, Vicky se convirtió en su
amante. Cayó en sus brazos con auténtica sorpresa,
asombro que nunca desapareció del todo. Para Perico era
como si ella se hubiera desdoblado con la fuerza de su
deseo, antes formaba parte de Luisito, ahora era parte de
su piel y ambas partes eran y no eran iguales. Milagro.
Prestidigitación a cargo de Eros. Pero aun con el
escalofrío de placer que proporciona el sexo, ¿acaso
suena eso a felicidad? Trajinarte a la novia de tu mejor
amigo es como tener tratos con Lucifer. ¿Hubiera podido
detener esa locura antes de que fuera demasiado tarde?

Demasiado tarde.

Aturdido entre las sábanas, tenía la impresión de no
haber contado nunca entre los vivos. ¿Qué coño había
estado haciendo hasta ahora? Todo me parecía
fantásticamente intenso, la presencia de Vicky en la
cama había cambiado mi forma de ver el mundo,
respiraba como si absorbiera la totalidad del aire que

llenaba la habitación y un calor de orgullo me llenaba el pecho en forma de revelación. '*Esto me está pasando a mí*'. Había sido iniciado en una nueva dimensión de lo auténtico, me bastaba alargar la mano para tocar el objeto de mis deseos. De mi mayor deseo. "Soy *Perico el Predilecto*, la erección perpetua, la antorcha humana, un formidable, fantástico, extraordinario, fabuloso y tremendo semental". Estaba en trance, follábamos al límite y luego nos pasábamos del límite. ¿De dónde sacaba yo las fuerzas para impulsar semejante insaciabilidad? Más que mi sexo ahondando en su sexo, lo que sentía era que mi cuerpo era tragado por su cuerpo, convirtiéndose en el lugar único. Su cuerpo era casi mi cuerpo. Magia. Los mejores amantes son los que están más eufóricos en su dicha, y follar, dormir, estar en la cama con Vicky, besarla, olerla, sentirla conmigo, era lo único que quería hacer durante el resto de mi vida. Ninguna otra cosa. No es que fuera a cambiar el curso de la historia, pero era el mayor triunfo de mi biografía; ganas me daban de aplaudirme a mí mismo. Amarla, poseerla, me producía una sensación de descubrimiento insospechado y, después de cada polvo, la plenitud, la suspensión temporal del mundo, el bendito placer pasivo... Puedo afirmar que la felicidad total existe, un estado del que uno es plenamente consciente las raras veces que puede acceder a él. Yo quería pasar las noches despierto, mirándola, amándola.

— Tal vez algún día me cuentes cómo empezó todo —le susurré a Vicky la primera vez—. Y por qué.

— ¿Cómo llegan las intuiciones, Perico? ¿Cómo suceden estas cosas? Inesperadamente. Algo que ya sabes, pero que no sabes que sabes aparece de repente y la intuición se convierte en certeza. ¿Qué indicios mostramos, qué rastro va quedando, qué señales se envían sin saberlo? Verás, estoy acostumbrada a que los *compas* me miren de todas las maneras posibles, llevo todo el curso oyendo sus risitas o las lamentables excusas que farfullan cuando se han pasado un poco. El caso es que me sé deseable y he aguzado mis sentidos, de manera que, de vez en cuando, en un descuido, advertía las fugaces miradas golosas que me propiciabas.

— Oyéndote da la sensación de que lo sabías antes de que yo me diera cuenta.

— Bueno… familiarizada como estoy con ese amplio abanico de atenciones, lo supe: nadie me miraba como tú, podía oler tus hormonas chisporretear cuando te acercabas. ¿Quieres que siga?

Me acurruqué junto a ella aspirando el olor de su pelo que, por contraste con el blanco de las sábanas, parecía más rojo todavía. Y así estuve un rato, aguardando en silencio. Comprendí que para Vicky mis acechos no habían sido un secreto. Me cogió la mano para continuar:

— Cuando te pillaba en falta, al encontrar mi mirada apartabas la tuya, arrepintiéndote de inmediato con un gesto de renuncia. Otras veces, si estabas muy fumado, te entretenías asintiendo en silencio, como si entre nosotros ya existiera un secreto muy secreto, altamente comprometedor. Y en esas ocasiones, siendo tú el *alter ego* de Luisito, acusaba un extraño rubor que me subía momentáneamente a la cara, aunque debo reconocer que, pasado el primer momento, me sentía tan halagada como confundida.

— ¿Luisito también está al loro?

— Luisito no es celoso. Muchas veces he pensado que es un ángel o es bobo. Adorablemente bobo.

"O confía en los dos", consideré un tanto turbado antes de preguntar:

— ¿Qué opinabas tú?

— Yo me imponía no darle más vueltas al asunto. Cuando más tarde os contemplaba a los dos, hombro con hombro resolviendo integrales, no tardaba en verlo todo de otro modo. ¡Bah!... Cosa de chicos.

— ¿Y...?

— El resto ya lo sabes, *carpe diem*, estamos encamados y tus ojos me están mirando con el brillo de la novedad.

— ¿Eso es todo?

— Relájate y disfruta.

— A mí eso no me basta, también quiero un futuro. El tuyo. El nuestro.

Me lanzó una mirada que no fui capaz de identificar poniéndole nombre.

Aquella primera vez podría haber sido el comienzo de una historia apasionante, la historia de una vida en la que aún podía pasar de todo. O quizá sólo fuera una anécdota. Pero no fue ni lo uno ni lo otro. "Fue todo un sinsentido", me digo con frecuencia, pero no es cierto, sólo que a mí me cuesta admitirlo.

El caso es que lo haces una vez, después otra, luego otra más, y ya no puedes pensar en ninguna otra cosa: Vicky, Vicky, Vicky, flotando por encima de tu cabeza todo el tiempo, un tiempo que tampoco estaba hecho de tiempo, sino de sexo, corazón e inmensidad. No fueron muchos días, pero follábamos hasta el amanecer y dormíamos hasta la tarde sólo para seguir follando, fumando, bebiendo y amándonos bañados en sudor hasta la noche, con una ferocidad que no dejaba de sorprenderme.

Se había abierto ante mí la posibilidad de una vida distinta. ¿No era del todo natural considerar que nuestros destinos, el de Luisito y el mío, se habían intercambiado? Yo quería imaginar el desenlace de la historia como un final en donde él no tenía cabida —"Ya no es *su* novia, es *mi* novia. Iremos juntos a explicárselo"—, pero cada vez que pensaba en ello, algo en la actitud de Vicky lo hacía más difuso, de modo que sentía como si estuviera pasando de un encuentro a otro con la simple aceptación de las cosas, no como yo querría que fueran, sino como se presentaban. El anhelo convertido en necesidad. Cuanto más me acercaba a ella, más llegaba a apreciar la distancia que nos separaba, entendiendo menos cuál era el lugar que ocupaba, como si la intimidad total me volviera más ignorante. Sin embargo, tengo la sospecha de que durante todo el tiempo, ella sabía lo que hacía. Incluso cuando follaba con uno y con otro. Incluso cuando lloraba conmigo. Incluso cuando lloraba, supongo, con el otro. Porque siempre hay un motivo para que las cosas sean de una manera o de otra: la soledad te vuelve sabio.

Entrábamos en nuestra segunda semana de desquiciado idilio y aquel también resultó ser un encuentro singular. Luisito estaba en casa de sus padres después de unas cortas vacaciones en Ibiza con Vicky, y yo estaba en su cama liando un canuto mientra ella preparaba unas copas.

— ¿Volverás con él?

Me aseguró que iba a cortar con Luisito.

— Te necesito a ti —dijo.

— ¿Lo sabe?

— Todavía no.

— Joder… Esto parece una comedia de enredo.

— Más bien estamos hasta el cuello en una tragedia absurda, pero la vida tiene mucho de absurdo, ¿no? —se encogió de hombros—. Pero tienes razón: detrás de una tragedia siempre hay una comedia. Aunque sea también absurda.

— Y para este absurdo me has metido a mí…

Cuando me volví a mirarla encontré la mirada que, sin saber por qué, temía encontrar.

— Será porque este absurdo, Perico, es lo único que puedo imaginar como algo irreversible.

Me quedé mudo. Tras una espectacular tarde en la cama, habíamos llegado a otro silencio demasiado denso. Otra vez un saco de dudas enfrentadas a ninguna certeza, pero supe que cualquier cosa que pudiera decir me haría quedar como un idiota. Todo parecía ir más allá de lo normal, con significados que no conseguía descifrar, y cuanto menos entendía, más poderosa era la fuerza que me retenía junto a ella. Tenía la sospecha de que eran demasiadas las cosas que se me escapaban al correr de los días, las preguntas que, como espacios vacíos, quedaban flotando en el aire sin obtener respuesta, mientras una idea imposible de relegar daba vueltas a mi cabeza: "¿Eres tú, Vicky? ¿Quién eres? Porque cuando estoy con alguien me gusta mirarle a los ojos y saber quién me devuelve la mirada. Sólo los muy desesperados follan y follan y follan tan desesperadamente. ¿Estamos librando una batalla? ¿A qué clase de aberración estoy abriéndole la puerta?" Y esa revelación, la evidencia del descubrimiento, me conmocionó como una bofetada.

Lo que es imposible, no sólo puede ser, sino que de vez en cuando pasa. Me había atrevido a desear algo que no estaba a mi alcance, y ahora que lo tenía no era ni de lejos como lo había deseado, pero ya era demasiado tarde para detener esa locura. Todos queremos algo tan sencillo como poseer al ser amado. Nadie me había dado las buenas noches como lo hacía Vicky cuando apagábamos la luz, ni me besaba con esa entrega en los labios cuando me despertaba. A fin de cuentas, desear lo mismo que Luisito tampoco era mucho pedir. ¿O sí? Quizá nunca había tenido la nobleza que yo mismo imaginaba, tal vez había sobrevalorado mi fibra moral, pero, ¿por qué no podía tener una novia como todo el mundo? ¿Por qué tenía que estar excluido de algo que veía a mi alrededor todos los días? Era como estar invitado a formar parte de un mundo donde, por no ser el mío, no encajaba… Cuando Luisito rondaba mi cabeza había que alejarlo, cuanto más rápido mejor, porque tenía tantas ganas de ver a Vicky que el cuerpo me dolía. Y, sí, aquellos fueron con mucho los mejores polvos de mi vida… ¿Sería, también, el punto de doblez lo que los hacía tan especiales?

Vicky trepó por encima de mí para vestirse. Dos días más tarde daría comienzo una nueva vida para ella. Y para mí. Y para Luisito, que seguía en la inopia. Yo la miraba con cautela, incapaz de saber qué ocultaba esa cabeza, porque el amor incondicional que ambos le profesábamos no parecía formar parte de su ideario emocional.

— Tan cercana y tan lejos. Haces que me duela la tripa; no lo entiendo.

— En realidad es tan sencillo como '*tengo que hacerlo*'.

— ¿Piensas únicamente en ti? Y si eres una iluminada, ¿qué clase de luz te ilumina?

Transcurrieron un par de segundos antes de que ella dijera nada.

— ¿Te has parado a pensar que esta luz que alumbra nuestras vidas, haciéndolas fáciles, agradables y seguras, puede a la vez vaciarlas de sentido por completo?

— La verdad, no…

— Pues, ya es hora de que lo pienses.

— ¿Me ayudas a entenderlo?... Puedes realizar tus deseos a costa del dolor de los demás, mi dolor es una consecuencia, los psicópatas merecen comprensión.

Louise me mostró una sonrisa amarga que llevaba una enorme carga de fatiga.

—La cuestión es qué camino elegir, si el calor de la confortabilidad, refugiándonos en lo cercano, o la intensidad de vivir —respondió con gesto grave—. Intensidad dentro de nosotros que tenga que ver con nosotros mismos. ¿O queremos vivir la vida de otros? Todo lo que no hemos hecho nosotros lo tenemos porque lo hemos visto en la obra de los demás. Pero sin estar allí... Quiero algo más que una buena vida y si no me voy ahora, esta Escuela de mierda volverá a atraparme. América es mi vía de escape, es una elección y la tengo hecha. Quizá no sepa todavía cuál es el sentido de la vida, pero sé cuál es el mío: quiero hacer Arquitectura con mayúscula y sólo podré hacerla si me voy. Tengo una oportunidad, Perico, puedo ser protagonista o espectadora de mi vida. Necesito explorar mis posibilidades.

—Ser o no ser. ¿Te crees Hamlet? Estás obsesionada con que haya un *fuera de aquí*, y aquí también podrías...

—¿De verdad lo crees? Si no lo intento, me habré perdido para siempre. Es un sentimiento que va más allá de lo que te puedo explicar. Y lo lamento.

Permanecer con la boca cerrada hubiera sido el mejor recurso, pero ante la debacle se nos revienta el impulso de seguir hablando. A pesar de saber que debía decir lo menos posible, que todo aquello resultaba degradante para mí, no podía dejar de hablar:

—Estás jugando a algo peligroso, apuntando a una utopía.

—Es posible que haya estado yendo hacia ese punto de utopía desde hace tiempo sin saberlo, pero esta oportunidad me ha puesto con toda claridad las cosas delante de los ojos, proyectando posibilidades cuando antes había sólo intuiciones. Ya no es una utopía, es un lugar donde puedo mostrarme. A mí misma, mi verdadero rostro; tengo que hacerlo.

—*Tener* que hacerlo es *querer* hacerlo —precisé con la lengua espesa por la congoja

Me lanzó una mirada fugaz a la que no respondí.

—Cerrar los ojos y pensar que lo demás no existe, eso es lo que propones...

—Pero éste es el mundo en el que vives, hablas, comes, amas y follas. El que se nota en la piel, no puedes dejarlo al margen. Eres responsable de tus sentimientos, estar aquí conmigo debería bastar para hacerte feliz. Toda la belleza que encierra esta habitación debería ser suficiente. ¿Dónde te vas a meter? ¿Qué se te ha perdido *allí*?

—Es allí adonde debo ir, *allí, allí.* Apuntar a lo esencial. Si cedes a la emoción del momento, perderás el control de tu vida.

—Tienes dieciocho años, ¿cuándo vas a abandonar esas fantasías?

Se sentó en la cama y me acarició la cara deslizando suavemente las manos por mis mejillas, dándome a entender que no le importaba que dijera una gilipollez.

—Mira Perico, casi nunca nos cuestionamos los grandes principios, lo que es *bueno,* o *correcto,* o *normal,* pero es algo que, desde luego, deberíamos hacer las personas adultas... Intento ver las cosas como son, o por lo menos verlas bajo mis propias premisas. Descubrir que lo que siempre se ha considerado intocable por formar parte del *orden natural de las cosas,* no lo es, que todo lo que se dice con palabras puede ser rebatido y lo que creemos una verdad absoluta otros pueden decir que es falso —hizo una pausa, levantó la vista y me iluminó con unos ojos que parecían transparentes—. ¿Entiendes lo que digo? ¿Lo entiendes?

Me negaba a que mi relación con Vicky tuviera que ver con la investigación psicológica. Mucho menos a doctorarme en sus intenciones.

—Entiendo que estás aplicándome un electroshock cada vez que echamos un polvo —me sentía desbordado—. Eso y que vas a dejar a toda la gente que te quiere.

—Y no es fácil, pero no puedo disculparme por lo que voy a hacer. Lo que quiero hacer. Es la oportunidad con la que me despierto y el motivo de levantarme cada mañana.

En la mesilla de noche mi reloj marcaba las ocho y cuarto, diez minutos antes aún estábamos protagonizando una escena idílica, amándonos como locos. Diez minutos antes. "Ahora sólo soy un idiota tumbado en esta cama; ningún Neruda malgastaría un solo verso en este amor desesperado".

—Un osito de peluche, eso es lo que soy. Cuando te aburres lo sacas del armario, cuando te cansas lo tiras a la basura —los ojos de Vicky se llenaron de lágrimas—. La vida no puede ser eso. ¿Quieres convencerte a ti misma de algo? ¿Qué sientes, Vicky? ¿Qué puede latir en un corazón que sólo intenta protegerse con el sexo? ¿Lo estás utilizando como anestésico porque crees que no produce resaca? ¿El sexo como descarga emocional? ¿Acabas de descubrir que los hombres somos

290

intercambiables? ¿Cuántas veces podrás sustituir un cuerpo por otro? ¿Y después qué? ¿En América te seguirás protegiendo del vacío con el coño? ¿Follarás más, menos, o no follarás nada en absoluto? ¿Te tirarás a lo que pilles con tal de que tenga constantes vitales? ¿Para llevar una vida estable se necesita una promiscuidad desenfrenada? —le pregunté acaso con excesiva pasión tratando de encontrar su mirada—. No, Vicky, la memoria del cuerpo es muy larga y no se equivoca, todo volverá a ocupar su sitio y pasarás de estar follando con el coño a masturbarte con el coco... Me gustaría saber qué es lo que estás viviendo.

— Un ejercicio de abandono, Perico —suspiró—, un doloroso ejercicio de abandono.

Su respuesta me rebasó, como si con las manos atadas me hubieran arrancado la lengua. Creo que nunca la había visto tan guapa. Casi fosforescente. Se detuvo ante la puerta y al volverse advertí que continuaba llorando. Calladamente, sin estridencias ni sollozos, las lágrimas resbalaban por sus mejillas de forma natural mientras buscaba las palabras que pudieran sostener lo que llevaba dentro.

— Lo siento, Perico.

Y cerró la puerta. *Plaf.*

El ruido de la descarga en el momento del colapso. Tuve la sensación de que un puño me golpeaba el pecho, porque la capacidad para intuir el dolor no lo hace más fácil. Ni menos brutal. Continué tumbado en la cama, me llevé la botella de whisky a la boca y le di un sorbo. Después otro. Y otro. El alcohol me precipitó al fondo de un pozo donde nada podía salvarse. Todo se volvía más oscuro. "¿Podré volver a ser feliz?"; la pregunta era tan estúpida que, aun a mi pesar, no pude reprimir una sonrisa. Mi cabeza iba de un lado a otro buscando una solución para quedarme en blanco, porque no había dejado de esperar un milagro hasta el último momento y ahora dentro de mí sólo había confusión. Hasta no tener claro ni quién era. Me puse de costado, sentía la necesidad de dormir, apagar la luz y desaparecer. Dormir el resto de mi vida. ¿Cómo explicar aquello que dolía tanto? Y me fui encogiendo, encogiendo... "Ojalá me pudiera morir".

Los amores que no se corresponden dejan cicatrices y te vacían por dentro, haciéndote ver que la luz que iluminaba el mundo se ha perdido. Tardé algún tiempo en recuperar el sueño, lidiando cada noche con el recuerdo de Vicky entre espasmos de melancolía, culpa y añoranza, pensando que en su piel residía la memoria de lo que podía haber sido mi vida.

Hay escalas en las emociones y pecados demasiado mezquinos para destaparlos. Hasta entonces yo creía ser un tipo legal pero, ¿qué se siente al saber que eres un cretino? ¿Cómo sufrir ese sentimiento en primera persona? ¿Qué se hace cuando a uno le remuerde la conciencia? Se folla. Pero eso era lo único que no podía hacer. Porque los auténticos remordimientos me atacaron con toda su furia cuando, al irse ella, no podía conseguir lo que más deseaba. Entonces sí, la imagen de Luisito, aunque cerrara los párpados con fuerza tratando de evitarla, se formaba ante mis ojos sin quererlo. Me atormentaba pensar que podría intuir algo, sospechar un poco, o saberlo todo. Y en mis circunstancias había tres cosas a tener en cuenta: lo que yo sabía, lo que sabía que Luisito no sabía y lo que no sabía si Luisito ya sabía. De momento, quería suponer, me había convertido en parte de lo que Luisito no sabía. ¿Cuánto tiempo tardaría en sumar dos y dos? ¿Se pondría a sumar alguna vez? Cuando pensaba en ello un escalofrío recorría mi espalda: Luisito podrá ser un tipo confiado, pero cuando prenden los celos surge un sexto sentido que intuye lo que, al fin y al cabo, salta a la vista y todavía no se ve.

Una tarde me llamó para llorarme un rato por el barrio del Carmen; hice lo que pude mientras él arrastraba los pies con andares de viejo desgranando letanías de dolor. No pude menos que escucharlo, dándole apoyo a la vez que me daban ganas de correrlo a puntapiés. Después de eso su comportamiento fue normal, claro que quizá se estaba esforzando para comportarse con normalidad. Tampoco hizo ninguna llamada incriminatoria, pero, ¿la ausencia de llamadas incriminatorias quiere decir algo?... Por eso, cuando empezó el curso, donde inevitablemente tendría que encontrármelo en clase, me sentía como un actor vacilante, acogotado por tener que subir al escenario. Y, caso de estar Luisito al tanto, por evitar que me estrangulara. Eso formaba parte, además y también, de la contribución de Vicky para hacer de la Escuela un lugar inhabitable. Pero había que buscarle algún tipo de equilibrio al mundo y, puesto que necesitaba convertir el pasado inmediato en un universo muy distante, ¿quién no se disfraza un poco para ocultar a ese otro yo que se esconde bajo la fachada que adoptas? La traición convierte a cualquiera en un maestro de la hipocresía, pero hay que bordar el papel para no ser descubierto… Y hay que ser muy cretino para, con la mirada asustada y la boca del que intenta sonreír, pero no puede, seguir queriendo acercarse al amigo como un amigo que pretende compartir un vacío. Porque las mentiras no se acaban nunca, se adecúan a la realidad recurriendo a la ocultación para que permanezcan escondidas. Durante veinte años se lo he estado ocultando, y he traspasado tantas veces los límites entre mentira y ocultación, que ya no estoy seguro de dónde termina una cosa y empieza la otra.

4

Después de varios días sin vernos, Perico se dejó caer por casa. Mientras Sonia y Louise se entretenían en la cocina preparando la cena, le serví una generosa copa de Jack Daniels.

—Me ha surgido un encargo en Altea que no estoy seguro de aceptar. ¿Quieres que lo hagamos? —propuse sabiendo que estaría encantado—. No es gran cosa, pero… ¿Te apetece?

Me miró con curiosidad.

—Vas a necesitar más de una copa para que te ayude.

—Tú sigue bebiendo.

Mi amigo tiene una curiosa forma de chascar la lengua con el último sorbo al apurar la copa.

—No sé, tío… Estoy desbordado.

Yo sabía que era mentira. Nos servimos otra.

—Bueno, tú verás, Perico. Pensé que podría ser divertido.

No tardamos en estar achispados los dos, aunque él más que yo, algo a todas luces evidente por la frecuencia con que levantaba las cejas.

—¿Entonces?

Me miró largo rato antes de contestar.

—¿Cuándo empezamos? —preguntó señalando su copa exhausta a modo de respuesta.

—Te llamo la semana que viene.

Volví a llenar las copas sabiendo que, después del numerito, era cuestión de tiempo que acabara dando alguna cabezada. Y roncando. "Porque Perico siempre ha roncado".

— ¿Te va bien el martes?

No obtuve respuesta, se había dormido en el sillón. "Cosa de cinco minutos". Le conozco mejor de lo que él mismo se conoce, lo quiero como es, un poco tocapelotas, y en eso, creo, se basa la amistad.

— Hola Perico —saludé entrando en la sala.

— Cuánto me alegro de verte, Louise —dijo levantándose para darme un beso. Olía a café, vainilla y lavanda. Me pareció que no sólo se alegraba de verme, sino que además estaba en plena forma.

— Oye, hueles muy bien, ¿qué te has puesto?

— Una colonia cara para venir a veros —se desplomó en el sillón.

— ¿Alguna novedad?

— No. Sólo he venido a beber gratis —respondió exhibiendo una sonrisa de oreja a oreja.

— Nosotras os dejamos. Quiero enseñarle a Louise mis últimas compras mientras tomáis otra copa —dijo Sonia desprendiéndose de papá, que la tenía cogida por la cintura.

— ¿No queréis compartirla con nosotros? —le preguntó Perico levantando la vista del escote para dejársela plantada en la cara.

— Vamos, Louise, déjalos que se pongan al día — insistió.

Papá le dio una palmada juguetona en el trasero enfilándola en dirección a la cocina. Por un momento a Perico parecieron centellearle los ojos.

— Te ha mirado raro, Soni —le comenté cuando estábamos en la habitación, ocupadas con los cierres de un bolso.

— ¿Sí? ¿Cómo de raro?

— Devorándote con los ojos.

— Para después tomarse la molestia de disimularlo un poco… Los tipos que tienen encanto, más si tienen cara de patricio romano, miran raro. No pueden evitarlo, es algo consagrado por los siglos.

"Lagarto, lagarto… No sé si Perico es un seductor. Fabulador y teatrero, sí, pero en la trampa que le tendió mi madre no pudo elegir. Sucedió. *Ego te absolvo*".

— A veces es hasta arrebatador —rompió a reír—, sobre todo cuando pone ojitos.

— ¿Qué ojitos?

— Un relámpago de esperanza que de inmediato retrocede al fondo de sus órbitas. Se le podría llamar deleite contenido, ¿te sorprende?

"Insensato sólo en apariencia". Pero no le contesté.

— Además, es el mejor amigo de tu padre. Más que eso, lo adora… tanto, tanto, que no es que le gustaría ser como él, es que le gustaría ser él. Vivir en su cuerpo.

"Y, aunque tú no lo sepas, tal vez por eso sea el hombre que va cociéndose desde hace cuarenta años en el fuego de los remordimientos. Condenado por excesos de juventud y quizá reincidente", me dieron ganas de decirle. Pero continué con la boca cerrada.

— Esos dos dan la impresión de haber estado toda la vida juntos —dijo encogiéndose de hombros—. ¿Habrá algo más maravilloso que encontrar a alguien con quien estás de acuerdo en todo? Jamás les he visto una mala cara.

"Mientras no le tires los tejos…"

Como si me hubiera leído el pensamiento, añadió:

— Así que abogo por la ceguera voluntaria, confinando esos ojitos inocentes al limbo de lo que no se ve o se olvida rápidamente.

Me miró con ojos divertidos y vagamente cínicos. Visto de esa manera, de cerca y en detalle, la cosa no era grave.

— Les he cogido mucho cariño, Soni.

— Ellos a ti también.

Aun así, cuando pienso en la historia de mi madre siento inquietud en el pecho. Pero papá no sabe nada y mamá ha muerto, la única persona que podría poner obstáculos a su sagrada amistad es el mismo Perico y estoy segura de que puede prever las consecuencias: papá no debería enterarse nunca.

Fue una velada como cualquier otra, centrada, entre vivas carcajadas suscitadas por Perico y sonrisas lentas a cargo de mi padre, en la cara dura de Blesa, las cuentas en Andorra de los Pujol, el periodo metafísico de Chirico, las claves del sonido *power pop* de Autos Detroit, y más de una decisión cuestionable en los asuntos Grexit&Brexit. A eso de las once, algo cargada de whisky, les di un beso de buenas noches a los dos y me retiré a la habitación sumida en un runrún.

El azar. Si papá no se hubiera unido con mamá cuando lo hicieron, en ese preciso momento, yo no estaría aquí. Cuestión de un nanosegundo entre todos los demás nanosegundos de una historia sexual entre tres amigos... Me dio por pensar qué hubiera pasado si Perico hubiera sido mi padre. ¿Habría sido lo mismo? ¿Vendrían Sonia y papá por casa tanto como viene Perico? ¿Habría caído aquel Luisito, joven e inmaduro, en la misma trampa?... ¿Y yo? ¿Miraría a papá como miro ahora a Perico? ¿Miraría Perico a papá de otra forma, advirtiendo la tristeza infinita que le dejó mamá? ¿El vacío de mamá en su vida?

Pero, ¿qué sabré yo del amor paternal? ¿Qué niña hubiera sido yo creciendo al lado de mi padre? Y mi padre, ¿qué opinión tendría de mí? ¿Cómo habría respondido a mi ingreso en aquella comuna de locos? Nunca lo sabré... En otro tiempo añoraba tanto tener un padre que a veces hasta me dolía el corazón. Echaba de menos su presencia, aunque sólo fuera para preguntarle por qué no había venido a América con nosotras. ¿Quién sería? Ni idea. Y me embargaba un anhelo impaciente por saberlo. ¿Qué clase de vida llevaría? Tampoco podía responder a eso. En fin, vamos a dejarlo o terminaré por ponerme sentimental. Es muy posible que las hijas de madre soltera, así mismo solteras al alcanzar la madurez, tengamos cierta inclinación a la sensiblería.

Durante mucho tiempo había intentado convertirme en alguien que, sencillamente y sin complicarse, vive su vida, o intenta vivirla como alguien que, sencillamente y sin complicarse, la vive. O como cree que debe vivirla alguien que, sencillamente y sin complicarse, la vive para que le guste vivirla. Y todo eso a pesar de mí mismo. Ahora bien, ¿había sido alguna vez el hombre que hubiera querido ser? Fueron demasiados años dedicados más a verlas venir que a sentir, incluso podría decirse que había vivido sin apenas sentir, una vida carente de calor. Pero apareció mi hija y empecé a sucumbir a su inevitabilidad, experimentando de manera espontánea una insistente fuerza de atracción hacia su persona. Una lotería que me había tocado precisamente a mí. ¿Quién lo iba a decir? No había sido por méritos propios, no, pero la vida de un hombre tiene que cambiar después de algo así. Uno es uno antes de eso y no puedes seguir siendo el mismo después; su integridad y su coraje hacían posible esa deriva. Tomé conciencia de mí mismo como nunca lo había hecho, empecé a revivir cosas que me había empeñado en olvidar, emociones que no había sido capaz de volver a sentir. Con ella me llegó el sentido de la propia identidad y sentí sus efectos. Su poder. Supe lo que era, lo que había sido y lo que podría llegar a ser. Más allá de los primeros sobresaltos, tenía una sensación de seguridad que no había tenido nunca, a mis años estaba perdiendo el miedo. El compromiso adquiría una dimensión real, más profunda, había llegado el momento de aceptar los retos, amar a mi hija y hacerme digno de ella. Incluso había sentido una mengua en mi devoción por el whisky, Louise ocupaba hasta tal punto mi mundo que la antigua obsesión había quedado atrás: decidí dejar de beber. Quizá no del todo. Durante algún tiempo. La vida era una posibilidad nueva que aún no tenía nombre, me colmaba una extraña sensación para la que no existe otra palabra que no sea bienestar, porque sólo se puede estar satisfecho habiendo perdido el miedo y puedo decir que Louise despertó en mí una energía que todavía me dispara el corazón. Por fin empezaba a ver las cosas como eran. Y creía entenderlas: tenía una familia y el mundo volvía a encajar en mi cabeza. Es más, estaba instalado en su centro, el centro del mundo, un lugar que nunca hubiera soñado con alcanzar; ni siquiera que pudiera existir. Pero estaba. Estábamos. Louise y yo. Y Sonia, también estaba Sonia. Todo es más fácil cuando la vida acaba de volver. Y si esto es la afirmación de estar vivo, ¿por qué estuve ciego durante tantos años? ¿Por qué había pasado buena parte de mi vida huyendo? Resulta que cuanto más estúpida es tu vida, más grande es la verdad que oculta.

En el centro del mundo había mucha luz… Era Louise, alguien con el prodigioso poder de transformar a un hombre perdido, su aparición lo cambió todo, creando de la nada un círculo de esperanza que se extendió a nuestro alrededor, haciendo del mundo un lugar menos anodino. Lo que fue, cobró nuevos significados: ser querido por alguien a quien quería querer, que ese alguien confiara en mí… ¿Demasiado sensiblero? Nunca me había sentido tan cerca de nadie, el amor que había estado ocultando, algo lejano cuando no peligroso, empezó a expresarse, vacilante al principio, orgulloso después. Era la chispa desafiante de sus ojos, su voz alegre modulando el acento, sus dotes cómicas para imitar a Perico. Cuando estaba en casa yo no paraba de reír y esa risa era magia para mí, el calor que nace de la seguridad. Mi vida tenía una dirección, ahí estaba mi hija para ratificarlo, y durante los meses siguientes asistí a un asombroso descubrimiento: cada vez que la abrazaba, me parecía increíble no cansarme nunca de abrazarla.

—¿Sabes una cosa? —me dijo un día en un aparte durante el desayuno—. Eres un buen padre. Hubieras sido un padre excelente.

Se me deslizó por la cabeza la imagen de una niña y supe lo que me había perdido. Pensé en mí mismo y mis ojos no pudieron evitar empañarse con un velo de lágrimas: no me había dado cuenta de hasta qué punto deseaba que Louise dijera eso. Eso, o algo parecido.

De pequeña quería ser como mi madre: guapa, inteligente, querida y respetada por todos. Pero mamá siempre decía que yo era igual a mi padre, lo cual, puesto que no lo conocía, no me consolaba en exceso. Aunque lo necesitara. Porque necesitaba a un hombre que hiciera de héroe en casa como contrapunto al excesivo peso de aquella progenitora excepcional... Y, de repente, fue como si él hubiera encontrado dentro de mí a la niña que había sido y estaba deseando salir. Me gustaba ese hombre que tenía delante, que fuera mi padre. Ser su hija.

Sonia había dejado el destartalado piso de alquiler que ocupaba tras su separación y se vino a vivir con nosotros. La casa presentaba ahora un aspecto más luminoso, más acogedor, con una especie de bondad que nunca había tenido: era la presencia de las dos mujeres, del aura que las envolvía en mi nueva vida. Una extraña calma había descendido sobre nosotros. Después de tanto tiempo, había comenzado a ver a Sonia bajo una nueva luz, ¿tendría eso que ver también con Louise? Para mí no fue ninguna sorpresa que se cogieran tanto cariño. Pasaban mucho tiempo juntas —Soni es sólo diez años mayor— oyendo música, charlando de películas, haciéndose confidencias, intercambiando secretos y bebiendo Coca Cola, brebaje al cual eran adictas. No tenía idea de la cantidad de intimidades que pudieran contarse cuando estaban solas y, desde luego, a mí no me decían ni mu. Tampoco yo hacía preguntas. Cuando oía en la cocina sus voces, apagadas a través de la puerta como si estuvieran cociendo una conspiración, daba media vuelta y me alejaba de puntillas. Ni siquiera en el dormitorio, ese *Sancta Sanctorum* donde se hacen todo tipo de revelaciones después de un buen polvo, Sonia soltaba prenda. Debía pensar que no era asunto mío.

*

Al principio no se sentía con ánimo, todavía vulnerable a los demonios del pasado, para entregarse a la benevolencia de su nueva vida. Pero los demonios habían ido desapareciendo. No sabía cómo había sucedido —el tiempo, la seguridad de un hogar, el cariño que le dispensaban—, sencillamente, se habían esfumado. Incluso de los sueños. Ahora duerme tranquila, aunque sigue despertándose pronto.

Se levanta mucho antes de que se oiga ruido alguno en la casa, y sobre las siete ya está sentada a la mesa de la cocina frente a una taza de café. Reflexionando, acostumbrándose a los puntos de presión que comporta su nueva vida: la cuestión es llenar la agenda. ¿Pero cómo? ¿Y qué agenda? Soltera, sin hijos y en plena crisis de madurez. "¿Qué estás haciendo con tu vida?".

Con la segunda taza se fuma el primer cigarrillo del día, interrogándose sobre la forma de encontrar una ocupación. "¿Cuáles son mis habilidades? Antes sabía, mal que bien, manejarme con el chelo. ¿Quiero trabajar tocando el violonchelo? No. ¿Le vendría bien a Messi una mujer madura interpretando *sonatas para Cello en Fa mayor* durante los entrenamientos? Lo dudo. Si no fuera Leo, ¿quién querría contratarme? Nadie. ¿Cómo consiguen hacer algo los que buscan hacer algo? No sé. ¿Qué tipo de trabajo estás buscando? Ni idea. ¿Tal vez echadora de cartas, dada mi más que acreditada visión de futuro? No. ¿Consejera sentimental en la radio, aprovechando el caudal de conocimientos adquiridos tras veinte años de experiencias inverosímiles? Tampoco. ¿Montar una administración de lotería para trasmitir mi buena estrella? No parece apropiado. ¿Una perfumería y vender cremas reafirmantes para tener el culo prieto? No, no, no".

Necesita pensar en dar forma a su vida, organizarse las ideas, encontrar algo que le ofrezca lo que está buscando, pero ¿qué está buscando? No lo sabe. Porque las vidas que ha vivido eran otras vidas, vividas de forma distinta por alguien diferente. Ya no guardan relación con la persona en que se ha convertido, ahora tiene la sensación de estar suspendida entre varios mundos sin pertenecer a ninguno; hay que encontrar soluciones. Y, además, pronto. "Si no las encuentro, voy a volverme loca a fuerza de escuchar en boca de Perico las bondades del *dolce far niente*: 'No pienses demasiado joder, quien piensa demasiado hace tonterías y el que hace tonterías acaba cagándola'.

Con la cabeza todavía instalada en esos pensamientos procede a preparar con esmero los desayunos de Sonia y su padre, consciente de que a esas horas ninguno de los dos se tomaría la molestia de hacerlo si ella no lo hiciera. Tostadas con mantequilla y miel, bizcocho, queso blanco, fruta fresca y flores de temporada adornando la mesa.

Hasta que una mañana, con la tercera taza de café — "¿Qué es esto? ¿Un conato de rebeldía pinchándome el culo? Nadie puede vivir tu vida, *gal*, no existen pautas, confía en tu instinto"—, se levanta, va al baño, y frente al espejo, respirando profunda y lentamente, se pregunta lo que ya se ha preguntado tantas veces sin llegar a saberlo... ¿Y qué le contesta el espejo? Casi puede visualizar una bombilla sobre su cabeza.

'Lo has adivinado'.

De manera que a Louise se le empiezan a encender las luces, una tras otra, hasta que ella misma parece una central eléctrica. "Pues, claro —se dice—, descubrir lo obvio es lo más difícil... ¿Cómo no se me había ocurrido antes? ¿Absurdo? ¿La inmadurez de una mujer madura? Eso es lo que pasa —asiente para sí con mirada burlona, mordiéndose los nudillos mientras nota cómo se le va erizando el cogote— cuando una cree que las cosas ya se han ido para siempre; pero no, ahí están plantadas otra vez". Acaba de encontrar su lugar en el mundo, el inicio del futuro. Entre lo *adecuado* y lo *posible*, no lo duda ni un momento. De pronto sabe de qué está huyendo y lo que quiere hacer, sencillamente hasta ese momento no ha estado dispuesta a aceptarlo. "¿Lo estás ahora? ¿Lo estás? Porque nuestras emociones más sinceras nunca son convencionales y todo lo que seas será gracias a la vida que lleves. ¿O aún crees que eres una elegida de Dios? Además, siempre encontrarás argumentos para hacer lo que quieras, aunque lo que quieras no sea siempre apto para todos los públicos". E inesperadamente el corazón le da un vuelco y se siente liviana, como si estuviera a punto de salir del cuerpo para irse volando.

*

Estaban las dos en la cocina trajinando con la ensalada.

—*Here we are girls*—anuncié con voz cantarina, deteniéndome frente a la puerta abierta antes de entrar—. Hemos pasado por la tienda de *delicatessen*.

—¿Sí? ¿Qué habéis comprado? —preguntó Sonia sin levantar la cabeza de la lechuga que estaba lavando.

—En honor a Louise, hoy toca degustación de quesos: torta del Casar, Payoyo gaditano, un trozo grande de Epoisse, Pecorino siciliano con trufa. Ummm… Regalos del paladar que pueden llevarnos al conocimiento de la auténtica perfección —dije rompiendo a reír.

—Y un estupendo Pinot Noire del 2010 para beber hasta alcanzar la gloria —terció Perico sosteniendo una botella en cada mano.

Louise disfrutaba con las comidas familiares. Cuando llegábamos al postre despreciaba el dulce y se entregaba a los quesos con una pasión casi infantil; más que comer, engullía bocados generosos mientras hablaba. A mí me resultaba conmovedor, sentía algo profundamente paternal al verla glotonear de esa manera. Esbozando una sonrisa de complicidad se dispuso a destapar los paquetes mientras yo la contemplaba, orgulloso de ser su padre.

—¿Todo esto es por mí? —nos sonrió como si fuera una niña a la que hubieran pillado en falta—. Creo que voy a llorar.

—¡No! —casi grité yo.

—¡Sí, sí! —alzó Perico las botellas sobre su cabeza con una carcajada.

Ante nuestra sorpresa, Louise se acercó a la mesa —una magnífica Philippe Starck que nos había regalado—, se sentó llevándose las manos a las mejillas, abrió la boca de forma elocuente y, en ese instante, sus ojos más dorados que nunca, quedaron difuminados por las lágrimas. Rompió en sollozos mientras los tres nos mirábamos atónitos.

Tomé asiento a su lado, rodeando sus hombros con mi brazo y susurrándole una frase idiota:

—No estarás llorando de verdad…

—¿Pero, por qué? —preguntó Perico.

Sonia dejó la lechuga sobre la tabla de cortar y alzó las cejas hacia ella como para decir, *¿qué está pasando* *ahora?* Louise había cerrado los ojos moviendo la cabeza de lado a lado, dando a entender que *nada, nada*. Y respondió levantándose de la silla:

— Todo esto es demasiado hermoso —murmuró como si estuviera avergonzada de su voz, fundiéndose con nosotros tres en un abrazo.

Había dejado de llorar; de repente, comenzó a sonreír y a besarnos a todos. Para mi sorpresa, me cogió la mano y, abriéndola, acercó la palma a su mejilla haciéndome sentir una emoción que no recordaba haber tenido nunca. Casi deseé que fuera una niña.

— Bien, ahora a trabajar —dijo sin volverse a mirarnos siquiera, y comenzó a distribuir los quesos en una fuente de loza que extrajo de los armarios altos.

"Es mi hija —pensé—, una hija caída del cielo cuando no es tarde todavía. Pero, ¿qué es *demasiado hermoso*? ¿Por qué se llora y se ríe a la vez? ¿Cómo es estar encantada y triste al mismo tiempo? ¿Por qué nos daba tantos besos?" Cerraba los ojos, oía su voz diciendo 'papá, papá, creo que voy a llorar', y me volvían las ganas de preguntar. Hay sentimientos que por intensos anuncian incertidumbres. ¿Será la dicha uno de ellos, siempre pendiente de confirmación?

Yo la observaba como si Louise fuera la vida misma. Con la última copa dispuesta sobre la bandeja lanzó un profundo suspiro contra el suelo, y ese suspiro quería decir muchas cosas que yo no supe interpretar. De haber sabido en ese momento lo que me esperaba, es muy probable que me hubiera puesto a gritar. Pero me limité a pensar su nombre: Louise. Había una huida, un parto, una infancia y toda una vida oculta tras el nombre.

¿Por qué se ha adueñado de él esa especie de inquietud mientras la contempla, consciente de que su corazón se ha acelerado? ¿Un temor antiguo, una sombra que se alarga? ¿La agitación que se siente cuando algo está cambiando, precisamente en el instante en que ese cambio presagia y marca el resto de tu vida? ¿Una premonición? Pero Luisito no cree en esas cosas. Eso es para gente que habita en mundos mágicos, sembrados de augurios, casualidades y fenómenos extravagantes. No obstante, hoy la ha mirado sintiendo una profunda aprensión, y eso sí que es un hecho incuestionable.

Él quiere ser un padre para ella, y se comporta como tal. Hasta entonces, el único *padre* a quien Louise había podido mostrarle cariño era a Brendan —demasiado niña y por poco tiempo—, razón por la que desconocía las limitaciones que puede imponer uno verdadero. Ahora está conociéndolas. Luisito es un valor sólido al que podrá acogerse siempre, sin restricciones ni vértigos mentales, incondicionalmente, pero al mismo tiempo su generosa protección representa una barrera para progresar. Está ante un juego de equilibrios. Pero. "¿Una existencia inconsistente? A cierta edad una tiene que espabilar". Pero. "¿Es preciso aceptar el fracaso?" Además. "Se pasó el tiempo de las ingenuidades, quien ha conocido el dolor, sabe que te endurece para siempre".

Se hace muchas preguntas y eso le permite hacerse algunas más. "¿Podría al menos imaginármelo? ¿Revisar mi código moral? Ummm… ¿Por qué no?" Después, la confirmación de que lo sabe. Incluso de que le produce cierto placer morboso. Conclusión. "La paz ha durado casi un año, ahora toca volver a la guerra". Porque en el día a día de Louise, esa hermosa mujer en plena madurez, cuenta aún más la vida que la congruencia, la aprobación o la conformidad.

5

Todo sucedió con desconcertante velocidad; una buena mañana se había marchado. Dejó un par de notas que redactó con la sinceridad de siempre y leí con una tristeza que me pesaba demasiado.

Mi querido y recién descubierto papá:

Ante todo, debes tratar de entenderme, aunque sé por experiencia que nadie, por mucho que te quiera, podrá nunca entenderte del todo. Pero, por favor, trata de hacer un esfuerzo.

Estoy contenta de haber atravesado el mar para venir a conocerte. Cuando llegué, como si fuera depositaria de todas las orfandades, tú me hiciste descubrir algo que a mi edad no podía imaginar: el amor de un padre. Nunca pensé que pudiera saborear tal sentimiento. He sido acogida por vosotros como nunca imaginé que fuera posible hacerlo, me habéis dado cariño, me he sentido querida y os quiero por eso. Estos últimos meses de sosiego me han permitido ver la vida desde una altura y una distancia suficientes, con una percepción más profunda de la relación entre sus partes. Y eso ha sido fundamental a la hora de poder despejar muchas dudas que, obedeciendo a exigencias sociales de formación, son difíciles de vencer. Tabúes atávicos que te paralizan.

Me he sentido afortunada por primera vez en mucho tiempo, pero debo vivir mi vida, fabricarme una biografía propia, salir al mundo, y nadie puede hacerlo por mí; yo soy la única que puede abrir esa puerta. Lo he pensado mucho y todo este tiempo he temido hacer lo inapropiado, debatiéndome entre cortar o no cortar mis raíces protocolarias de origen burgués y la necesidad de encontrar un camino... ¿Acaso no resulta inapropiado lo que no encaja en la cabeza de los demás? Pero puede que eso que no encaja sea precisamente lo que necesitamos, y es entonces cuando el tiempo empieza a correr más deprisa.

La vida es un misterio, lo que significa que nadie tiene las respuestas, es decir, que a pesar de las muchas cosas por las que hayas pasado, jamás podrás descifrar del todo el significado de los golpes de azar. No elegimos nuestros sentimientos ni los podemos evitar; intentar desterrarlos también es un error. Tampoco escogemos ser lo que somos, son los accidentes quienes nos definen y esas mismas contingencias, a menudo dolorosas, nos permiten averiguar en esencia quiénes somos. Incluso cuando todo se da la vuelta y gira de una manera extraña. ¡Lo curiosa que puede llegar a ser la vida!... Sueños, anhelos, señales, indicios y evidencias, suerte y sino, nada tiene un sólo significado, todo resulta ser un jeroglífico cada vez más enrevesado. Pero para entender el mundo, ese inmenso mosaico imprevisible que se nos presenta, tienes que examinar con detenimiento lo que reconoces como propio, aquello que identificas y puedes considerar tuyo.

312

Comprendo que dar sentido a todo esto es complicado, pero dejémoslo en que lo que ha sido arrasado tiene que levantarse otra vez. La vida no es de por sí maravillosa, ni a mí me ha sido especialmente propicia, pero me niego a retirarme del mundo: tengo que descubrir mi lugar y entrar en él, construir mi propia casa, volver a la circulación.

¿Cómo explicarlo todo en el espacio de una carta? Algún día, cuando se calmen los vientos y mi vida esté estabilizada, haremos un crucero alrededor del mundo y podré estar hablando todo el tiempo que quiera explicándotelo con detalle. Mientras tanto, cada mañana, al levantarme, te enviaré un beso volado. Y será GRANDE, GORDO y HERMOSO.

Louise

— Joder, joder, joder. Es… es… —no encontraba las palabras—. ¡Joder! —acabé rompiendo a llorar.

En definitiva, Sonia me contó que Louise regresaba a São Paulo, la ciudad donde había pasado tantos años, tratado con tantos hombres, y de la que tan poco le gustaba hablar. Una coz en el plexo solar. La noticia me resultó tan asombrosa que no hubo forma de apaciguar mi angustia. La enormidad cayó sobre mí, no concebía que el futuro se apartase de lo previsible. *Louise se había ido.* Sólo eran cuatro palabras. Tan sencillas. *Se fue.* Dos palabras. Tan escuetas. Tan sustanciales. Tan rotundas que el mundo se rompió, saltando en mil pedazos bajo mis pies. Tan absurdo. Cuatro palabras, dos palabras, que encerraban una realidad difícil de soportar. Quizá había sufrido algún tipo de alucinación y lo había imaginado todo. Un mal sueño. Delirios del alcohol... Pero no, aquello iba a cambiar mi vida, superaba mi imaginación y, sobre todo, era incapaz de remediarlo. Esa certeza intensificó mi dolor y el amor por mi hija fue todavía más profundo. Algo la había arrastrado fuera del hogar, consumiendo todo el futuro que pudiéramos tener juntos. Miré a Sonia y corrí al cuarto de Louise con sensación de vértigo. Nunca había sentido tanta ternura por ella como la que sentí al contemplar el armario vacío. 'No te vayas nunca', me hubiera gustado decirle y, sin embargo, lo que no le hubiera dicho nunca es que prefería morirme a estar sin ella.

— Esto no podía durar mucho —me aseguraba Sonia, sabiendo de lo que hablaba.

La historia había empezado cuarenta años atrás y finalizaba de la misma forma. Pasado y presente mezclados entre sí. Desde el primer día había descubierto en Louise algo de Vicky, y creo que ella recuperó en mí algunos fragmentos de su madre. El mundo era demasiado doloroso, joder, la vida me había engañado. "¿Víctima de una estafa? ¿Alguien puede dar marcha atrás a este desatino? ¿No es suficiente con una vez? ¿Por qué las cosas nunca son como deberían ser? ¿Por qué no pueden durar? ¿O podrían haber durado si me hubiera volcado un poco más?", me preguntaba sin entenderlo, aunque quizá a esas alturas ya no se trataba de entender. Las cosas, sencillamente, son. Las catástrofes llegan de golpe, una noche te acuestas sin que haya pasado *nada* y a la mañana siguiente, *nada* es lo mismo… Si durante cuatro décadas no supo quién era su padre, ¿qué derecho tenía yo a opinar, decirle lo que tenía que hacer, aun en el caso de haberlo sabido? El comportamiento humano tiene innumerables facetas, múltiples dimensiones, y lo que puede ocurrir, ocurre. Sólo hubiera querido que toda la felicidad que yo le deseaba hubiéramos podido disfrutarla juntos. *Un crucero alrededor del mundo*: debía saborear esa esperanza.

— Estaba perdida, Luisito —insistía Sonia mientras yo trataba de interpretar su cara—. Después de veinte años, su única referencia, el mundo que compartía con su madre, había desaparecido y la sensación de estar en este otro, que nunca había sido el suyo, le resultaba extraña.

Me hubiera gustado irme con ella, no enterarme al día siguiente cuando ya se había ido. O me hubiera gustado cogerle de la mano y darle un beso para decirle adiós… No había podido despedirme, pero lo hice muchas veces a lo largo de los días que siguieron, en soledad, incluso con alguna lágrima, una parte de la cabeza preguntándose dónde estaría. Fue una sucesión de copas en donde cada una era la respuesta a la pregunta de la copa anterior. Haciendo a un lado cualquier consideración racional y dando paso a una emoción casi infantil, sentía que sin verla la vida se iba a hacer más y más pequeña hasta detenerse por completo. No quería recordar los años vividos sin ella, cuando todo consistía en beberse todo lo bebible y follarse a todo lo follable con el único objeto de no sentir la vida; viéndola pasar por delante de mí sin tocarla. *Sobre todo, que no duela.* Escapando. Resistiendo en la nada. "Que el cuerpo no sea un lastre y a la cabeza no pedirle demasiado. Lo justito para no generar fantasmas, calmar a mis demonios o jugar de vez en cuando con ellos". Tampoco podía imaginar cómo iba a poder vivir los años que me aguardaban sin ella. Con Louise había llegado muy lejos, a una vida que no parecía la mía, y no quería regresar sabiendo que me esperaba un presente de lo más chapucero. "¿Cuántos despropósitos puede asimilar un hombre?" O, mejor, un padre sexagenario recién llegado a la paternidad.

Nunca había sabido lo que me faltaba hasta que apareció asomándose a mi vida, una vida hueca, con la tentadora oferta de devolverle sus anhelos. La eché de menos hundido en una soledad nueva que no tenía fondo, porque nos define lo que amamos y yo quería cuidarla, protegerla del mundo, y ese deseo se había convertido en una frustración profunda. Porque todo el mundo tiene un lugar seguro e inviolable donde se está más cerca del Cielo y ese lugar para mí era Louise, encontrado en el otoño de mi vida y por ello más firme, si cabe, con ese apego tan especial que sienten las personas mayores por los espacios donde se creen a salvo. Porque echamos en falta lo que nos abandona. Porque no lograba imaginar un sitio que estuviera más lejos de mi casa que São Paulo. Y porque me gustaba la persona en la que me convertía estando con ella: como si me tomara un respiro de mí mismo y contemplara un mundo cuya existencia había olvidado. Como si mi yo más auténtico estuviera a punto de desvelarse, otro yo dentro de mí, listo para salir... De modo que no sólo había perdido a Louise, había perdido también a la persona en la que hubiera podido convertirme.

En su ausencia mis sentimientos se volvieron más sensibles, hasta el punto de resultarme difícil pensar en Louise sin fantasear un poco. Me sentía tentado a embellecer los recuerdos, atribuyéndoles un especial encanto que tal vez no tendrían. Por ejemplo, cada vez que entraba en casa, me detenía en el vestíbulo esperando oír su voz. La imaginaba esperándome hecha un ovillo, abrazándose las piernas contra el pecho en su sillón favorito; ahí estaba ella, removiéndose y sonriéndome a mí. ¡A mí! Y esa sonrisa era la forma de *reconocernos*. Algunas tardes, a eso de las dos, venía a recogerme al estudio. Entonces yo reservaba mesa siguiendo las recomendaciones de *la Turia*... después paseábamos, íbamos de exposiciones o hacíamos un recorrido por sus tiendas favoritas. ¿Qué estoy yendo demasiado lejos? ¿Dándole a los recuerdos excesiva cancha? Pues, espera y verás... Por las noches nos acurrucábamos juntos en el sofá para leer en silencio o ver alguna película en la tele, bajada en plan pirata. '¿Te importa si me duermo?' o '¿Me das la mano mientras cogemos al malo?', preguntaba encogiendo su cuerpo contra el mío. Y cuando eso sucedía, un gesto que me convertía total y definitivamente en padre, la vida alcanzaba la inalcanzable consistencia de la perfección. Una armonía fácil, sencilla, sin palabras. ¡Me gustaba tanto compartir esas horas con ella! Tanto que llegué a creer que esos momentos podían ser comparables a los que pudo sentir santa Teresa rezando el Ángelus. En mi caso un ensimismamiento venturoso, una experiencia casi religiosa compartida las más de las veces con García Lorca y Alice Munro, el estruendo de los disparos en películas de acción o la música de las historias de amor. De eso se alimentaba mi vida. Años después recordaría ese tiempo como si se tratase de un tiempo irreal, en todo caso un periodo que hubiera transcurrido a un ritmo y de un modo diferente al que yo hubiera imaginado nunca. O, mejor aún, un tiempo fuera del tiempo.

No es posible llorar por lo que nunca has tenido, pero yo podía evocar esas imágenes en silencio y refugiarme en ellas, porque Louise se había ido para siempre, nunca más estaría remoloneando por la cocina a nuestro lado, nunca más nos prepararía el desayuno ni me cotillearía los enredos de Jude Law con la niñera de sus hijos, o el amor que Brad Pitt y Angelina Jolie sellaron a espaldas de *Friends*... Y todavía habrá imágenes y horas perdidas que nunca recuperaré. Con ella supe cuál es la diferencia entre oír y escuchar, porque hasta en la historia más banal, oír a Louise con su voz llena de resonancias adornadas de un lejano acento anglosajón, era sentir lo que estaba oyendo... Su ausencia era un hecho irreversible, se había roto el hechizo de armonía instalado entre los dos: jamás oiría su voz al volver del trabajo, no podría revolverle el pelo con las manos, nunca más me daría el beso de las buenas noches al irse a la cama... Cosas irreemplazables, ritos para otros padres insignificantes, pero que no lo eran para mí.

Y tenía que hacer un gran esfuerzo para volverla a imaginar transportada a un hermoso jardín poblado de flores tropicales, con frondosos setos recortados, fuentes y maceteros rodeando la gran mansión colonial de balcones abombados, donde se suceden, con una fragancia mezcla de perfumes y tabaco, los salones de techos altos, profusamente decorados, sobrecargados de flores, frutas y gordezuelos angelotes colgando en las esquinas; rebosantes de muebles antiguos, bronces españoles, alfombras persas, querubines italianos esculpidos en mármol, lienzos de insufrible pintura francesa subida de tono, arañas de cristal ensartadas a mano y esbeltos ventanales abriéndose a glorietas inundadas de luz... Una variedad de risas y conversaciones en voz baja recorre las estancias de la imponente quinta, mientras por el exterior los pavos reales se pasean recreándonos la vista con su plumaje y las *caipirinhas* adornadas con nieve de limón son servidas por complacientes camareros negros en el porche, donde el relajante sonido del piano se cuela a través de las puertas acristaladas, siempre abiertas, o bajo las sombrillas blancas instaladas junto a la piscina de la casa de citas más elegante del Hemisferio Sur... Y ella, rodeada de las indiscreciones consabidas, me sonríe con cara de pedir perdón. Esas sonrisas llenaban, todavía llenan, los espacios vacíos de mi vida, porque las cosas no terminan tan fácilmente, eso, incluso yo había llegado a comprenderlo. No entre padres e hijos.

Mi querido Perico:

He aprovechado el tiempo que he pasado con vosotros para poner en orden mi cabeza, sopesar mis pensamientos y tratar de fijar las bases sobre las que debe sostenerse mi vida.

La cosa es sencilla: la vida la vives como puedes, según qué reglas... Para entenderla debes situarte a cierta distancia, la distancia correcta, y contemplar los años que te han convertido en lo que eres. Y fue precisamente al llegar a Nueva York cuando me di cuenta de hasta qué punto me había acostumbrado a las chicas de La Maison, el profundo cariño que les profesaba, pese a todos mis reparos de niña bien. Cómo disfrutaba de su sentido del humor, con aquellas preciosas risas que eran para mí un consuelo cuando ya había olvidado el valor de una carcajada. Lo bien cierto es que lo que has sentido ayer forma parte de lo que piensas hoy, aunque a veces intentes ocultártelo. Pero el afecto no se mide por parámetros convencionales. ¿Tan raro suena que una mujer de burdel haya aprendido a apreciar a otras putas, admirar su forma beligerante de entender la vida? Debo reconocerlas como más humanas que todo lo que hubiera conocido hasta entonces. Tengo la sensación de haber pasado la vida con ellas, y que ellas siempre han mostrado respeto por mí, las más de las veces sin llegar a comprenderme.

No es La Maison la que ha cambiado; soy yo. Cuando la idea empezó a rondarme la cabeza, la sorpresa de mis propios pensamientos me resultó esperanzadora; a mí, que creía haber perdido la fe en toda esperanza. Pero todo el mundo merece un poco de suerte alguna vez, y creo que ya me toca.

En fin, Sonia te contará el resto, si es que no te lo puedes figurar.

Un beso GORDO.

Louise

"¿Visionaria o loca?" La carta me dejó un dolor que me ataba al recuerdo de Vicky. La ansiedad que me había acosado entonces me asaltaba ahora, preocupado no sólo por ella, sino también por lo que me esperaba en adelante: del gin-tonic al chupito de whisky, unos gramos de coca y toneladas de soledad. Durante algunos días volví a tener miedo de las noches, no podía dormir sin sufrir pesadillas, soñaba que Vicky estaba viva, trataba de alcanzarla, pero no conseguía que mis pies despegaran del suelo. Otra vez llegaba tarde.

"Así que Louise se ha decidido por la opción más exótica: puta en Brasil". Realmente, nunca he tenido una excesiva confianza en la lógica ya que, con frecuencia, nos deja en mal lugar cuando la aplicamos a personas, especialmente en su vertiente emocional. Imaginarla otra vez en São Paulo era una violenta trasgresión a las barreras de la sensatez. Volver a esa ciudad sería reencontrarse con las trazas de su antiguo mundo, lo cual tenía algo de locura y mucho de suicida: a mi entender corría el serio peligro de caer en manos de los mismos explotadores desde el primer día de su llegada… Y el clima. No podía dejar de imaginar tormentas tropicales, con esos vientos que hacen crujir los troncos podridos de las palmeras y dejan caer sus hojas infestadas golpeando el suelo empapado de lluvia. Las plantas, todas descompuestas por la humedad, dando cobijo a miríadas de cucarachas voladoras, arañas enloquecidas que bajan por sus hilos, garrapatas, langostas y hormigas gigantes, escarabajos arrastrándose pesadamente sobre sus patas, sabandijas, gusarapos, ratas y quizá alguna otra alimaña escurridiza que no es posible recordar ni erradicar. Algo que a mí me produciría aullidos de terror... Y tampoco es que sienta un especial cariño por los mosquitos que abundan en las noches excesivamente cálidas.

"Claro, que ella no es tonta y no cabe duda de que, aun consciente del riesgo, espera tener éxito. El caso es que si te fijas en sus ojos, tiene una mirada capaz de intimidar a más de un gorila, su naturaleza es de tal envergadura que, incluso en los escenarios más hostiles, tendrá fuerza para repeler las embestidas que se le opongan. Como su madre. Sin duda está probando el glorioso ejercicio de buscarle las vueltas a la vida, si lo consigue todavía puede crecer de nuevo". En los días que siguieron, esta última reflexión, con la inestimable ayuda de una caja de *Glenfiddich* que Luisito, buen conocedor del alma humana me acababa de enviar, conseguí aplacar mi ánimo.

6

Puedes buscar motivos y matizar porqués, pero no encontrarás razones que apacigüen el dolor de un hombre que ha perdido a su hija. La aflicción será irremediable. Escapa a toda la cadena de motivos y matices, la pérdida quedará en su alma como un enorme vacío... Yo estaba soñando y me desperté. Había encontrado algo que daba sentido a mi vida, ensanchándola, y ahora sentía el desgarrón en el continuo de los días. "No quiero que se haya acabado", y el propio pensamiento me provocaba un temor como no había sentido desde que se largó su madre, dejándome visiones de una vida repleta de promesas robadas. Dos agujeros en mi vida. Entonces recordé. Y supe que hubiera seguido a Vicky a cualquier parte, hasta a las mismísimas puertas del infierno; había estado jugando a la vida sin vivirla. Sin Louise también me sentía como si me hubieran quitado algo, despojado de lo que ella me había dado: identidad y propósito para seguir viviendo. Creo que nunca había estado tan derrotado, quizá la felicidad atraiga al dolor... A veces me sorprendía a mí mismo llorando un poco. En silencio. Y había algo de bueno en ese llanto, me ayudaba a expulsar parte del dolor. Pero no a mejorar la confusión: otra vez me encontraba perdido, no podía evitar el miedo, estaba acobardado. La vida se extendía ante mí, quién sabe durante cuántos años, todos huecos, todos sin ocupar. Una larga sensación de vacío.

Fue más o menos un par de semanas más tarde, cuando desperté en plena noche y me di realmente cuenta de que Louise se había ido para siempre, asimilando de forma silenciosa y completa la carta que nos había dejado. Lo que me llevó a la aceptación de los hechos: era un hombre que se encontraba en el inicio del final de una vida que sólo acababa de empezar... Y sentí frío, aunque ya supiera que algunas ausencias siempre dan frío.

En los meses que siguieron, incluso el brillo travieso en los ojos de Perico se fue apagando y sus pestañeos fueron cada vez menos frecuentes. En realidad, las caras de los dos parecían indicar que sus conexiones neuronales habían dejado de funcionar normalmente. No estaban muertos sólo porque el corazón les seguía bombeando sangre, pero eso no quería decir gran cosa, les seguía latiendo únicamente porque habían decidido continuar dándole cuerda: quizá les daba miedo la sepultura. Consumidos de añoranza, se quedaban sentados en la sala uno al lado del otro con la botella siempre a mano, agradecidos de poder beber contemplando la nada con mirada ausente. "Parálisis mental", pensaba yo, y me preguntaba si la expresión de aquellos rostros era debida a la aflicción o al whisky que se les había subido a la cabeza.

El tiempo que vivimos con Louise nos había atravesado a todos, con su marcha la vida se había oscurecido, sólo nos quedaba el recuerdo, precisamente lo que esos dos iban buscando, los recuerdos que destapa el whisky. O tal vez flirtearan con una idea más seductora que requería maceración en alcohol: la esperanza. Tal vez esperaran descubrir otra versión más feliz de los hechos, una en la que no se hubiera marchado ni escrito esas cartas… Porque en ocasiones, hasta creíamos sentirla de nuevo. Flotaba un no sé qué en el aire, una sensación fugaz, como si ella se negara a irse del todo. Perico incluso afirmaba haberla visto, o casi, con sus ojos dorados convertidos en una prometedora sonrisa.

Con el tiempo Luisito se fue recuperando. Algo apático, muy diferente de la persona que había sido, podía permanecer callado durante mucho rato, escuchando, dándole a la cabeza o siguiéndole el vuelo a una mosca. Pero aun así la recordaba, según decía, con más conformidad que congoja. "Nos ha hecho felices durante once meses, no vamos a quitarle importancia porque no haya durado un año". A mi entender transitaba a través de esa línea tan delgada, siempre demasiado frágil, incluso quebradiza, que separa el dolor del consuelo.

¿Que cómo me sentía? Comenzó como un mazazo en los huevos… Imagináoslos despedazados y esparcidos por ahí de un solo golpe. Después el quebranto absoluto, una sensación difícil de explicar que no atiende a lógicas ni puede curarse con razonamientos. Nunca pensé que alguien en tan poco tiempo pudiera tener tanta presencia, que pesara tanto el vacío que dejó. Su marcha tuvo un efecto devastador en nuestras vidas. Hubiera pactado con Dios, con Satanás, o con el Universo entero, sacrificando cualquier cosa a cambio de su compañía. Pasado un tiempo acabas aceptando las cosas, todavía sabiéndote tocado. "No ha durado —piensas—, pero, aun así, eso no significa que ese tiempo careciera de sentido". Y no es que fuera cosa de un día, no, fueron muchos días... ¿Qué hubiera sido de mí sin ella? Nunca hubiera vivido los mejores momentos de mi vida. A buen seguro me hubiera convertido en un viejo insociable, huraño, bebedor hasta la pancreatitis y condenado a observar cómo se va la vida acumulando dudas, hasta que alguien me encontrara frío en la cama. Por eso, cuando se fue, todo comenzó a tomar tintes diferentes. Incluso Sonia me pareció ajena a una parte importante de mi mundo. Y la casa... A veces, la propia casa puede ser un lugar muy solitario. ¡Joder, si puede llegar a ser solitario!

Perico y yo continuábamos viéndonos para tomar unas copas y recordar a Louise, algo que nos causaba pesar y alivio al mismo tiempo. Me encantaba ver cómo mi amigo sonreía cuando recuperábamos los mejores momentos, sus bromas, su forma de mirar. Su mirada. Ella —no sé por qué Perico se empeña en llamarla *nuestra hija*—, supuso para nosotros un verdadero punto de inflexión: hablábamos del antes o el después de Louise en nuestras vidas. La reinventábamos como mejor nos parecía, a fin de rescatarla del olvido y hacerla volver a casa. Y cuanto más hablábamos de ella, exagerando los contenidos de un recuerdo que no podía ser del todo cierto, tanto más se iba convirtiendo en nuestra heroína indiscutible. Indiscutible e incomprensible. Ciertamente resulta difícil comprender a los demás, saber qué guardan o qué ocultan, aunque también sorprende, y mucho, lo que se puede lograr con la ayuda del whisky: la certeza de que los grandes héroes y los hechos absurdos suelen ir juntos.

Y aquí era donde todo se disparaba, la fantasía despierta la imaginación y la imaginación estimula la fantasía. Veamos: de la plácida vida de estudiante universitaria en Connecticut, síntesis de la confortabilidad protectora del primer mundo, a las vejaciones con tintes religiosos que le dispensan en la selva amazónica. Sus ilusiones destrozadas. La disposición infantil a construirse un paraíso almibarado, eternamente amada y protegida por el extraordinario Holy Tim, reventada. Hecho añicos su mundo romántico, se convierte en un personaje trágico que escapa de la secta por los pelos, con un asesinato a cuestas y tantas prisas que hasta olvidó meter su Biblia en la mochila. Dispuesta a fregar los suelos de medio Brasil, acaba ejerciendo en un lupanar de São Paulo, desde donde viaja a Nueva York, se entera de la muerte de su madre, le cae del cielo una herencia sustanciosa, viene a España en busca de un padre, lo encuentra, todos felices comiendo perdices y, de repente, *clic*, cambio de programa; vuelve a cruzar el charco para montar el negocio de su vida. A lo largo del relato las fantasías iban creciendo y se confabulaban para rellenar cualquier hueco. Son muchas las cosas que asociábamos a su nombre, elementos que se iban completando en sus detalles y prosperaban como un mito que jamás pondríamos en duda. Todo un modelo de trayectoria. Entenderla sería cosa de novelistas, peliculeros fantasiosos o psiquiatras avispados, no de gente como nosotros, siempre inclinados hacia la tranquilidad que puede dar lo conocido, jamás se nos ocurrió un futuro diferente, y hemos procurando gozar de lo que teníamos a mano.

— La vida la había transformado, Perico. Por entero. Y para siempre. Una desafortunada circunstancia la embarcó en una complicada metamorfosis: destinada por nacimiento a practicar el *bridge*, se vio obligada a utilizar el sexo para sobrevivir. Un personaje literario que se ha salido del libro, júntalo todo y podrás escribir una novela. ¿A que da vértigo pensar en semejante recorrido? Los giros y los rumbos de una vida... Y aún cabe preguntarse por los elementos azarosos, lo que podría haber sido, lo que estuvo a punto de cambiar, lo que por muy poco no llegó a ser; una larga sucesión de motivos y circunstancias que nunca sabes adónde te pueden llevar. La vida es un extraño viaje, amigo mío.

— Pero en los viajes, como en cualquier apuesta, lo importante es el final, Luisito.

— ¿Qué final, Perico, qué final?

— Dicen que en el ojo del huracán reina la calma. Ella está bien, por fin ha podido elegir. La vida en un prostíbulo consistirá en acostumbrarse a estar en el prostíbulo, ¿no?

— Más o menos como un farmacéutico en su farmacia. Pero sólo más o menos.

— Desde otras culturas, una vida sería tan normal como la otra.

— Desde el espacio exterior, quizá. Tal vez desde la nebulosa de Andrómeda.

El contraste entre todas esas vidas es demasiado estrambótico para ser real. Pero lo es. No se trata de un mal sueño producido por una indigestión, ni figuraciones de una niña tonta, en realidad fue una provocación al destino. Bastó una estupidez, una única decisión casi infantil, para que una vida asentada en la seguridad, razonablemente feliz y con expectativas de futuro, se fuera al garete. El destino respondió con una burla a lo que debería haber sido y, como broche de oro a una trayectoria errática, después de veinte años de angustias a remolque de ambiguas intuiciones, su decisión irrevocable de volver le auguraba un camino de incertidumbres nada cómodo, renunciando por segunda vez al amparo de un hogar que, por sólido, amable y protector, hubiera sido para ella un refugio seguro. El volcán apagado había entrado nuevamente en erupción y eso era lo que nos atraía de su personalidad, precisamente eso, todo lo que nosotros no somos, parásitos despreciativos de la realidad cotidiana que, no obstante, se avienen a complacerse en ella. "¿Cómo puede ser hija mía? Ha salido a su madre".

— ¿Sabes una cosa? —a partir de la tercera copa, Perico continuaba haciéndome la misma pregunta con distintas palabras, como si los últimos doscientos días no hubieran existido y necesitara volver a la carga con cualquier disparate—. Durante mucho tiempo pensé que era el whisky quien confería el timbre de gloria a nuestras voces. Pero no: fue Louise. Y a punto estuvimos de tocar el cielo, Luisito, de cantar el *Aleluya* de Händel con San Ambrosio y su coro de arcángeles, pero nos volvieron la espalda y se levantaron las túnicas para enseñarnos sus seráficos traseros.

Es verdad, añorábamos ese lugar mágico y feliz que Louise se llevó consigo.

— Demasiado bonito —respondí—. Quizás ese mundo no fuera el nuestro.

— Y hemos vuelto a bajar —movía la cabeza con gesto taciturno—. Siempre pensé que no se quedaría con nosotros, pero nunca me atreví a comentártelo.

— Yo también temí no merecerla.

— Nos aseguraba la vida, más que eso, la vida era una oda a la inmortalidad... Y se fue. ¡Con qué determinación dejó caer la bomba y se fue! No hay botón de rebobinado para entenderlo, si no fuera hija tuya diría que es de otro planeta. De uno bien lejos, un exoplaneta donde exista una mística de orden superior. ¿El Kepler-62e, te parece? Sí, posiblemente sea de ese planeta, pero a Vicky se le olvidó decírmelo —y me miraba con cara soñadora, como si estuviera fuera del sistema solar—. Hasta ahora no había conocido a ninguna extraterrestre.

— Ummm... Puede que se nos haya ido la mano con el whisky.

— ¿O será que es adicta a la adrenalina?

— Si como dicen algunos, el clima incide en el carácter, Louise es de café fuerte y *cachaça*.

—Dos componentes activos de nuestra más venerada devoción... Eso debe ser.

La admirábamos desde la posición de los que saben de barreras aparentemente inexpugnables, cuyo desplome produce una enorme satisfacción estética. Nos cautivaba el modo de vulnerar las normas que tienen los que poseen el arrojo de no importarles vivir al límite, aceptando el riesgo como parte fundamental de esta vida; resultaba fascinante descubrir en nuestra queridísima Louise la profundidad de lo prohibido.

— Hombre, de cualquier forma, *ese asunto* comenzó a propagarse por el planeta, más o menos, cuando Adán y Eva.

— Quizá un poco más tarde, Perico.

— Y se ha mantenido siempre en un nivel óptimo de aceptación. Tendrá éxito. No hay lugar en la Tierra donde no esté presente, desde los Círculos Polares hasta el Ecuador.

— ¿Hasta los esquimales?

— No te digo en Brasil... Fue la crisis de los cuarenta, Luisito. Todas las mujeres la tienen.

— Pero no todas se hacen putas.

Cómo pudo pasar lo que pasó, no era más que una evasiva, la cuestión era preguntarse el porqué. En la repisa de la biblioteca nos observaba desde una fotografía, con el pelo alborotado y los ojos regañados por el sol, mientras Perico y yo, volviendo a la botella, nos preguntábamos, le preguntábamos a pesar de nuestros entusiastas argumentos, qué fue lo que realmente la impulsó a reemprender una vida tan enrevesada. ¿La posibilidad de burlar al destino? ¿Demostrar que allí todavía es *alguien*? O quizá era la forma de hacer algo propio donde poder reconocerse. La respuesta será tan complicada como la queramos complicar. En todo caso, de una épica arrebatadora.

— Ojalá no fuera tan valiente.

— El valor es la cualidad del alma que produce más parientes llorones, Perico.

— ¿La frase es tuya, Luisito?

Y así, con la fotografía de Louise mirándonos y una sonata de Mozart, Beethoven o Schubert sonando en la sala, continuábamos bebiendo, no sin un punto de amargura.

Dos amigos que se conocen desde siempre, que han nacido a pocos kilómetros el uno del otro, que se han hecho hombres a la vez copiando como locos en la misma universidad, que fumaron hierba leyendo a Wordsworth, que beben el mismo whisky y respiran el mismo aire, necesariamente se relacionan en un idioma propio y ocultan, reprimen o muestran las mismas señales. Se diría que les bastaba con estar juntos hablando y bebiendo, intercambiando recuerdos como si fueran cromos, para vivir esas charlas como si fueran la vida misma y no una forma de pasar la tarde. A menudo ni siquiera hablaban, se ponían de acuerdo para beber y comunicarse mediante alguna forma de percepción extrasensorial. Dos colegas que pueden hablar sin hablar, manteniendo conversaciones enteras a base de encoger los hombros, enarcar las cejas o fruncir el ceño... No tengo un diccionario para ese idioma, ¿cómo iba a competir con la historia que comparten? Ellos son dos de manera natural y no hay nada que se pueda hacer.

Con frecuencia, yo misma me abandonaba a su contemplación preguntándome qué podía fascinarles tanto, y al verlos, sin poder evitarlo, se me escapaba una sonrisa... Pero es que sus vidas están ligadas por el hábito de compartir las cosas, y existe entre ellos una relación de necesidad mutua cuya singularidad sólo se puede enmascarar con la rutina.

La forma en que los hombres beben haciéndose compañía siempre tiene algún significado: nosotros, recostados en los cómodos sillones de casa, bebíamos y suspirábamos como no lo habíamos hecho nunca. Tal cual Sonia comentaba con frecuencia, sólo nos faltaba la pipa, un perro entre los pies y el crepitar del fuego en el hogar para completar el cuadro. Realmente debíamos tener el aspecto de dos carcamales ensimismados en la resolución de enigmas recurrentes.

¿Quién era la verdadera Louise? ¿La que conocimos nosotros, yo mismo, Sonia, Perico? ¿La hija, la amiga, la ahijada, o la prostituta? ¿Son acaso distintas la una, de la otra, de la otra, de la otra?... A menudo cerraba los ojos y me dejaba llevar por el tintineo del hielo en la copa. ¿Tan distintas eran? ¿O estaban enredadas conformando una mujer única? El whisky suele dar lucidez a nuestros pensamientos, pero hemos vivido suficiente como para saber que no hay respuesta fácil. Lo bien cierto es que Louise posee algo de esa grandeza con que se forjan las leyendas, y si nos preguntamos todavía quién es, o cómo fue capaz de hacer lo que hizo, es porque no hemos sabido penetrar en esa zona misteriosa que se crea siempre entre el personaje y su biografía.

— A veces el mundo no está preparado para según qué ideas, Perico.

— Sencillamente.

— Hay muchas formas de contar una historia, quizá deberíamos ampliar nuestra forma de ver el mundo.

—De hecho, la precipitación en los análisis está acabando con nuestro sistema de pensiones... ¿En qué estás pensado?

—Quiero decir que si encontráramos las palabras adecuadas para contárnoslo, podríamos verlo todo de una manera diferente, aprender a reinterpretar los matices... En la vida hay mucho de especulación.

— ¡Hostia, Luisito! Debería darte un beso —movió la cabeza expresando admiración—. Porque cuatro lustros en el hemisferio austral, donde viven cabeza abajo y todo suele embrollarse para ir al revés, dan mucho juego. Sin ir más lejos, fíjate en la extravagancia de que allí sea invierno en agosto... Habrá que pensarlo.

—Tenemos tiempo.

—¿Tiempo?... Estamos en una edad en que los problemas de salud son por lo general menores, pero dentro de unos años llegaremos a un punto donde las dolencias pueden ser ya muy serias, la degradación se vuelva visible y acabes hecho polvo o muerto.

—O sea: el futuro visto como una esclerosis múltiple.

—Sin coñas, Luisito, vamos al encuentro de una vida con pocas alegrías —asintió varias veces como si acabara de descubrir una verdad trascendental—, y mi primera reacción es, pura y llanamente, miedo. ¿Qué hay que hacer?

—Disfrutar de los días en que no nos incordie la artritis.

—O aprender a convivir con el ibuprofeno... —se quedó pensativo, rumiando la frase, procesándola, dándole vueltas a la idea con lentitud—. ¿Cuántos años crees que nos faltan para hacernos viejos?

—No sé, el whisky envejece despacio y nosotros somos casi whisky.

—Y cuantos más años, más noble.

—¿Te parece que mejoramos con los años?

—Ummm...

—¿Que el sentido común es la consecuencia natural de haber vivido más?

—Ummm...

—Anda, bebe un poco.

—Puede que envejecer no sea sino cansarse de vivir, Luisito. Incluso en el caso de haber vivido bien... Menos mal que Louise volverá para salvarnos —sentenciaba a menudo con una sonrisa sorprendentemente infantil.

Yo intentaba descubrir el punto de seriedad con el que estaba diciéndolo, pero no había forma. En boca de cualquier otro hombre esas palabras me habrían sonado como lo más parecido a una gilipollez, y por momentos podía suponer que era una ironía, pero no, Perico cree en los cuentos de hadas, lo cual no deja de ser conmovedor. Cada vez que soltaba algún aserto parecido, me miraba de reojo esperando un guiño de confirmación. Yo levantaba la vista, miraba de nuevo la fotografía de Louise y no me llegaba la menor señal. "El caso es que las chifladuras más hermosas a veces casi ocurren", pensé más de una vez, apurando la copa para volver a llenarla.

—La echo de menos, Luisito. ¿Tú crees que ella también nos echará de menos?

—Seguro, Perico, lo que pasa es que lo sentirá a su manera, que no es la tuya ni la mía.

—Esa chica ha supuesto un oasis de frescura en nuestras vidas. Si alguna vez me pusiera a escribir mis memorias, la hora en que se fue quedaría marcada como el inicio de nuestra edad sombría. Igual que las princesas de los cuentos de hadas cuando se acaba el cuento, nos ha dejado un vacío —asintió con una voz que le temblaba un poco—. Todo se nos ha movido de sitio, ¿qué nos espera?

—Lo mismo que teníamos antes.

—Ufff... Pues mal me lo pones. ¿Te parece que bebemos para olvidarlo? —preguntó sujetándome el brazo.

—No, Perico, bebemos para recordarla; sus historias cobran valor cuando nos las contamos.

La ausencia de Louise nos brindaba el motivo para seguir bebiendo, y cuanto más bebíamos, más nos costaba contener la emoción. Cuando el sentimiento nos desbordaba hablábamos en voz baja, como si lo estuviéramos haciendo con la copa en vez del uno con el otro. A veces sorprendía a Perico frotándose la nariz, esa nariz que tras largos años bebiendo ha adquirido una reveladora tonalidad escarlata, mordiéndose las mejillas por dentro o haciendo ruidos como si estuviera conteniendo un gemido; entonces volvía la cabeza mirando hacia otro lado para pasarse un dedo por la comisura de los ojos y acabar sonándose discretamente, mientras yo trataba de esconder una sonrisa.

—¿Por qué te ríes?

—Reír es bueno, lo dicen los médicos.

—Sí, pero... ¿de qué te ríes?

Quizá me reía de mi propia emoción.

— Tenemos mucha suerte, Perico.

— Y dale… pero, ¿qué es lo que te hace tanta gracia?

— La vida.

Se quedó callado un rato para acabar preguntando:

— ¿Qué de todo?

— La vida, Perico. El chiste es la vida.

En el fondo los dos pensábamos que Louise estaba como una cabra, o que nuestra forma cartesiana de mirar el mundo no era la única capaz de arrojar luz sobre el misterio de la vida. Envejecer también es aprender a aceptar el absurdo pero, todo hay que decirlo, la existencia de una puta en la familia, bien que fuera ejerciendo de *madame* en un burdel de lujo, nos rompía todos los esquemas.

Epílogo

Duermo a tirones y normalmente me despierto dos o tres veces antes de amanecer, con la seguridad de que Sonia, cuya vida hace años que se ha entrelazado con la mía, duerme a mi lado. En el silencio la miro a través de la penumbra y, sabiendo que conoce mis secretos, me siento mejor. Buena parte de las cosas que le he contado no se las había dicho nunca a nadie, y qué alivio supone sincerarse con ella, destapar dolores escondidos que aún siendo míos estaban ocultos, aristas perdidas con el paso de los años, excusas que había acabado por creerme; lo cansado que puede estar un hombre de sí mismo… Y así, tumbado frente a ella, mientras la miro cuando el mundo está todavía dormido, me dejo vencer otra vez por el sueño.

El recuerdo de Vicky sigue existiendo como parte de mí, capturando, insinuando, componiendo, seduciendo y sacando a bailar lejanas imágenes que no responden a ningún patrón establecido: la veo sonreír con su sonrisa inmaculada, los ojos chispeantes. Ha estado ahí desde siempre y ahí va a seguir estando. No sé si ella lo sabía. O si le importaba… Y quizá sea Sonia el puente entre las dos realidades de mi vida. Lo cierto es que le debo algo imprevisible: llegar a vivir razonablemente satisfecho, como cualquier otro viejo que haya alcanzado la serenidad que con suerte proporcionan los años. Un refugio seguro para cuando el mundo naufraga… Pero fue Louise, ese prodigio de regalo tardío, quien me transformó por completo, volviéndome del revés. Me sentía mejor persona, por fin me reconocía y me aceptaba, entendiendo todas y cada una de mis muchas texturas.

En las largas noches que siguieron a su marcha, mientras pensaba en todo aquel dolor por un error absurdo, me servía de consuelo razonar que estaba llorando, como algo natural, porque la quería. Todo se me hace confuso en ese tiempo, me movía en una zona de sombras que aún no he logrado iluminar del todo: faltaba el mundo... Resulta difícil encontrar palabras para explicar que mi amor por Louise no tuvo nada que ver con el sentimiento abstracto de la paternidad, era más bien una necesidad física, ¿cómo lo explicaría yo?, algo parecido al enamoramiento. ¿Mágico? ¿Portentoso? Pues a la magia y a los portentos se les debe un respeto. Y tampoco es que haya sido el único: durante diez años Perico no ha hecho otra cosa que recordar a *nuestra hija*, soñando con su regreso a nuestras vidas. El caso es que su ausencia pesa. Todavía. Siempre.

Reflexiono sobre cómo nuestros destinos han llegado a juntarse en momentos diferentes, ofreciéndome cada una de ellas, Vicky, Louise, Sonia, algo distinto cuando más lo he necesitado. Constato la tremenda ironía de la vida, capaz de hacer y deshacer, llenar y vaciar el corazón rompiéndolo para recomponerlo y hacerlo añicos otra vez. Me pregunto si el destino lo tiene todo planeado o si se acuerda de ti sólo cuando está a punto de recoger los pedazos.

Parece que el invierno se va a presentar pronto, todavía estamos en octubre y ya empieza a refrescar... Lo que empezó siendo ocasional, pasó a ser esperado y acabó siendo una tradición. El caso es que esos dos han tomado la costumbre —desde *aquello*, todos los años y ya van más de diez—, de levantarse copa en mano y asomarse a la ventana a contemplar, absortos en su propia nostalgia, cómo se pone el sol de otoño, sin duda el más hermoso, con los cielos teñidos de azul cárdeno, naranjas y rojos cada vez más oscuros hasta volverse negros.

'No tiene por qué acabarse el mundo, Luisito', ha dicho hoy Perico en voz baja, casi un susurro, volviendo la cabeza y soltando un suspiro, del que incluso a mí me ha llegado el fuerte olor a alcohol de su aliento, antes de hundirse de nuevo en el silencio.

Quizá en esos crepúsculos de otoño se concierta la memoria de los días perdidos, pero es en ese silencio, mucho más elocuente que cualquier cosa que pueda pensar yo, donde oigo los ecos de un lamento profundo y percibo el dolor que aún sienten los dos viejos en el pecho, un desconsuelo que durará mientras vivan, con una nostalgia de los trópicos y una congoja tan profunda por sus vidas que, a pesar del orgullo, ni siquiera se atreven a negar.

Valencia, noviembre 2014 - Gran Canaria, agosto 2017

46182383R00192

Printed in Poland
by Amazon Fulfillment
Poland Sp. z o.o., Wrocław